Herta Bleeker

Kann Liebe warten?

Ostfriesland-Roman

Handlung und Personen sind frei erfunden. Ähnlichkeiten mit realen Begebenheiten und lebenden oder bereits verstorbenen Personen wären rein zufällig und nicht beabsichtigt.

Impressum:

Verlag:	Enno Söker, Marienkamper Straße 1, 26427 Esens, Tel. 04971/9105-0 info@soeker-druck.de, www.soeker-druck.de
Fotos Umschlag:	Titelseite: Jenzig71 / photocase.com Rückseite: Wasserturm auf Langeoog: Archiv Söker Kutter im Greetsieler Hafen: Ralf Nöhmer / fotolia.de Windmühle in Rhaude: Jetti Kuhlemann / pixelio.de Sandherzen: Paulwip / pixelio.de
Umschlaggestaltung:	Verlag Enno Söker, Esens
Illustrationen:	Nina Schladetsch
Satz, Druck und Gesamtherstellung:	Druckerei und Verlag Enno Söker, 26427 Esens
2. unveränd. Auflage:	Dezember 2017

Gedruckt auf umweltfreundlichem Papier (FSC).

ISBN: 978-3-941163-15-7

Herta Bleeker

Kann Liebe warten?

Ostfriesland-Roman

VERLAG
ESE

„Liebling?" Als Leevke keine Antwort bekam, schloss sie mit dem Fuß die Tür ihres kleinen Apartments und trug den randvoll gefüllten Karton mit den Lebensmitteln zum Küchentisch. Zog ihre Jacke aus und hängte sie an die Garderobe. Rief erneut: „Hallo? Wo bist Du denn?" Als sie wieder keine Antwort bekam, begann sie schulterzuckend ihre Einkäufe zu verstauen und dachte dabei, dass er sicherlich schon losgelaufen war. Am Strand seinen täglichen Lauf absolvierte. Gern hätte sie ihn dabei begleitet, doch war sie erst mit Verspätung aus dem Hotel gekommen. Aber es war Saison auf Langeoog und da kam so etwas öfter vor. Wenn in den Bundesländern die Ferien begannen, waren Überstunden an der Tagesordnung. Die Touristen hatten viele Fragen und es war schließlich ihre Aufgabe, sie zu beantworten. Doch für heute war Feierabend und sie wollte ihren Freund mit einem schönen Abendessen überraschen.

Lächelnd stellte sie sich vor, wie er zerzaust und außer Atem durch die Tür käme und sie in den Arm nahm. Sie so, wie er war, küsste. So küsste, dass sie weiche Knie bekam. Glücklich lächelnd beschloss sie, später den Tisch auf dem kleinen Balkon zu decken. Oft hatten sie in den vergangenen zwei Monaten dort gesessen. Zwei Monate, in denen sie ihre Zukunft geplant, ihre Liebe gefestigt und alles Störende weit von sich geschoben hatten. Denn nichts würde sie wieder trennen können. Darum hatte sie auch beschlossen, ihn an ihrem nächsten freien Wochenende ihren Eltern vorzustellen.

Alle Dinge, die sie an ihm liebte, wie Zuverlässigkeit, Humor und sein wacher Verstand würden auch ihnen gefallen. Sie summte vergnügt vor sich hin, als sie sich das erstaunte Gesicht ihrer Mutter vorstellte. Denn bisher hatte für Leevke ihre Arbeit im Hotel an erster Stelle gestanden. Aber nun würde alles anders. Mit Schwung nahm sie den inzwischen leeren Karton vom Tisch und ... stutzte. Die Handschrift auf dem Brief, der darunter gelegen hatte, kannte sie gut. Noch bevor sie ihn hoch nahm und die wenigen Worte las, legte sie ihre Hand auf ihr Herz, das plötzlich rasend schlug. Denn ihre schlimmste Befürchtung war eingetreten. In wenigen Sekunden war ihre Zukunft zerstört. Waren all ihre Pläne zunichte gemacht.

Sie ließ den Brief fallen. Trat an das geöffnete Fenster und sah hinaus ohne wirklich etwas zu sehen. Dann holte sie tief Luft. Verriegelte das Fenster und gleichzeitig ihr Herz und stellte sich einer Zukunft ohne ihn.

1. Kapitel

Sieben Jahre später in Norden

Es war noch dunkel, als Inga von einem energischen: „Maaaaaama!"
aus dem Schlaf gerissen wurde. Sie fuhr hoch. Sah auf ihren
Wecker, ließ sich aber erleichtert zurückfallen, als sie feststellte,
dass sie nicht verschlafen hatte. Noch bevor sie wieder ins ver-
lockende Reich der Träume sinken konnte, klang erneut, diesmal
fordernder: „Maaaaaama!" So reckte sie sich seufzend, gähnte
herzhaft, rollte sich von ihrem breiten Doppelbett und trottete au-
genreibend in das Zimmer ihrer eineinhalbjährigen Tochter hinüber.
Das quirlige Mädchen, das Inga manchen Nerv kostete, das sie aber
von ganzem Herzen liebte, stand im Bett. Mit den Worten: „Guten
Morgen, mein Engelchen!", nahm sie es auf den Arm. Sie wollte,
bevor sie ihre Tochter für die nächsten Stunden wieder abgeben
musste, noch ein wenig mit ihr knuddeln. Doch Kati zappelte
ungeduldig mit den Beinen. Inga stellte sie auf den Boden und bevor
sie es verhindern konnte, trippelte die Kleine in das Zimmer ihres
Bruders Tido hinüber. Schlug mit den Händen auf seine Bettdecke,
zog daran und bewies damit, dass sie eher ein „Bengelchen" war.
Aber auch durch seine unwirsch hervorgebrachten Worten: „Geh
weg, ich will noch schlafen!", ließ sie sich nicht davon abhalten.
Inga war ihr gefolgt. Pflückte sie vom Bett, strich ihrem Sohn kurz
übers Haar und sagte mit sanfter Bestimmtheit: „Aber nur noch fünf
Minuten." Während sie mit Kati ins Bad ging, brummte Tido etwas
Unverständliches und rutschte wieder tiefer unter die Decke. Inga
setzte ihre Tochter auf die Badezimmermatte und gab ihr ein Bilder-
buch. Hoffte dabei, dass Kati während der Zeit, in der sie duschte,
keinen Unsinn anstellte. Drei Minuten brauchte Inga inzwischen nur
noch, um sich die Haare zu shampoonieren, Duschgel auf ihrem
Körper zu verteilen und abzuspülen. Sie drehte den Wasserhahn
wieder zu. Griff nach dem Handtuch, das sie über die Duschtrenn-
wand gelegt hatte und trat etwas wacher aus der Kabine. Das erste,
was sie sah war, dass Kati sich aus ihrer Windel geschält, den Inhalt
auf dem Badezimmerteppich drapiert hatte und voller Stolz verkün-

dete: „Da. Aa Aa." Dabei machte sie ein Gesicht, als habe sie etwas ganz Wundervolles vollbracht und erwartete nun ein Lob Doch Inga fand das nicht witzig. Unter Zeitdruck, wie jeden Morgen, rief sie strenger als sie eigentlich wollte: „Kati, Du sollst doch Deine Windel nicht allein ausziehen." Prompt begann die Unterlippe der Kleinen zu zittern. Gleich würden die Tränen fließen. So fügte sie hastig hinzu: „Nicht weinen. Ist ja nicht so schlimm. Das machen wir schnell wieder sauber."

Gemeinsam warfen sie die Bescherung in die Toilette, wobei Inga auffiel, dass die Spülung nicht richtig funktionierte. Also musste sie es mit auf die Liste schreiben, die sie Christophs „Auftragsliste" nannte. Darauf stand schon: „Dusche reparieren", denn der Duschkopf tropfte. Dazu klemmte die Haustür und Tidos Fahrrad hatte mal wieder einen platten Reifen. Es waren zwar noch einige andere Dinge im Haus, die Christophs helfender Hand bedurften, doch die mussten warten bis er Semesterferien hatte. Er wird sich nachher freuen, dachte sie nun, wenn er sieht, was er alles zu tun hat. Aber egal, schloss sie den Gedanken ab, das musste eben sein. Denn schließlich war sie mit ihrer Dreißigstundenstelle, den Kindern und der Hausarbeit eigentlich ausgelastet. Da war es nicht zuviel verlangt, dass er am Wochenende die angefallenen Reparaturen ausführte. Auch wenn es oft mit Diskussionen verbunden war, weil er das, für sie Wichtige, nicht so ernst nahm. Mit einem unterdrückten Seufzer steckte sie die Badematte in die Waschmaschine, wusch Kati und zog sie an. Ein Blick auf die Badezimmeruhr zeigte ihr, dass die Zeit mal wieder raste. Flüchtig trocknete sie sich ab. Zog Unterwäsche, Jeans, einen Pullover, denn draußen war es noch immer recht kalt, und Socken an. Wickelte ein Handtuch um ihr Haar und lief mit Kati auf dem Arm in die Küche. Setzte sie in den Kinderstuhl und trat zum Kühlschrank. Auch Tido war fertig und kam hereingeschlichen. Auf dem Arm seinen Kater Schnurri, der die Nacht in seinem Zimmer verbracht hatte. Er warf seiner Schwester einen genervten Blick zu, bevor er maulte: „Mama, kannst Du der da nicht mal sagen, dass sie morgens nicht immer in mein Zimmer kommen soll?" Inga murmelte, während sie für die Kinder eine Scheibe Vollkornbrot mit Butter bestrich: „Sie hat Dich halt lieb." Daraufhin ließ er Kati einen weiteren Blick zukommen, als wolle er sich vergewissern, dass dem tatsächlich so war. Dann grinste er. Schob das inzwischen mit Käse belegte Brot zu sich heran und biss hinein. Während er kaute, schenkte Inga sich Kaffee ein. Den bereitete sie schon abends vor. Morgens schaltete die Maschine sich über eine Zeitschaltuhr ein. Ab und zu an dem Becher nippend, fütterte Inga Kati mit Leberwurstbrot und schrieb nebenbei einen Einkaufszettel. Denn der nächste Tag war ein Samstag und da erledigte sie immer den Einkauf für die ganze Woche im Voraus. Zwischendurch vergewisserte sie sich mit einem prüfenden Blick, ob Kati das Brot auch wirklich aß oder es klammheimlich unter den Tisch fallen ließ. Beruhigt stellte sie fest, dass es tatsächlich in ihrem Magen landete. Tido schluckte gerade den Rest seines Brotes hinunter. Schob sich aufreizend langsam von seinem Stuhl. Zog den dunkelroten Anorak mit den Leuchtstreifen an, setzte den Schulranzen auf, der eigentlich viel zu schwer für seinen Rücken war und lief zur Tür. Seine Schule war ganz in der Nähe, er musste nur immer geradeaus laufen, dann war er schon an der Grundschule in der Linteler Straße. Inga zupfte noch schnell eine seiner widerspenstigen dunklen Locken zurecht. Fragte, wie jeden Morgen: „Hast Du Deinen Schlüssel?" Denn sie musste bis zwei Uhr arbeiten und kam so immer erst nach ihm nach Hause. Als er auf das Band um seinen Hals zeigte, fügte sie hinzu: „Gut. Aber Du weißt ja auch: Wenn etwas ist, kann die Schule mich jederzeit erreichen." Sie winkte ihm nach und ging in die Küche zurück. Nach einem weiteren Blick zur Uhr lief sie mit Kati nochmals ins Bad. Wischte ihr mit einem Waschlappen den verschmierten Mund und die Hände sauber. Tuschte sich rasch die Wimpern, die ihre grünbraunen Augen umrandeten. Fuhr noch schnell mit dem Fön über ihre kastanienbraunen Haare, die in einer praktischen Kurzhaarfrisur geschnitten waren. Zog Kati eine gefütterte Fleecejacke an. Stülpte ihr die geringelte Zipfelmütze über den Kopf. Schlüpfte in ihre maigrüne Kapuzenjacke und verließ schnell die Wohnung.

Der private Kinderhort, in den sie Kati brachte, seit diese sechs Monate alt war, lag auf ihrem Weg zur Arbeit. Mit den Worten: „Bis heute Mittag", drückte sie der Leiterin das Kind in den Arm. Warf noch ein nachdrückliches: „Wenn etwas ist, bitte sofort anrufen, ja?", ein. Küsste Kati auf die Stupsnase. Registrierte, dass deren Gesicht sich weinerlich verzog und fügte schnell hinzu: „Nicht weinen. Mami ist bald wieder da." Dann hängte sie schnell die

Tasche an ihren Haken mit dem rosa Elefantensymbol und lief hinaus. Auf dem Weg zur Arbeit fragte sie sich nicht zum ersten Mal, ob es wohl jemals eine Zeit geben würde, in der sie nicht schnell sein musste. In der es nicht hieß: Schnell anziehen, schnell frühstücken, schnell zur Arbeit fahren, schnell einkaufen, schnell mal eben die Wäsche machen, schnell mal eben ... Alles immer schnell. Sie wünschte sich oft, einfach nur mal in Ruhe ihre Kinder und das Leben genießen zu können. Doch noch sah sie die Erfüllung des Wunsches in weiter Ferne.

Wenig später fuhr sie ihren Opel Corsa auf den Parkplatz der Kinderarztpraxis, in der sie vor vielen Jahren schon ihre Ausbildung gemacht hatte. Ihre Kollegin Amelie erwartete sie bereits ungeduldig. Fragte gestresst: „Wo bleibst Du denn? Die Wartezimmer sind brechendvoll. Sya hat sich krank gemeldet und Tina kommt später." Inga schlüpfte aus ihrer Jacke. Legte den Schalter von Mutter zur Arzthelferin um. Fragte trocken: „Welche Epidemie ist denn diesmal ausgebrochen?" Ihre Kollegin musste lachen und gewann so ihre ansonsten unerschütterliche Ruhe zurück. Antwortete im Telegrammstil: „Die Kinder mit Verdacht auf Windpocken sitzen im Infektionsraum. Die mit Grippesymptomen im ersten und die übrigen Patienten im zweiten Wartezimmer." Inga nahm die zuoberst liegende Karteikarte und holte den ersten der kleinen Patienten ins Sprechzimmer. Ihr Chef, Doktor Hinz, kam kurz darauf herein. Er nickte ihr wohlwollend lächelnd zu und begann mit der Untersuchung. Inga half die kleinen Patienten zu beruhigen, die sich oftmals ängstlich an ihre Mütter klammerten. Sie liebte ihren Beruf. Doch seit sie selber Mutter war, trafen dramatische Untersuchungsergebnisse der kleinen Patienten sie besonders hart. Wenn den Eltern mitgeteilt werden musste, dass ein Kind sehr krank war, fühlte sie so intensiv mit, als wäre sie selbst betroffen. Heute gab es glücklicherweise nur Kinderkrankheiten und Erkältungen zu diagnostizieren. Nach und nach leerten sich die Wartezimmer und als sie die Tür hinter dem letzten Patienten schlossen, bat Inga ihre Kollegin: „Schließt Du ab?" Mit der müden und quengeligen Kati im Schlepptau kam sie wenig später wieder zu Hause an. Legte die Kleine, wobei sie ihr nur die Schuhe und Jacke auszog, ins Bett. Hoffte, dass sie noch eine Weile schlief. Am liebsten hätte sie sich dazu gelegt. Das tat sie manchmal. Eigentlich immer dann, wenn Kati in der Nacht gemeint hatte, wach sein zu müssen. Entweder weil sie einfach nur munter war, oder weil irgendetwas sie quälte. Doch nun nahm sie von dem Gedanken Abstand, denn schließlich hatte sie ja noch einen Sohn, der sie brauchte. So lief sie in die Küche, in der Tido schon den Tisch gedeckt hatte. Sie küsste ihn zur Begrüßung leicht auf die Wange, was er mit einem coolen Grinsen zur Kenntnis nahm. Holte den am Abend vorbereiteten Nudelauf- lauf aus dem Kühlschrank. Füllte jeweils eine Portion auf einen Teller und wärmte ihn in der Mikrowelle. Setzte sich zu Tido an den Tisch und fragte: „Wie war es in der Schule?" „Gut." Das war alles. Sie ließ es dabei bewenden. Denn erstens war vielleicht wirklich nichts Besonderes los gewesen oder aber er würde es ihr vorm Schlafengehen erzählen. Tido wusste, dass er mit seiner Mama, aber auch mit seinem Vater über alles sprechen konnte. Da aber nur Inga in der Woche anwesend war, erfuhr sie seine Probleme immer zuerst. Nun aß er seinen Teller leer und verspeiste zum Nachtisch einen Becher Vanillepudding. Inga räumte die Teller in die Spülma- schine, über deren Erwerb sie sich jeden Tag aufs Neue freute und fragte, sich ihm zuwendend: „Hast Du Hausaufgaben auf?" Er nickte. „Ja, Mathe." Während sie sich mit einem Becher Kaffee zu ihm setzte, begann er mit dem Lösen der Aufgaben. Hilfe brauchte er dabei selten und sie hoffte, dass es auch in Zukunft so blieb. Als Kati wach wurde, verschob Inga das notwendige Wischen der Fußböden auf den Abend. Gab stattdessen dem Drängen der Kinder nach und ging mit ihnen zum Spielplatz, der in einer Neubausied- lung in der Nähe ihres Hauses war.

Später saß sie mit den Kindern beim Abendbrot. Fütterte Kati mit Grießbrei und verhinderte so, dass diese die Küche damit tapezierte. Tido aß währenddessen seine heißgeliebten Schokopops mit rekord- verdächtiger Geschwindigkeit. Schluckte sie herunter und fragte: „Darf ich rübergehen? „Kim Possible" fängt gleich an." Er liebte die Abenteuer des rothaarigen Mädchens und Inga setzte sich dabei meistens zu ihm. Denn die Sendung gehörte mit zu ihrem abendlichen Ritual. Es begann mit Abendessen, ‚Kim Possible' gucken, Zähne putzen und ging weiter mit einer Geschichte in seinem Bett und mit ihrer Frage: „Möchtest Du mir noch etwas erzählen?" Tido legte großen Wert darauf, dass diese Reihenfolge eingehalten wurde. Wenn sie versuchte, das Ganze abzukürzen, gab es Protest. Aber heute wollte Kati ihren Brei nicht essen. So waren sie erst fertig, als die Sendung vorbei war. Tido war schon ins Bad gegangen. Öffnete unaufgefordert den Mund, damit Inga kontrollieren konnte, ob er seine Zähne auch gründlich geputzt hatte. Während sie Kati ins Bett brachte, suchte er ein Buch heraus. Heute war es das Märchen vom gestiefelten Kater. Als Inga die Stelle las, in der der Kater damit prahlte, was der Graf alles besaß, sagte er: „Cool. So einen Kater möchte ich auch haben. Dann hätten wir viel Geld und Du müsstest nicht mehr arbeiten gehen." Sie zog ihn an sich. Küsste ihn auf die Wange und meinte nachdenklich: „Wer weiß, vielleicht ist Schnurri ja auch verwandelt." Beide sahen zu dem Kater, der sich am Fußende zusammengerollt hatte. In diesem Moment hob er eine Pfote. Blinzelte wie eine Sphinx und rollte sich wieder zusammen. Sie mussten herzhaft lachen und Tido meinte: „Schnurri ist ja so niedlich. Ich möchte ihn nie wieder hergeben."

Inga beendete die Geschichte. Meinte behutsam, das Buch zuklappend: „Nun, eines Tages wirst Du das müssen." Tido rutschte tiefer unter die Decke. „Du meinst, wenn er mal stirbt?" „Ja", sie strich ihm übers Haar und fügte beruhigend hinzu, „aber wir wollen hoffen, dass er noch lange bei uns bleibt." Bevor sie vom Bett aufstand, fragte sie wie immer: „Möchtest Du mir noch etwas erzählen?" Als er den Kopf schüttelte, küsste sie ihn noch einmal und löschte das Licht. Während sie in die Küche hinüberging, dachte sie an seine Worte, dass sie, wenn genug Geld da wäre, nicht arbeiten gehen müsse. Sie konnte ihn verstehen, aber weniger arbeiten oder vielleicht sogar für einige Zeit zu Hause bleiben konnte sie erst, wenn Christoph eine gut bezahlte Arbeit hatte. Auch ein drittes Kind wollten sie dann. Da sie es am Nachmittag nicht geschafft hatte, die Böden zu wischen, füllte sie nun einen Eimer mit Wasser, gab Putzmittel hinein und begann die Fliesen in der Küche, dem Flur und im Bad zu wischen. Anschließend schüttete sie das Schmutzwasser aus und stellte den Eimer in den Abstellraum zurück. Wieder in der Küche glitt ihr Blick besorgt zur Uhr. Wo Christoph nur blieb? Sonst war er um diese Zeit schon da. Hoffentlich war nichts passiert, dachte sie. Denn heute wollte er zum ersten Mal mit einem Studenten, der seit kurzem seine Wochenenden in Ostfriesland bei seinen Eltern verbrachte, mitfahren. Nun hoffte sie, dass dieser ein vernünftiger Fahrer war. Um sich abzulenken bereitete sie einen Wurst-Käse-Tomatensalat zu. Nahm Baguettebrot aus dem Kühlschrank und legte es in den Backofen. Dann musste sie ihn später nur noch anschalten. Nachdem sie den Tisch gedeckt hatte, war Christoph jedoch noch immer nicht da. So setzte sie sich und schlug eine der Zeitungen auf, die in einem Ständer lagen. Sie hatten das Zeitungsabo schon lange, doch sie kam manchmal erst am Wochenende dazu, sie ausgiebig zu lesen. Nun griff sie zu dem Exemplar vom vergangenen Samstag. Las interessiert, dass eine Firma in der Nähe der Stadt Aurich, die Windräder für die Strom-gewinnung baute, einen Maschinenbauingenieur suchte. Christoph würde zwar erst im nächsten Frühjahr fertig werden, aber er musste sich schließlich früh genug bewerben. Vielleicht hatte er ja Glück. Als sie einen Wagen die Einfahrt hochfahren hörte, lief sie er-leichtert zur Tür. Fiel ihm mit den Worten: „Da bist Du ja endlich. Ich habe mir schon Sorgen gemacht", um den Hals. Er küsste sie ausgiebig, bevor er beruhigend antwortete: „Das tut mir leid, aber auf der A 31 war mal wieder eine Baustelle." Inga hätte noch gern einen Blick auf den Mann geworfen, der ihn gebracht hatte, aber der war schon wieder fort. Interessiert fragte sie: „Was ist das denn für'n Typ, mit dem Du heute gefahren bist?" Christoph hatte ihr zwar am Telefon erzählt, dass er eine neue Mitfahrgelegenheit hätte, aber weiter nicht darüber gesprochen. Nun erzählte er: „Henning ist aus Dornum. Wir haben uns im Studentenwohnheim kennengelernt. Vorher hatte er eine eigene Wohnung." Abschließend fügte er hinzu: „Du wirst ihn ja am Sonntag kennenlernen." Während er seine Tasche, wie immer prall gefüllt mit Schmutzwäsche, ins Bad stellte, lief Inga in die Küche um das Teewasser aufzusetzen. Christoph wusch sich im Bad die Hände. Ging auf Zehenspitzen in die Kinderzimmer, um wie jeden Freitag, erst einmal nach den Kindern zu sehen. Er vermisste sie die Woche über und wünschte sich die Zeit herbei, in der er endlich wieder ganz bei ihnen wäre. Nun deckte er Kati zu, die sich bloßgestrampelt hatte. Strich Tido übers Haar und kam dann in die Küche. Setzte sich an den Tisch. Fragte, während er sich auf den Salat stürzte: „Gibt es etwas Neues?" Statt seine Frage zu beantworten, schob sie ihm die Zeitung zu. Meinte, etwas von dem Salat auf ihren Teller gebend: „Ja, schau mal. Die suchen einen Maschinenbauingenieur." Interessiert las er die Anzeige. Murmelte mit vollem Mund: „Klingt gut. Kann ich mich ja auch bewerben." Der Ansicht war auch Inga. „Ja, das solltest Du tun. Wir wollen doch hierbleiben." Denn den Gedanken, ihre Heimat aus beruflichen Gründen verlassen zu müssen, schob sie weit von sich. Er beruhigte sie: „Das will ich doch auch. Ich finde schon Arbeit. Mach Dir nicht so viele Sorgen." Damit faltete er die Zeitung zusammen. Gähnte herzhaft und meinte, den Rest Tee aus seiner Tasse trinkend: „Tut mir leid, aber ich muss ins Bett. Kommst Du mit?" Da auch ihr vor Müdigkeit die Augen zufielen, nickte sie. Gemeinsam räumten sie den Tisch ab. Während Christoph rasch duschte, sah sie nach den Kindern. Dann kuschelte sie sich zu Christoph ins Bett und obwohl sie sich die ganze Woche darauf gefreut hatten, sich nahe zu sein, begnügten sie sich nun damit, engumschlungen einzuschlafen.

Am nächsten Morgen spürte Inga noch im Halbschlaf, wie Christoph sie zu streicheln begann. Gerade wollte sie sich mit einem sehnsüchtigen Seufzen ihm zuwenden, als Kati wie jeden Morgen „Maaaaama", rief. Inga hob abgelenkt den Kopf und Christoph rollte sich übertrieben stöhnend auf den Rücken zurück. Warf Inga einen bedauernden Blick zu, den sie grinsend mit den Worten: „Das war wohl nichts", erwiderte. Dann küsste sie ihn zärtlich. Meinte verlockend: „Wir haben ja noch den Abend." Während sie sich wieder unter ihre Decke kuschelte und lustvollen Gedanken hingab, stand Christoph auf. Kam kurz darauf mit seiner Tochter auf dem Arm wieder herein. Legte sich ins Bett und schloss die Augen. Kati, die das Ritual kannte, kicherte schon voller Vorfreude. Mit ihren kleinen Fingern schob sie seine Augenlider nach oben und krähte: „Paaaaapa." Schon richtete er sich auf, schlang seine Arme um das Kind und als er mit tiefer Stimme knurrte: „Ich bin ein Löwe und fresse Dich", jauchzte sie so laut, dass Tido wach wurde und hereingestürmt kam. Nun war es mit dem Schlafen endgültig vorbei und während die Kinder mit ihrem Vater tobten, stand Inga auf. Lief in die Küche und deckte noch im Nachtanzug, leise vor sich hinsummend, den Frühstückstisch.

Bevor sie am späten Vormittag zum Einkaufen fuhr, reichte sie Christoph die Auftragsliste. Er warf einen Blick darauf. Seufzte tief auf und versuchte um die Arbeiten herumzukommen, indem er mit bedauerndem Blick und gequälter Stimme brummte: „Ich muss aber lernen. Wir schreiben nächste Woche eine Klausur." Inga zupfte äußerlich ruhig, obwohl sie sich über seine fehlende Einsatzfreude ärgerte, ihren Einkaufszettel von der Pinnwand. Zog Kati eine Jacke an. Nahm den Autoschlüssel vom Schlüsselbrett und meinte gelassen: „Wie Du meinst. Dann bestelle ich einen Handwerker." So wie sie wusste auch er, dass solche Zahlungen ihr Budget sprengten. Prompt fragte er: „Wer soll den denn bezahlen?" Sie zuckte die Schultern. „Das weiß ich nicht, darum wäre es ja besser, wenn Du es reparierst." Und um ihm die Arbeit zu versüßen, fügte sie versöhnlich lächelnd hinzu: „Dann koche ich heute Mittag auch Grünkohl." Sie wusste, dass ihm das Mensaessen oft nicht schmeckte und er aus dem Grund dann auf eigene Kochversuche zurückgriff, die meistens danebengingen. An seinem Gesicht konnte sie sehen, dass sie den richtigen Nerv getroffen hatte. Denn er liebte das Gericht, das mit Mettwurst, Räucherwurst, Speck und Hafergrütze gekocht wurde. Begeistert rief er: „Grünkohl? Dafür repariere ich alle Klospülungen der Welt."

Während er sich zusammen mit Tido an die Arbeit machte, fuhr Inga mit Kati zu einem Einkaufszentrum in der Gewerbestraße. Betrat den dortigen Discounter. Begann anhand ihres Einkaufszettels mit den Getränken und beendete den Einkauf mit einem Griff in das Regal mit den Süßigkeiten. Denn samstagsabends durfte Tido etwas länger aufbleiben und dann gab es immer etwas Besonderes zum Naschen. Sie schob den gut gefüllten Wagen zur Kasse. Vor ihr stand ein Mädchen. Auf dem Laufband, auf das Inga ihre Einkäufe packte, lagen ein Paket Nudeln, ein Glas Tomatensoße, eine Salatgurke und eine große Tafel Nussschokolade. Die Kassiererin schob die Sachen über den Scanner. Teilte mit: „Dreieurofünfundzwanzig." Das Kind kramte ein Zweieurostück und eine Fünfzigcentmünze aus ihrer Hosentasche. Die Frau warf einen prüfenden Blick darauf. „Das reicht nicht." Erschrocken sah das Mädchen zu ihr auf. Flüsterte verlegen: „Mehr Geld hab ich aber nicht." Die Kassiererin seufzte mit Blick auf die immer länger werdende Schlange der wartenden Kunden. Murrte genervt: „Nun, dann müssen wir etwas stornieren. Was möchtest Du denn zurückgeben?" Unentschlossen betrachtete die

Kleine die Waren. Doch als unwilliges Gemurmel erklang und eine Stimme rief: „Warum dauert das denn so lange?", zeigte sie auf die Schokolade. „Dann nehmen Sie die bitte zurück." Dabei machte sie ein so trauriges Gesicht, dass Inga spontan sagte: „Ich bezahle die Differenz." Die Kassiererin warf ihr einen misstrauischen Blick zu. „Sie? Wirklich?" Inga wiederholte mit einem Anflug von Ungeduld: „Ja. Wirklich." Das Kind wandte sich ihr mit großen ernsten Augen zu. Sie hatte dem Wortwechsel zwar gelauscht, aber nicht richtig verstanden. Fragte sich, was das Wort Differenz bedeutete. Sagte laut: „Was heißt das?" Inga sah ihr in die Augen und antwortete: „Das heißt, dass ich das Geld, das Dir fehlt, bezahle und Du die Schokolade behalten darfst." Ein kurzes Zögern, ein prüfender Blick, wobei die Kleine innerlich mit sich zu kämpfen schien. Denn sie hatte ein absolutes Verbot, von Fremden etwas anzunehmen oder mit jemandem mitzugehen, ohne dass ihre Mutter das wusste. Doch diesmal unterdrückte sie die mahnende Stimme. Hoffte dabei, dass es nicht herauskam. Bevor sie das Angebot jedoch annahm, sagte sie leise, aber sehr bestimmt: „Aber auch wenn Du mir die Schokolade schenkst, gehe ich nicht mit Dir." Inga sah ihre Not. Antwortete ernst: „Das will ich auch gar nicht. Ich möchte nur, dass Du die Schokolade behältst." Da ging ein Leuchten über das Kindergesicht. Mit strahlenden Augen stieß sie, während sie die Waren in einen Beutel stopfte, ein „Danke!" hervor und stürmte hinaus. Ein erleichtertes Aufatmen fuhr durch die Wartenden, als Ingas Einkäufe endlich über den Scanner wanderten. Wenig später verließ sie das Geschäft, mit dem Gefühl, eine gute Tat begangen zu haben. Kurz darauf hatte sie den Vorfall vergessen, doch sollte sie dem Mädchen bald wieder begegnen.

2. Kapitel

Leevke hatte in den letzten sieben Jahren mit nur einigen, kaum nennenswerten Ausnahmen, jeden Samstagabend mit ihrer Tochter verbracht. Zwar hatten ihre Kollegen des Hotels, in dem sie arbeitete, sie gefragt, ob sie mit zum „Griechen" in der Westerstraße wollte. Besonders Sven hatte sie gebeten mitzukommen. Doch Leevke hatte abgelehnt. Als Grund angegeben, dass sie keinen Babysitter für ihre Tochter habe. Das war jedoch eine Notlüge gewesen. Denn ihre Eltern waren für jede Stunde dankbar die sie mit ihrem Enkelkind verbringen konnten. Aber Leevke hatte einen anderen Grund.

Sie konnte es sich nicht leisten, anders als viele ihrer Kollegen oder Bekannten, an einem Abend zwanzig, dreißig oder mehr Euro für ein Essen oder anderes auszugeben. Das Geld fehlte ihr dann später im Alltag. Apropos Geld. Dieser Gedanke erinnerte sie daran, dass sie ihre Finanzen überprüfen musste. So nahm sie ihr streng geführtes Haushaltsbuch zur Hand. Legte es auf den rechteckigen Tisch in ihrer winzigen Küche. Nahm die Kontoauszüge, die sie am Morgen von der Bank mitgebracht hatte, aus ihrer Handtasche. Was sie darauf sah, bestätigte ihre Befürchtungen: Ihr Konto war trotz größter Sparsamkeit beängstigend leer. Auch in ihrem Portemonnaie waren nur noch ein paar Centstücke. Aber nach dem ersten Schrecken sagte sie sich, dass am Montag ihr Gehalt überwiesen werden würde, das sie als Hotelfachfrau in einer Teilzeitstelle verdiente.

Zusammen mit dem Kindergeld für Finja und etwas Wohngeld für das Kind standen ihnen im Monat keine tausend Euro zur Verfügung. Wenn ihre Miete und weiteren Belastungen wie die Kosten für Auto, Versicherungen und Telefon abgezogen waren, blieben für Lebensmittel und Kleidung kaum etwas übrig. Zwar benutzte sie ihr Auto äußerst selten, aber es zu verkaufen kam nicht in Frage. Denn erstens würde sie sich aus finanziellen Gründen nicht wieder eines anschaffen können und zweitens musste sie mobil bleiben. Sie hätte einen Unterhaltsvorschuss für Finja beantragen können, aber davon hatte sie Abstand genommen. Denn dann hätte sie den Namen des Vaters preisgeben müssen. Und das wollte sie nicht. Die andere Möglichkeit ihr Einkommen zu verbessern wäre gewesen, eine

Vollzeitstelle anzunehmen. Doch das umzusetzen war nicht so einfach. Denn ihr Chef stellte nur Teilzeitkräfte ein und wohin sollte sie zudem am Nachmittag mit ihrer Tochter? Sorgfältig notierte sie nun auf einem Zettel, was sie im kommenden Monat unbedingt einplanen musste und was eventuell. Bei unbedingt schrieb sie: neue Turnschuhe für Finja. Unter eventuell: eine neue Hose, denn die Kleine war wieder gewachsen. Darüber hinaus stand ein Ausflug mit der Schulklasse an, der mit fünfunddreißig Euro zu Buche schlug. Sie rechnete den verbleibenden Rest aus. Legte mit sorgenvoller Miene und dem Gedanken, dass sie im kommenden Monat wieder auf ihre eiserne Reserve, die aus ihren spärlichen Trinkgeldern bestand, zurückgreifen musste, das Buch in den Schubladenschrank zurück.

Gerade wollte sie ins Bad gehen und sich bettfertig machen, als ihr einfiel, dass sie noch einen Kuchen backen musste. Am nächsten Tag war ihr dreiunddreißigster Geburtstag und für den Nachmittag hatten sich ihre Eltern zum Tee angemeldet. Sonst erwartete sie niemanden. So öffnete sie den Kühlschrank, holte einen Rest Margarine, die letzten Eier und eine Tüte Milch heraus. Ihrem Küchenschrank entnahm sie Zucker, Mehl, Backpulver und dunklen Kakao. Aus den Zutaten wollte sie einen Schokoladenkuchen backen. Während sie mit dem Handmixer den Teig rührte, musste sie an ihren dreißigsten Geburtstag denken. An dem Tag hatte die damals Vierjährige gefragt: „Du, Mama. Warum hab ich keinen Papa?" Leevke hatte mit der Antwort gerungen. Doch dann gesagt: „Vor Deiner Geburt kannte ich einen Mann. Den hatte ich sehr lieb, aber er musste fortgehen. Erst danach habe ich gemerkt, dass Du in meinem Bauch warst." Finja hatte die Stirn gekraust und klug, mit leicht zur Seite geneigtem Kopf, erwidert: „Aber dann weiß der ja gar nicht, dass es mich gibt." Das hatte Leevke zugeben müssen: „Stimmt. Das weiß er nicht."

Eine nachdenkliche Pause war entstanden. Dann war die Frage gekommen, die sie befürchtet hatte: „Hättest Du ihm das nicht sagen müssen? Ich bin doch auch sein Kind." Damit hatte sie ebenfalls Recht gehabt, doch für die Wahrheit war sie noch zu jung und so war eine Notlüge das beste gewesen: „Ich konnte es ihm nicht sagen, weil ich nicht wusste, wo er hingezogen war." Finja hatte ihr prüfend in die Augen gesehen. Erleichtert festgestellt, dass ihre Mama nicht traurig guckte und abschließend gemeint: „Dann bin ich eben nur Dein Kind." Damit war das Thema damals erledigt gewesen. Während Leevke nun den fertigen Teig in eine Form füllte und in den Ofen schob, sagte sie sich, dass Finja eines Tages bestimmt wieder fragen würde. Ihn vielleicht ausfindig machen wollte. Da sie auch nach all der Zeit nicht wusste, was sie dann tun sollte, verdrängte sie den Gedanken. Begann stattdessen das Geschirr zu spülen. Duschte anschließend und schlüpfte in ihren Flanellnachtanzug. Als der Küchentimer klingelte, nahm sie den Kuchen aus dem Ofen, löschte das Licht und kroch ins Bett. Kurz darauf hörte sie, wie die Tür aufgeschoben wurde. Spürte eine Hand, die über ihr Gesicht strich. Leevke war nicht mehr allein. Finja schlüpfte zu ihr unter die Decke, kuschelte sich an sie und war gleich darauf wieder eingeschlafen. Auch Leevke schlief ein, nachdem sie die sich anschleichenden Gedanken an „Ihn" wie all die Jahre verdrängt hatte, ihre Nase in Finjas Haar, das nach Frühling roch.

Inga hatte den Nachmittag damit zugebracht, Christophs Wäsche zu waschen, zu bügeln und wieder in seiner Reisetasche zu verstauen. Zudem hatte sie einen großen Topf mit Grünkohl gekocht, von dem er einige Portionen zurück nach Hannover mitnehmen sollte. Am Abend sahen sie mit Tido zusammen eine Wettshow, die sich immer länger hinzog. Inga lag auf dem Sofa und maulte: „Mein Gott, kann der denn nicht mal pünktlich Schluss machen? Ich geh gleich ins Bett!" Christoph, der neben ihr saß, legte seine Hand auf ihr Bein. Meinte leise: „Das wäre aber schade. Wir wollten doch noch ..." Er ließ den Satz offen. Inga lächelte müde. „Nun, wenn der noch lange braucht, ist mir die Lust vergangen."
Endlich ertönte die Abschlussmelodie der Sendung und Christoph brachte Tido ins Bett. Inga reckte sich. Stand auf und lief ins Bad. Sie duschte, um wieder wach zu werden und ging nur mit ihrem Satinbademantel bekleidet ins Wohnzimmer zurück. Christoph saß auf dem Sofa. Er hatte eine Flasche Wein geöffnet und zwei Gläser gefüllt. Er sah ihr entgegen. Langsam ließ sie sich neben ihn aufs Sofa sinken. Christoph reichte ihr ein Glas. Sagte leise: „Auf uns. Dass alles so kommt, wie wir es uns wünschen." Dabei sah er ihr tief in die Augen. Flüsterte dicht an ihrem Ohr mit rauer Stimme: „Bist Du immer noch müde?" Er begann an ihrem Ohrläppchen zu knab-

bern und öffnete gleichzeitig den Gürtel ihres Bademantels. Aufreizend langsam schob er den Satinstoff zur Seite. Strich sanft mit seinen Fingern über ihre Brüste, die sich ihm entgegenreckten. Erregt wisperte sie: „Willst Du mich verführen?" Er lächelte zärtlich. Legte einige Kissen zurecht. Drückte sie sanft dagegen und während er sich ihren Lippen näherte, raunte er: „Du hast es erraten."

An ihrem Geburtstag wurde Leevke von der fröhlichen Stimme ihrer Tochter geweckt, die laut: „Happy Birthday, liebe Mama. Happy Birthday to you", trällerte. Finja stand mit einem beladenen Tablett und strahlendem Gesicht vor ihrem Bett. Sie hatte, während Leevke noch schlief, Kaffee gemacht, Brot getoastet und es mit Honig bestrichen. Das Tablett war hübsch dekoriert und zwar mit den Blüten eines roten Weihnachtssterns, der noch auf der Fensterbank im Wohnzimmer stand. Leevke verkniff sich eine Bemerkung darüber. Schließlich hatte die Kleine ihr nur eine Freude machen wollen. Finja stellte das Tablett aufs Bett. Lief wieder hinaus. Kam mit hinter dem Rücken verschränkten Händen zurück und fragte erwartungsvoll: „Welche Hand willst Du haben?" Leevke zeigte auf die Linke. Das Kind kicherte. Schüttelte dabei den Kopf. Finja liebte das Spiel und Leevke ging darauf ein, in dem sie übertrieben seufzend hervorstieß: „Na gut, dann eben rechts."
Strahlend streckte die Siebenjährige ihr ein flaches Päckchen entgegen. „Das ist für Dich." Leevke öffnete das Schleifenband und zog eine Tafel Schokolade hervor, die es nur in dem Discounter gab, in dem Finja gestern eingekauft hatte. Diese trippelte aufgeregt vor ihr herum. Erwartete, dass ihre Mutter sich freute, sah aber statt Freude, dass deren Gesicht einen sehr ernsten Ausdruck annahm. Finja kannte den Gesichtsausdruck, denn so guckte ihre Mama immer, wenn sie traurig war oder Sorgen hatte. Zwar blieb es nicht aus, dass Finja viele Dinge, wie zum Beispiel ihre finanzielle Situation oder sonstigen Frust mitbekam, aber Leevke war sich nicht bewusst, dass diese es an ihrem Gesicht ablesen konnte. So auch jetzt, während sie sich fragte, woher ihre Tochter das Geld für die Schokolade hatte. Schließlich hatte sie ihr abgezähltes Geld mitgegeben und davor die Bitte für einen Taschengeldvorschuss ablehnen müssen. „Woher hast Du die Schokolade?" Das Lächeln in dem erwartungsvollen

Kindergesicht erlosch. Unter Leevkes forschendem Blick senkte Finja die Augen. Was sollte sie sagen? Die Wahrheit? Nein, lieber nicht, entschied sie schnell, denn dann würde ihre Mama noch trauriger gucken und dabei hatte sie doch heute Geburtstag. So griff sie zu einer Notlüge, die, wie Leevke immer sagte, nicht ganz so schlimm war. Eine Notlüge war es nämlich, wenn man etwas für sich behielt, dass dem anderen weh tun würde. Mit gesenktem Blick flüsterte sie: „Ich habe von Opa zwei Euro bekommen. Davon hab ich die Schokolade bezahlt." Leevke atmete erleichtert aus, bevor sie sagte: „Wenn das so ist, freue ich mich sehr darüber. Danke, mein Liebes." Ihre Bettdecke ein wenig anhebend, fügte sie hinzu: „Setz Dich zu mir und dann essen wir ein Stück davon." Glücklich, dass ihre Mama nicht mehr traurig guckte, schlüpfte Finja zu ihr ins Bett und dicht aneinandergekuschelt verspeisten sie die Schokolade.

Leevkes Eltern kamen wie geplant am Sonntagnachmittag zum Tee. Sie wohnten in der Krummhörn. In dem malerischen Küstenort Greetsiel. Beide waren berufstätig. Ole arbeitete im Schichtdienst auf einer Werft in Emden und Jade in einer Boutique in ihrem Ort. Sie schenkten ihrer Tochter eine meerblaue Wetterjacke, die gut zu ihrem hellblonden Haar passte, und fünfzig Euro. Leevke bedankte sich dafür, in dem sie ihre Eltern stürmisch umarmte. Über die Jacke freute sie sich besonders. Denn sie war, seit Finja in ihr Leben gekommen und das Geld ständig knapp war, in puncto Kleidung sehr bescheiden geworden. Die meisten der Stücke, die sie trug, kaufte sie im Secondhandladen. Da sie lange kein neues Teil bekommen hatte, probierte sie die figurbetonende, hüftlange Jacke gleich an und präsentierte sie stolz. Hängte sie dann sorgfältig auf einen Bügel an die Garderobe.

Wenig später saß sie mit ihren Eltern und Finja in der Küche am Tisch. Schnitt den Kuchen an und füllte die Teetassen. Währenddessen betrachtete ihre Mutter sie mit aufmerksamer Besorgnis. „Wie geht es Dir?"Als Leevke antwortete: „Gut", stellte Jade die Frage, die ihr jedes Mal, wenn sie sich sahen, auf der Zunge brannte: „Gibt es inzwischen einen Mann in Deinem Leben?" Leevke lächelte. Beantwortete die Frage ihrer Mutter jedoch mit einem ausweichenden: „Nein." Sie vermied es Sven zu erwähnen, ihren Kollegen aus dem Hotel. Denn dann würde sie etwas in Bewegung setzen, das sie nicht wollte. Doch Jade nahm den dreiunddreißigsten Geburtstag ihrer Tochter zum Anlass, diese Antwort zu hinterfragen: „Warum denn nicht? Du bist nun schon so lange allein. Vieles wäre einfacher für Euch, wenn Du einen Partner hättest, der vielleicht Finja ein Vater sein könnte." Ole warf seiner Frau einen unwilligen Blick zu, bevor er murrte: „Alles bestimmt nicht. Außerdem kann sie sich doch keinen Mann aus der Wade schneiden und zu ihr passen muss er auch. Aber das Wichtigste ist", fügte er mit erhobenem Zeigefinger hinzu, „dass sie ihn liebt."

Jade nickte geduldig. „Das weiß ich auch, aber wenn sie niemandem eine Chance gibt, wird sie es ja nie herausfinden." Dabei dachte sie an all die Männer, die sie ihrer Tochter schon vorgeschlagen, die diese aber abgelehnt hatte. Söhne von Freundinnen, Nachbarinnen oder Kolleginnen, die entweder geschieden oder noch immer ledig waren und eine Frau suchten. Da aber Leevke auch jetzt nicht im Mindesten auf ihre Bemerkung einging, versuchte sie ihr Enkelkind für die Idee zu gewinnen. „Na, meine Süße. Du hättest doch sicher gern einen Papa, nicht wahr?" Sie fragte es so, als könne man Väter im Katalog oder zum Geburtstag bestellen. Finja warf, bevor sie eine Antwort gab, Leevke einen fragenden Blick zu. Doch als diese mit ihr wohlbekanntem Gesichtsausdruck, antwortete: „Wir kommen ganz gut allein zurecht", senkte die Kleine, ohne zu antworten den Kopf. Ole sah von einer zur anderen. Das Thema war ihm wie immer unangenehm. Auch er wünschte seiner Tochter einen netten Partner, aber das konnte man doch nicht erzwingen.

Aber Jade war noch nicht fertig. „Das hast Du die letzten Jahre ja auch bewiesen", nahm sie die Unterhaltung an ihre Tochter gewandt wieder auf, „trotzdem wäre es schön, wenn ein Mann Euch zur Seite stünde. Zum Beispiel der Sohn von Ella. Jochen. Er hat ein gutes Einkommen und würde perfekt zu Dir passen." Ole öffnete den Mund zu einem weiteren Einwand. Doch dann unterdrückte er ihn. Jade meinte es ja gut mit ihrer Tochter. Als Leevke damals schwanger und ohne einen greifbaren Kindsvater von der Insel Langeoog zurückgekommen war, war für seine Frau die Welt zusammengebrochen. Sie hatte sich für ihre einzige Tochter ein anderes Leben gewünscht. Nach einer Hochzeit in Weiß, mit einem guten, möglichst wohlhabenden Mann, der ihr Leben für immer mit ihr teilte. Aber Jade hatte geschwiegen und Leevkes Erklärung, dass

Finja das Resultat einer Nacht sei und sie diesen Mann nie wiederse-hen würde, ohne Vorwürfe hingenommen. Sie stattdessen unter-stützt, soweit es bei ihrer eigenen Berufstätigkeit möglich gewesen war. Jedoch war es für Jade unverständlich, dass Leevke ihnen in all der Zeit noch keinen Mann präsentiert hatte. Einen, der endlich eine Familie mit ihr gründen würde. Aber bei allem Verständnis für seine Frau war Ole der Meinung, dass sie akzeptieren musste, dass Leevke keinen Partner hatte oder wollte. Außerdem fand er es nicht in Ord-nung, dass über diese Geschichte in Finjas Gegenwart gesprochen wurde. Er lenkte das Gespräch in eine andere Richtung, denn dass ihre Mutter sparen musste, wusste das Kind schließlich. Und so fragte er: „Wie kommst Du denn finanziell klar? Es wird doch alles teurer."

Das konnte Leevke nur bestätigen. Wie knapp es manchen Monat tatsächlich bei ihr war, mussten ihre Eltern ja nicht erfahren. Dann würden sie sich nur noch mehr Sorgen machen. „Ja, das stimmt, und eigentlich muss ich mehr Stunden arbeiten. Aber mein Chef stellt nur Teilzeitkräfte ein und so ..." Bevor sie den Satz beenden konnte, unterbrach Jade ihre Überlegungen: „Oder Du versuchst es mit Jochen. Der würde Dich bestimmt nehmen und Kinder liebt er auch." Nun reichte es Ole. Er stand auf und fragte zu Finja gewandt: „Wollen wir in Deinem Zimmer ‚Mensch ärgere Dich nicht' spie-len?" Erst als die beiden den Raum verlassen hatten, antwortete Leevke ihrer Mutter: „Ich will weder Jochen noch sonst einen an-deren. Finja und ich sind ein gutes Team. Da würde ein Mann nur stören." Jade trank den Rest aus ihrer Teetasse und hielt sie Leevke erneut hin. „Schenkst Du mir nochmal ein, bitte?".

Als Leevke nachgeschenkt hatte, fuhr Jade fort: „Das mag ja alles sein, aber hast Du dabei schon einmal an Finja gedacht? Ohne Vater groß zu werden, ist für sie sicher nicht einfach. Ich weiß zwar nicht, was damals passiert ist, aber es ist ein Fehler, dass Du Finja darunter leiden lässt." Ihre Worte trafen Leevke mehr, als sie zugegeben hätte.

Trotzdem sagte sie beherrscht: „Ich glaube nicht, dass sie darunter leidet. Sonst hätte sie längst etwas gesagt." Schließlich kannte Leevke die Gedanken ihrer Tochter. Jade verdrehte die Augen über Leevkes Sturheit und trank schweigend ihren Tee.

Inga und Christoph hatten den Sonntagnachmittag mit den Kindern im Schwimmbad „Ocean Wave" in Norddeich verbracht. Tido war noch nie dort gewesen. Das Frisiabad in der Parkstraße kannte er schon, da sie dort von der Schule aus zum Schwimmen gingen. Nun war er glücklich, bei der Montagsrunde in der Schule, in der jedes Kind von seinen Wochenenderlebnissen berichten durfte, davon erzählen zu können. Darüber hinaus war das Wochenende aber wie immer viel zu schnell vergangen. Christoph tröstete sie, als Inga sich darüber beschwerte: „Ist ja nicht mehr lange. Dann bin ich auch in der Woche bei Euch." Zumindest hoffte er das. Sein zukünftiger Aufenthaltsort würde schließlich davon abhängen, wo er Arbeit bekam. Aber das sagte er nicht laut.

Wenig später hupte es vor dem Haus. Bevor er hinausging, reichte Inga ihm noch rasch die Zeitung mit der Stellenanzeige. Er stopfte sie in seine Reisetasche und sie hoffte, dass er nicht vergaß, sich auf die Stellenausschreibung zu bewerben. Er küsste sie und die Kinder und versprach: „Dann bis Freitag." Sein Kommilitone, der sich mit „Ich bin Henning" vorstellte, stieg aus dem Wagen, um sie zu begrüßen. Seine tiefblauen Augen sahen direkt in ihre und sein Händedruck war kräftig. Er war groß, schlank und trug die dunkelblonden Haare kurz geschnitten.

Inga fand ihn auf Anhieb sympathisch und war froh, Christoph in seiner Gesellschaft zu wissen. „Fahrt vorsichtig!", bat sie, bevor sie abfuhren. Henning lachte, wobei aus der dunklen Tiefe seiner Augen kleine Sterne zu sprühen schienen. Inga ertappte sich dabei, dass sie ihn fasziniert anstarrte. Solche Augen hatte sie noch nie gesehen. Als er ihr beruhigend zuzwinkerte und sagte: „Mach Dir keine Sorgen. Du bekommst ihn heil zurück", lächelte sie verlegen. Winkte ihnen nach und ging mit den Kindern ins Haus zurück.

Leevke verfolgte die Predigt, denn so hatte sie die Worte ihrer Mutter einen Mann betreffend empfunden, sogar bei ihrer Arbeit im Hotel. Sie ärgerte sich besonders darüber, dass Jade Finja gegenüber das Vaterthema angeschnitten hatte. Was hatte sie damit bezweckt? Für Leevke war ohnehin klar, dass sie, sobald ihre Tochter unter der Vaterlosigkeit leiden sollte, versuchen würde, diesen Zustand zu ändern. Aber bis dahin ... Mit wiederholten Seufzern hatte sie ihren Arbeitstag hinter sich gebracht. Wegen der Anreise der Ostergäste, die schöne Tage in Ostfriesland verbringen wollten, war er mit viel Stress verbunden gewesen. Während sie nun, seit wenigen Minuten zu Hause, den Topf mit der Gemüsesuppe auf den Herd stellte, warf sie einen Blick zur Uhr. Finja würde gleich aus der Schule kommen und sich freuen, dass sie schon da und das Essen fertig war. Doch als ihre Tochter hereinkam, war ihr Gesichtausdruck gar nicht erfreut, sondern betrübt. Sie hob ihren Ranzen auf einen Stuhl, öffnete ihn und holte einen Zettel heraus. Auf dem Heimweg hatte sie überlegt, ob sie ihrer Mutter den Brief überhaupt geben sollte. Aber Frau Sommer hatte erklärt, dass, wenn Finja in der nächsten Woche keine Turnschuhe hätte, sie in Sport eine sechs bekäme. Sie zögerte einen Moment, bevor sie vorsichtig, wobei sie Leevkes Gesicht nicht aus den Augen ließ, erklärte: „Von meiner Sportlehrerin. Frau Sommer hat geschimpft, dass ich schon wieder barfuß geturnt hab."

Leevke überflog den Brief. Schaute aber zu Finjas Erleichterung nicht traurig, sondern meinte mit einem entschuldigenden Lächeln: „Das tut mir leid, mein Schatz. Dabei stehen Deine Turnschuhe auf meiner Liste für diesen Monat. Aber", fügte sie nach einem kurzen Zögern hinzu: „weißt Du was?" Finja schaute aufmerksam zu ihr auf. „Wenn Du mit den Hausaufgaben fertig bist, kaufen wir Dir welche."„Wirklich?" Der ungläubige Gesichtsausdruck ihrer Tochter tat Leevke weh, denn sie litt darunter, dass sie ihrem Kind selten Wünsche erfüllen konnte. Dabei waren Turnschuhe doch wirklich nichts Besonderes, sondern eine Notwendigkeit. Aber sie hatte ihr Geburtstagsgeld dafür eingeplant. Und wenn die Schuhe nicht zu teuer wären, könnte Finja sogar noch eine neue Hose bekommen.

Gleich nachdem ihre Tochter die Gemüsesuppe ohne den üblichen Kommentar aufgegessen hatte, fuhren sie mit dem Fahrrad zu einem Schuhgeschäft in der Norddeicher Straße. Im sogenannten „Mühlenpark". Neben den Geschäften stand eine alte, gut erhaltene Windmühle, allerdings ohne Flügel. Ihr verdankt der Park seinen Namen. Außer dem Schuhgeschäft gab es dort ein Bekeidungsgeschäft, einen Drogeriemarkt, ein Möbelhaus und einen Immobilienhandel. Im Schuhgeschäft lief die Kleine zielsicher zu einem Regal mit Sportschuhen in den verschiedensten Ausführungen. Mit roten, gelben, grünen und schwarzen Streifen. Aber auch Schuhe, die mit Strasssteinchen verziert waren. Davor blieb Finja stehen. Schaute sehnsüchtig. Leevke hatte ein stabil aussehendes, mit weißen Sohlen versehenes, reduziertes Paar aus einem Regal genommen. „Probier die bitte einmal an." Enttäuscht, aber gehorsam, wandte das Kind ihren Blick von den glitzernden, unerreichbar scheinenden Schuhen ab. Setzte sich auf einen der kleinen Hocker und probierte die, die ihre Mutter ihr reichte. Sie passten nicht. Hoffnung stieg in Finja auf. Schnell sprang sie auf und holte das Paar mit den Glitzersteinen. „Schau, Mami. Die sind doch hübsch!" Leevke sah auf das Preisschild. Dreißig Euro. Sie zögerte. Doch ein Blick in das Gesicht ihrer Tochter, die sie so bittend und gleichzeitig so hoffnungslos ansah, ließ sie sagen: „Gut, dann probiere sie an." Mit den Schuhen an den Füßen und strahlenden Augen sprang das Kind kurz darauf durch den Laden. „Siehst Du? Sie passen mir." Leevke drückte noch einmal vorne auf den Schuh, ob er auch wirklich groß genug war. Und sagte zu Finjas Erstaunen: „Fein, dann kaufen wir sie, aber Du musst gut darauf aufpassen. Noch ein Paar kann ich Dir diesen Monat nicht kaufen." Das Glück in den Augen ihrer Tochter bestätigte ihr, dass das Geld gut angelegt war.

Auf dem Weg zur Kasse kamen sie an einem Jungen und einer Frau vorbei. Auch er trug ein Paar Turnschuhe in der Hand. Als Finja ihn grüßte, fragte Leevke interessiert: „Kennst Du den Jungen?" „Ja, das ist Tido. Der geht in meine Klasse. Und die Frau ..." Sie sah Inga ins Gesicht und erschrak. Das war doch ... Hastig zog sie Leevke in Richtung Kasse, doch da kamen die beiden schon auf sie zu. Finja sah so flehend zu Inga auf, dass diese darauf reagierte, indem sie so tat, als habe sie das Kind noch nie gesehen. Sagte freundlich zu Leevke gewandt: „Tido erzählt mir gerade, dass unsere Kinder in eine Klasse gehen." Leevke stellte sich vor. Beschloss dabei, ihr Gegenüber ganz unkompliziert zu duzen, da sie im gleichen Alter zu sein schienen. „Wie ich sehe, musstest Du Deinem Sohn auch Schuhe kaufen. Es ist ständig etwas anderes, nicht wahr? Manchmal fragt man sich, woher das Geld dafür immer ..."

Sie brach ab. Automatisch war sie davon ausgegangen, dass auch Tidos Mutter – oder Eltern? nicht viel Geld hatten, dabei ... Zu ihrer Erleichterung nickte Inga zustimmend. „Das kenne ich. Aber die Kinder wachsen nun mal, und da ist immer wieder ein neues Stück notwendig." Schmunzelnd fügte sie hinzu: „Es nützt nichts, wir werden wohl zur Kasse gehen und bezahlen müssen." Gemeinsam verließen sie das Geschäft. Inga wandte sich Leevke zu. „Schön, dass

wir uns kennengelernt haben. Also, dann bis zum nächsten Mal."
Während sie mit ihren Kindern zu ihrem Wagen lief, gingen Leevke
und Finja in das Bekleidungsgeschäft hinüber um die erforderliche
Hose zu kaufen.

Voller Freude über ihre neuen Schuhe sehnte Finja den nächsten
Sportunterricht herbei. Noch nie hatte sie so schöne Schuhe be-
sessen. Die anderen Kinder würden Augen machen. Als der Tag da
war, lief sie, den Beutel mit den Schuhen fest umklammert, zur
Schule. Im Umkleideraum zog sie sich mit den anderen um und betrat wenig später die Turnhalle. Frau Sommer kam gleich nach ihr
mit den Worten herein: „Ich hoffe, Ihr habt alle Schuhe mit weißen
Sohlen an." Die meisten der Jungen und Mädchen nickten eifrig.
Natürlich waren nicht alle Schuhe neu. Einige waren von den Ge-
schwistern übernommen worden und sahen schon recht mitgenommen aus. Darüber hinaus hatten ein paar Kinder überhaupt keine
Schuhe dabei und ernteten einen rügenden Kommentar der Lehrerin.
Bevor sie Finjas Füße kontrollieren konnte, präsentierte das Kind
ihre glitzernden Schuhe und erntete von Frau Sommer einen
wohlwollenden und von den Mitschülern einen neidischen Blick.
Nach dem Sport herrschte im Umkleideraum ein wildes Durch-
einander. Außerdem musste Finja auf die Toilette und ihre Schuhe
blieben für einen Moment unbeaufsichtigt. Als sie zurückkam und
die Schuhe in ihren Beutel stecken wollte, waren sie nicht mehr da.
Voller Panik schaute das Kind in jede Ecke und unter den Bänken
nach, während die anderen den Raum schon verlassen hatten.
Schluchzend sank sie auf eine Bank. Tido kam aus dem Umkleideraum für die Jungen an der Tür vorbei. Als er Finja sah, fragte er besorgt: „Was hast Du?" Sie wischte sich über die Augen und flüsterte:
„Meine Schuhe sind weg." Gemeinsam suchten sie erneut. Jedoch
ohne Erfolg. Tido betrachtete sie mitfühlend. „Bekommst Du jetzt
Schimpfe?" Finja schüttelte den Kopf. „Nein, das nicht, aber meine
Mama wird traurig sein." Gemeinsam informierten sie die Lehrerin
von dem Verlust. Trotz deren Nachfrage in der Klasse wusste keines
der Kinder vom Verbleib der Schuhe. Nach dem Unterricht machten
Tido und Finja sich gemeinsam auf den Heimweg. Finja sah ihn im-
mer wieder von der Seite an. Eigentlich fand sie Jungs doof, aber
Tido mochte sie gern, denn der schubste und schrie nicht so herum

wie einige andere. Vielleicht, überlegte sie nun, wollte er ihr Freund sein. Bisher hatte sie sich jedoch nicht getraut ihn zu fragen, ob er mal zu ihr zum Spielen kommen wollte. Er schien ihre Gedanken lesen zu können, denn plötzlich sagte er: „Komm mich doch mal besuchen. Dann können wir zusammen spielen." Sie nickte glücklich und verdrängte für den Moment den Kummer über die verlorenen Turnschuhe. Aber das war nicht für lange.

Als Finja in die Wohnung kam, stand Leevke in der Küche am Herd und pürierte gekochte Kartoffeln. Dazu gab es Spiegelei und Möhrensalat. Ein günstiges, doch nahrhaftes Gericht, das sie öfter zubereitete, denn Finja mochte es gern. Leevke lächelte ihrer Tochter zu, während sie die von Finja befürchtete Frage stellte: „Hat alles geklappt mit den neuen Schuhen? Oder drücken sie noch? Und war Deine Lehrerin nun zufrieden?" Ihre Stimme klang fröhlich. Die Kleine sah zu ihr hoch. Registrierte das glückliche Lächeln im Gesicht ihrer Mutter und wollte es mit der Wahrheit nicht zerstören. So griff sie erneut zu einer Notlüge. „Frau Sommer will, dass wir die Schuhe in der Schule lassen, weil manche Kinder immer vergessen, ihre Schuhe zum Sport wieder mitzubringen."

Leevke krauste ungläubig die Stirn über diese Regelung. Fragte: „In der Schule? Wo denn da?" Röte überzog Finjas Gesicht, als sie schnell hervorstieß: „In einem Schrank." Dann lief sie mit den Worten „Ich geh' Hände waschen", hinaus. Leevke deckte, noch immer verwundert, den Tisch. Als ihre Tochter zurückkam, sprachen sie über andere Dinge und das Schuhthema war vorerst beendet.

3. Kapitel

Es war Ende März, doch der Frühling streckte bereits seine Fühler aus. Nach dem langen Winter, der noch bis Anfang des Monats für frostige Nächte gesorgt hatte, übernahmen nun die ersten warmen Sonnenstrahlen die Aufgabe, die Pflanzen aus der Erde zu locken. Inga half ihnen dabei auf die Sprünge, indem sie sie sorgfältig mit Kompost düngte und ihnen das Unkraut vom Leibe hielt. Sie liebte ihren Garten, der aus einer abgerundeten Rasenfläche bestand. Umgeben von Büschen, einigen Bäumen und Beeten mit Blumen, deren Samen sie dort willkürlich ausgesät hatte. So war ein richtiger kleiner Bauerngarten entstanden. Häufig blieben die vorbeigehenden Leute in der Blütezeit davor stehen, um die vielfarbige Pracht am Flöckershauser Weg zu bewundern.

Inga führte den Garten im Sinn ihrer Eltern weiter, die vor einigen Jahren kurz hintereinander verstorben waren. Sie waren schon ziemlich alt gewesen. Inga war geboren worden, da war ihre Mutter bereits Anfang vierzig und ihr Vater fast fünfzig Jahre alt gewesen. Während Inga hackte und jätete, warf sie einen sehnsüchtigen Blick zum Himmel hinauf. Sie vermisste ihre Eltern. Gerade dann, wenn sie im Garten arbeitete, waren sie ihr besonders nah. Denn ihre Eltern hatten ihren Garten geliebt und viele Stunden darin verbracht. Inga tröstete sich mit der kindlichen Vorstellung, dass sie vom Himmel herab an ihrem Leben teilnahmen und sich über den gepflegten Garten und ihre wohlgeratenen Enkelkinder freuten. Denn das Haus hatten sie ihr vererbt. So mussten sie keine Miete zahlen.

Die Instandhaltung des älteren Hauses schluckte jedoch manchen Euro. Christoph bekam Bafög und die Rückzahlung der erhaltenen Summe würde auch später auf sie zukommen. Der Gedanke war ein weiterer Grund, der sie hoffen ließ, dass er nach dem Studium zügig Arbeit bekam. Mit einem unterdrückten Seufzer, denn sie wollte sich den herrlichen Tag nicht mit trüben Gedanken vermiesen, wandte sie ihren Blick wieder dem Boden zu. Tido saß auf der Schaukel, die Christoph vor einigen Jahren aus dicken Holzstämmen gebaut hatte. Kati saß im Sandkasten und buk Schlammkuchen. Der Rand war mit den unterschiedlichsten Formen bedeckt. Inga wartete, während sie gerade einen vertrockneten Busch ausgrub, förmlich darauf, dass die piepsige Stimme ihrer Tochter erklang. Sie wurde nicht enttäuscht. „Tiiiiiito", schrie Kati und ihr Bruder musste herbei eilen um den „Sandkuchen" zu probieren. Geduldig tat er ihr den Gefallen. Auf dem Weg zurück zur Schaukel sah er zum Gartentor. Dort stand Finja und schaute zu ihnen herüber. Er lief zu ihr. Sagte freudig überrascht: „Komm doch rein." Auch Inga hob den Kopf. Erkannte erstaunt das Kind, das anscheinend eine Rolle in ihrem Leben einzunehmen begann. Sich streckend zog sie ihre Gartenhandschuhe aus und meinte: „Jetzt habe ich mir eine Tasse Kaffee verdient." Den Kindern, die noch am Gartentor standen, rief sie zu: „Möchtet Ihr Kakao?" Sie sahen sich etwas unschlüssig an. Nickten dann zustimmend. So holte sie Kati aus dem Sandkasten. Zog ihr an der Hintertür die Matschhose aus und spülte ihr im Bad die Hände ab. Tido und Finja liefen inzwischen in die Küche. Inga setzte die Kaffeemaschine in Betrieb und goss Milch in zwei Becher, auf denen ein Tiger und ein Bär abgebildet waren. Rührte Kakaopulver hinein und schob jedem einen Becher zu. Aus dem Schrank nahm sie eine Dose mit schokoladeüberzogenen Keksen. Stellte sie auf den Tisch und sagte auffordernd: „Bedient Euch." Für Kati füllte sie den Kakao in einen Schnabelbecher und gab ihn ihr, sie dabei auf den Schoß nehmend. Während ihre Jüngste friedlich vor sich hin schmatzte, betrachtete Inga Finja nachdenklich. Sie dachte an die Situation im Discounter. Fragte sich, in welchen Verhältnissen Finja und ihre Mutter leben mochten. Sie wusste von Tido, dass die Turnschuhe des Mädchens verschwunden waren und dass das Kind darüber sehr traurig gewesen war. Als sie nun fragte: „Hast Du Deine Schuhe wieder bekommen?", warf die Kleine einen erschrockenen Blick zu ihm hin. Als er jedoch beteuerte: „Meine Mama sagt nichts weiter!", antwortete sie: „Nein, hab ich nicht. Aber Frau Sommer hat gesagt, dass die Schulversicherung die Schuhe ersetzt." Das konnte Inga bestätigen: „Richtig. Tido wurde mal eine Federtasche gestohlen. Da hat er auch eine neue bekommen." Behutsam fügte sie hinzu: „Was hat denn Deine Mama dazu gesagt?" Finjas Gesicht verzog sich, so dass es aussah, als würde sie jeden Moment weinen. Doch dann hob sie den Kopf. Sah Inga tief in die Augen und flüsterte beschwörend: „Sie weiß nichts davon. Ich wollte nicht, dass sie traurig ist. Wir haben nämlich nicht viel Geld."

Die Worte klangen so erwachsen, dass Inga ganz gerührt war. Tido nickte weise. „Meine Eltern haben auch nicht viel Geld, weil mein Papa noch studiert." Finja wandte sich ihm mit großen Augen staunend zu. „Du hast einen Papa?" „Klar!" Und überzeugt fügte er hinzu: „Alle Kinder haben einen." Das Mädchen sah auf ihre Hände herab, an denen noch Schokolade klebte. Meinte leise: „Das weiß ich wohl. Ich hab ja auch einen, aber ich kenn ihn nicht." Tido sah seine Mutter so erstaunt an, dass sie sich genötigt fühlte, sanft nachzuhaken: „Und warum nicht?" Finja beugte sich zu ihr. Teilte vertrauensvoll mit: „Weil wir seine Adresse nicht haben." Nun war Tido sehr irritiert, schließlich hatte sein Papa schon immer bei ihnen gewohnt. Hilfesuchend sah er erneut zu seiner Mutter. Doch Inga wusste selbst nicht, was sie davon halten sollte. Wollte das Kind aber auch nicht ausfragen.

So bot sie, das Thema wechselnd, an: „Möchtet Ihr noch Kakao?" Die Kinder schüttelten den Kopf. Als es an der Tür läutete und Inga öffnete, sah sie sich einer kreidebleichen Leevke gegenüber, die atemlos hervorstieß: „Finja ist verschwunden." Inga bat sie herein. „Sie ist hier. Komm mit." In der Küche riss Leevke ihre Tochter an sich und rief: „Gott sei Dank! Ich hab mir solche Sorgen gemacht. Du musst mir doch Bescheid sagen, wenn Du weggehst." Finja trocknete ihrer Mutter die tränennassen Wangen. Meinte tröstend: „Aber Du weißt doch, dass ich immer wiederkomme." Leevke wandte sich verlegen zu Inga: „Entschuldige meine Panik, aber ich habe ständig Angst, dass ihr etwas passiert. Dass sie plötzlich verschwinden könnte." Ihre Sorge begründend, fügte sie hinzu: „Es werden so oft Kinder entführt. Oder belästigt oder sogar umgebracht. Da muss man sich doch Sorgen machen, wenn das Kind plötzlich weg ist." Diese Meinung teilte Inga: „Da stimme ich Dir zu. Ich werde auch verrückt vor Sorge, wenn Tido nicht pünktlich nach Hause kommt. Oder mir nicht Bescheid sagt, wenn er weg geht. Schließlich sind wir doch für die Sicherheit unserer Kinder verantwortlich. Aber", fügte sie beruhigend hinzu, „es ist ja nichts passiert." Einladend zeigte sie auf einen Stuhl. „Setz Dich. Ich schenke Dir Kaffee ein."

Leevke ließ sich auf einen der weißen Holzstühle sinken, die um einen runden Tisch standen und mit rot-weiß gemusterten Kissen bedeckt waren, die genau zu den Vorhängen an den Fenstern passten.

Als die Kinder ins Kinderzimmer liefen, schob Inga Leevke den gefüllten Becher und fürsorglich Milch und Zucker zu. Während sie die heiße Flüssigkeit in kleinen Schlucken trank, kehrte die Farbe in ihre Wangen zurück. Dankbar meinte sie: „Das hat nach dem Schrecken gut getan." Sie lächelten sich verstehend zu und als Inga fragte: „Noch eine Tasse?", nickte Leevke zwar, fügte aber ein besorgtes: „Gern, aber nur, wenn ich nicht störe", hinzu. „Überhaupt nicht. Ich habe viel zu selten Besuch. Dabei finde ich es sehr wichtig, Kontakt zu anderen Müttern zu haben. Einfach, um sich mal auszutauschen. Schließlich haben wir ja irgendwie alle die gleichen Sorgen." Das sah Leevke auch so. Bedauernd meinte sie: „Ja, aber wenn man berufstätig ist, bleibt der Kontakt mit anderen oft auf der Strecke."

Dann erzählte sie von ihrer Arbeit im Hotel. Während Inga anschließend von der Praxis berichtete, sah Leevke sich unauffällig in dem quadratischen, sonnendurchfluteten Raum um, dessen eine Wand von einer dunkelrotgerahmten weißen Einbauküche eingenommen wurde. Sie suchte nach einem Hinweis auf die Anwesenheit eines Mannes. Dass dabei ihr Blick auch über die hellen Bodenfliesen glitt, war allerdings unbeabsichtigt. Inga deutete ihren Blick anders: „Schau bloß nicht so genau hin. Ich habe noch nicht geputzt, aber wenn ich von der Arbeit komme, muss Tido Hausaufgaben machen und Kati will auch beschäftigt werden. Außerdem", fügte sie selbstbewusst hinzu: „ist es mir wichtiger Zeit mit meinen Kindern zu verbringen, als ständig die Wohnung zu wienern." Leevke winkte ab: „Ach, Du hast es sauber genug. Man muss schließlich nicht vom Boden essen können."

Sie zögerte einen Moment. Fragte dann, auch wenn es neugierig wirken sollte: „Bist Du alleinerziehend?" Ihr Gegenüber lachte. „Nein, auch wenn ich mich die Woche über oft so fühle." Erklärend fuhr sie fort: „Christoph, mein Freund, studiert noch. In Hannover. Maschinenbau. Wenn alles gut läuft, ist er im nächsten Frühjahr fertig. Ich hoffe, dass er dann Arbeit bekommt und ich mal eine Weile zu Hause bleiben kann." Leevke schaute überrascht. „Oh, dann hat er aber sehr lange studiert." Inga schüttelte den Kopf. „Ne, ne, ganz normal. Er hat nur spät damit angefangen. Hat erst in Emden eine Ausbildung zum Maschinenbauer gemacht und einige Jahre in dem Beruf gearbeitet. In der Zeit ist Tido geboren. Erst als Tido drei Jahre alt war, hat Christoph sich zu dem Studium entschlossen." Sie trank einen Schluck von ihrem Kaffee, bevor sie hinzufügte. „Ich habe immer gearbeitet, und Kati war eigentlich noch nicht geplant. Aber Christoph konnte ein Urlaubssemester machen, als sie geboren wurde und hat sich in der Zeit um sie gekümmert." Inga lachte: „So, nun weißt Du eine Menge von mir. Jetzt bist Du dran. Bist Du alleinerziehend?" „Ja." Inga musste an die Worte des Mädchens denken. „Finja hat doch einen Vater." Leevkes Gesicht verschloss sich. Es bekam diesen unnahbaren Ausdruck, den Inga in Zukunft öfter auf ihrem Gesicht sehen würde, sobald sie Fragen nach Leevkes Vergangenheit stellte.

Auch jetzt wich sie aus: „Sicher, aber darüber möchte ich nicht sprechen." Inga wagte eine letzte Frage: „Aber einen Freund hast Du?" „Nein, auch nicht." Nun hakte Inga nicht weiter nach, denn sie wollte ihre neue Bekannte nicht mit Neugier vergraulen. Als Leevke wenig später ging, sagte sie zu ihr: „Es war ein schöner Nachmittag. Ich würde mich freuen, wenn wir uns öfter sehen würden."

Das empfand Leevke auch so. Es war der Beginn einer Freundschaft, die ihr Leben verändern sollte.

4. KAPITEL

Der April machte seinem Namen Ehre. Es regnete Bindfäden. Da auch ein stürmischer Wind, wie so oft an der ostfriesischen Küste, wehte, war es unmöglich mit dem Rad zur Arbeit zu fahren, wenn sie nicht klitschnass ankommen wollte. So nahm Leevke den Wagen. Auf ihrem Weg setzte sie Finja an der Schule ab.

„Tschüß, Mama. Bis heute Mittag." Leevke warf ihr einen Kuss zu: „Viel Glück für das Diktat heute." Sie sah ihr mit einem guten Gefühl nach. Denn sie hatten für die Arbeit geübt. Finja hatte zwar einige Probleme mit der Rechtschreibung, aber Leevke hoffte, dass das regelmäßige Üben auf Dauer half. Dann fuhr sie weiter zum Hotel, das in der Innenstadt lag. Es war ein schönes Gebäude mit modernen, hellen Zimmern und einer aufwändig gestalteten Außenanlage, das sie kurz darauf durch den Hintereingang betrat.

Leevke arbeitete hier seit vier Jahren. Seit dem Tag, an dem Finja alt genug für den Kindergarten gewesen war. Davor hatte sie mal hier und da ausgeholfen. Auch ihre Wohnung besaß sie seit der Zeit. Zuvor hatte sie bei ihren Eltern gewohnt. In einer kleinen Ferienwohnung, die seit ihrem Auszug wieder an Gäste vermietet wurde. Nachdem sie ihre Sachen in den Spind im Personalraum eingeschlossen hatte, lief sie zu ihrem Arbeitsplatz an der Rezeption. Es waren erst wenige Gäste im Foyer. Die meisten saßen um diese Zeit noch im Frühstücksraum. So konnte sie in Ruhe nachsehen, wer für diesen Tag angemeldet war. Unterbrochen wurde sie dabei von einem Gast, der seine Post vom Vortag abholen wollte. Einem anderen, der einen Schiffsfahrplan zu den ostfriesischen Inseln benötigte. Kurz darauf kam eine Dame mit zwei Rollkoffern herein. Leevke begrüßte sie. Verglich den Namen, den sie nannte, mit der Anmeldung in ihrem Computer. Reichte ihr die Karte für die Zimmertür und wünschte einen schönen Aufenthalt. Dann winkte sie Sven herbei. Er war für alle anfallenden Arbeiten zuständig und wurde auch als Gepäckträger eingesetzt.

Wahrscheinlich wäre er in Jades Augen ein geeigneter Kandidat für ihre Tochter gewesen. Glücklicherweise wusste Jade nicht, dass er Leevke schon öfter um ein abendliches Treffen gebeten hatte. Bestimmt hätte sie ihre Tochter bekniet, endlich mit ihm auszugehen. Strahlend kam er zu Leevke an die Rezeption: „Guten Morgen. Schade, dass Du neulich nicht mit zum Essen konntest. Wir hatten einen schönen Abend." Er sah ihr tief in die Augen und fügte leise hinzu: „Der mit Dir bestimmt noch schöner gewesen wäre."

Seine Worte waren ihr im Beisein des Gastes, der neugierig die Ohren spitzte, peinlich und so antwortete sie kühl: „Würdest Du bitte das Gepäck von Frau Keil auf Zimmer 27 bringen?" Er stutzte, bemerkte dann selbst sein unprofessionelles Benehmen. Seine Hände um die Koffergriffe legend, sagte er höflich zu dem Gast gewandt: „Wenn Sie mir bitte folgen würden." Leevke nickte ihm zu und schrak zusammen, als ihre Kollegin Mia, die im Service arbeitete, mit den Worten neben sie trat: „Meinst Du nicht, dass es langsam Zeit wird, ihm eine Chance zu geben? Ihr versteht Euch doch gut. Geh doch endlich mal mit ihm essen oder ins Kino. Er ist ein netter Kerl. Außerdem macht das Leben mit einem Partner doch viel mehr Spaß."

Mia wusste, wovon sie sprach. Sie war mit einem liebevollen Mann verheiratet und Mutter von drei Kindern, die sie neben ihrem Job auf Trab hielten. Bevor Leevke ihr antworten konnte, kam Sven zurück. Spürte wohl, dass sie über ihn gesprochen hatten. Er warf Mia einen unsicheren Blick zu und sagte: „Frau Keil möchte Tee. Gedeck sieben." Grinsend, doch ohne weiteren Kommentar verschwand sie in der Küche. Dort arrangierte sie auf einem Tablett ein Kännchen frisch aufgebrühten Tee auf einem Stövchen. Stellte Sahne und Kandis dazu. Einen Teller mit Keksen und brachte es Frau Keil aufs Zimmer. Sven blieb etwas unschlüssig vor dem Tresen stehen.

Leevke lächelte ihm zu: „Trinken wir später unseren Kaffee zusammen?" Er räusperte sich, stieß dann hervor: „Ja, gern. Aber eigentlich wollte ich Dich etwas anderes fragen." Aufmerksam betrachtete sie ihn. „Ja, was denn?" Sven sah seinen Moment vor sich auf den mit Teppich belegten Boden. Dann holte er tief Luft. Reckte die Schultern und fragte: „Würdest Du am Samstag mit mir essen gehen?" Bevor sie antworten konnte, fuhr er fort: „Du hattest doch neulich Geburtstag und da hab ich gedacht, es wäre eine gute Idee, Dich zum Essen einzuladen. Statt Blumen oder so." Leevke lächelte zwar dankend, wollte aber wie üblich zu einer Ausrede greifen. Dann überlegte sie: Warum eigentlich nicht? Und so sagte sie: „Ja, gern." Nun war Sven überrascht. Er hatte nicht mehr damit gerechnet, dass sie seine Einladung nach all den Absagen annehmen würde. „Wirklich? Wir beide allein?" Sie nickte zustimmend. „Ja! Wo treffen wir uns?" Schon sprudelten ihm die Worte, die seit langem auf ihren Einsatz warteten, heraus: „Zwanzig Uhr in der Pizzeria ‚La Rustica' am Warfenweg. Oder", warf er zuvorkommend ein, „soll ich Dich lieber abholen?" Sie überlegte kurz. Entschied dann: „Danke, aber ich fahre selbst." Dann war sie unabhängig, falls der Abend mit ihm so verlief wie ihre Verabredungen mit anderen Männern zuvor. Sie sah ihm nachdenklich hinterher, als er mit strahlendem Gesicht und wippendem Schritt durch das Foyer in den hinteren Trakt lief.

Als sie nach Hause fuhr, nahm sie sich vor, mit Finja darüber zu sprechen. Die saß in ihrem winzigen Zimmer über den Hausaufgaben. Leevke sah ihr über die Schulter, küsste sie auf das dunkle Haar. „Na, mein Liebling. Wie war es heute im Unterricht?" Ihre Tochter beugte sich tiefer über ihr Schulheft. Murmelte: „Gut."

Zu einer anderen Zeit hätte Leevke bemerkt, dass etwas nicht stimmte, doch heute war sie zu sehr mit ihren eigenen Gedanken beschäftigt. Beim Mittagessen erzählte sie Finja von der Einladung, gab dabei zu bedenken: „Allerdings musst Du dann bei Oma und Opa schlafen." Finja schlief gern bei ihren Großeltern. Dort durfte sie manchmal Sendungen sehen, die Leevke ihr nicht gestattete. Andererseits fand sie es auch toll, wenn sie den Samstagabend bei Leevke war.

Während sie überlegte, kniff Finja ein Auge leicht zu und hielt ihren Kopf ein wenig schräg. Diese Eigenart hatte auch ihr Vater an sich gehabt. Das Kind war ihm in diesem Moment so ähnlich, dass Leevkes Herz sich schmerzhaft zusammenzog. Solche Situationen zeigten ihr, dass die Vergangenheit nicht vergangen war. Denn die Erinnerung an ihn tat noch immer weh.

Finja hatte ihre Überlegungen inzwischen beendet. „Der Mann, mit dem Du essen gehst, bist Du in den verliebt?" Die Frage holte Leevke in die Realität zurück. Erstaunt antwortete sie: „Nein, das bin ich nicht. Aber ich mag ihn sehr gern." Diese Auskunft schien Finja zu genügen. Altklug schlug sie vor: „Geh trotzdem mit ihm essen. Ich schlaf bei Oma und Opa." Doch bevor es soweit war, ergab sich etwas anderes.

Seit einigen Wochen liefen Tido und Finja nun schon zusammen zur Schule. Sie waren befreundet und Finja vertraute ihm so manche ihrer Sorgen an. Allerdings immer mit der Bemerkung: „Darfst Du aber Deiner Mama nicht erzählen." Er wusste von ihren schlechten Diktaten, die sie erfolgreich vor ihrer Mutter verheimlichte. Wenn Leevke ihre Tochter danach fragte, hatte Finja die Arbeit eben noch nicht zurückbekommen oder das Heft in der Schule vergessen.

Bisher hatte Tido Inga gegenüber geschwiegen, aber dabei kein gutes Gefühl. Schließlich konnte es doch passieren, dass Finja wegen der schlechten Note in Deutsch das Schuljahr nicht schaffen würde, und dann kämen sie im nächsten Jahr in verschiedene Klassen. Doch den Gedanken mochte er gar nicht. Er saß in der Schule neben Finja und hätte ihr gern geholfen, aber Frau Alt, ihre Lehrerin sah alles. Und so unterließ er es. Wenn er zusammen mit Finja auf dem Schulhof stand, schrien ihre Schulkameraden oft: „Seht mal da. Ein verliebtes Ehepaar." Tido überhörte das, denn er freute sich, dass er sich gut mit ihr verstand.

Doch nicht nur die Kinder waren sich nähergekommen, auch ihre Mütter trafen sich inzwischen regelmäßig. Ihre Gespräche wurden intensiver und Inga hoffte, dass Leevke eines Tages von der Vergangenheit und vor allem von Finjas Vater erzählen würde.

An einem Abend, Tido war gerade vom Spielen nach Hause gekommen, rief Christoph an. Kati hatte den Hörer abgenommen und brabbelte ziemlich unverständlich und ohne Pause auf ihren Vater ein. Recht widerwillig reichte sie dann an Tido weiter und erst danach konnte Inga mit ihrem Freund sprechen. Nachdem sie ihn begrüßt hatte, fragte sie voller Hoffnung: „Hast Du schon eine Antwort auf Deine Bewerbung bei der Windkraftanlagenfirma?" Sie hörte ihn leise seufzen, bevor er antwortete: „Sei nicht so ungeduldig. Das braucht Zeit. Ich bin sicher nicht der Einzige, der sich dort beworben hat. Außerdem bin ich ja noch nicht einmal mit dem Studium fertig. Doch", fügte er mit trockenem Humor hinzu: „wenn ich etwas höre, bist Du die Erste, die es erfährt."

Bevor sie auflegten, teilte er ihr mit, dass er am Wochenende nicht kommen konnte. „Ich vermisse Euch sehr. Aber ich muss lernen und Du weißt selbst, dass ich zu Hause nicht die nötige Ruhe habe." Damit hatte er Recht. Denn die Kinder sahen ihren Vater nur am Wochenende und wollten dann möglichst viel Zeit mit ihm verbringen. Obwohl sie ihnen eine gemeinsame Radtour versprochen hatte, zeigte Inga Verständnis. Tido war sehr enttäuscht, als sie ihm erzählte, dass sein Vater nicht kommen würde. „Ich hab mich so darauf gefreut", schmollte er. Inga tröstete ihn. „Dann fahren wir eben allein." Der Junge hüpfte vor Freude durch die Küche. Blieb stehen und meinte, begeistert von seiner Idee: „Wir können doch Finja und ihre Mama fragen, ob sie mitfahren wollen." Daran hatte Inga auch schon gedacht. „Das ist wirklich eine gute Idee", meinte sie und rief am Abend bei Leevke an. „Ich möchte am Sonntag mit den Kindern eine Radtour nach Norddeich machen. Habt Ihr Lust mitzufahren?" „Generell schon, aber ich habe am Samstagabend eine Verabredung. Eigentlich soll Finja bei meinen Eltern übernachten." Inga überlegte kurz. Schlug dann vor: „Lass sie doch bei uns. Sonntagmorgen kommst Du zum Frühstück und anschließend fahren wir los." „Das ist super. Danke. Dann erspare ich uns die Fahrerei nach Greetsiel."

Als sie an dem Abend Finja zu Inga brachte, bat sie, wie immer besorgt: „Ich hab mein Handy dabei. Wenn irgendetwas ist, rufst Du bitte an, ja?" Inga versprach es.
Betrachtete die junge Frau bewundernd. Leevke trug heute ein wenig Make-up. Hellblauen Lidschatten, der ihre Augen noch blauer wirken ließ und einen rötlichen Lippgloss. Ingas Blick blieb an der Bluse, die sie trug, haften. „Neu?" Leevke schüttelte den Kopf. Fuhr mit den Händen über den zarten Stoff der ärmellosen, blau-beige gemusterten Bluse und zögerte, ob sie erzählen sollte, wo sie sie gekauft hatte. Irgendwie war es ihr peinlich. Aber es war andererseits eine Tatsache, dass sie wenig Geld zur Verfügung hatte. Warum sollte sie es also nicht erzählen? So erklärte sie: „Nee. Die hab ich aus einem Secondhandshop." Fast trotzig fügte sie hinzu: „Wie fast all meine Sachen." Inga kannte das Geschäft in der Osterstraße und antwortete locker: „Da hab ich auch schon das eine oder andere Schnäppchen gefunden. Auch für die Kinder." Dann lächelte sie verschmitzt. „Deinen Verehrer wird Dein Anblick bestimmt umhauen. Bist Du schon öfter mit ihm ausgegangen? „Nein." Das war alles.
Inga seufzte leise. Dachte dabei: Muss ich Dir denn jedes Wort aus der Nase ziehen? Sie kannte Leevke nun schon einige Zeit, wusste aber kaum etwas von ihr. Ein Geheimnis schien die junge Frau zu umgeben und Inga hätte es gerne gelüftet. Wusste nur nicht, wie. Als

sie fragte: „Soll ich uns noch schnell einen Cappuccino machen?",
nickte Leevke. Wenig später saßen sie vor dem heißen Getränk und
Inga, die vor Neugierde fast platzte stieß hervor: „Mit wem gehst Du
denn essen?" „Mit Sven. Einem Kollegen aus dem Hotel."
Inga grinste: „Nun, aus manch kollegialer Beziehung ist schon mehr
geworden." Interessiert hakte sie nach: „Wie sieht er denn aus?"
Leevke überlegte. Beschrieb dann zögernd: „Mittelgroß. Rötlich-
braune Haare und blaue Augen. Nein", korrigierte sie sich, „ich
glaube, sie sind eher grau." Etwas lahm fügte sie hinzu: „Weiß nicht
genau." Inga musste lachen: „Na, so intensiv scheinst Du ihm aber
noch nicht in die Augen geschaut zu haben." Leevke lachte nicht.
Sagte leise: „Stimmt. Zumindest nicht so, wie Du vielleicht meinst."
Dann sah sie auf die rotgerandete Uhr, die an der Küchenwand hing.
Sprang auf und rief: „Oh nein, jetzt komme ich auch noch zu spät."
Trotzdem lief sie noch einmal ins Kinderzimmer, um ihre erstaunte
Tochter, die in dem Glauben war, ihre Mutter sei schon fort, zu
küssen und an sich zu drücken und zu bitten: „Pass auf Dich auf."
Finja winkte lässig und Leevke fuhr zu ihrer Verabredung.

Sie parkte ihren Wagen auf dem Parkplatz der Pizzeria am Warfenweg. Da es schon wieder regnete, zog sie ihre neue Jacke an und die
Kapuze über den Kopf. So kam sie einigermaßen trocken im Gast-
raum an. Sven sah sie hereinkommen. Sprang auf und half ihr aus
der Jacke. Als Leevke sagte: „Es tut mir leid, dass ich zu spät bin,
aber ich musste erst Finja zu meiner Freundin bringen", wehrte er
mit erhobenen Händen ab. „Das macht doch nichts. Ich bin froh,
dass Du überhaupt gekommen bist." Dabei sah er sie so glücklich
an, dass sie ein schlechtes Gewissen bekam. Schließlich gab sie ihnen kaum eine Chance. Aber dann sagte sie sich, dass sie hier war,
um ihn besser kennenzulernen.
Entschlossen nahm sie die Speisekarte in die Hand. Bat, zum Kellner gewandt: „Ich möchte eine Pizza Tonno. Einen gemischten Salat
und eine Rotweinschorle." Sven wollte eine Salamipizza und ein
Alster. Der Kellner verschwand in der Küche und einen Moment sahen die beiden sich verlegen an. Dabei registrierte Leevke, dass
seine Augen tatsächlich blau waren. Er hielt ihren Blick ein wenig
länger fest. In seinem stand Hoffnung. Als sie es bemerkte, suchte
sie hastig, die Augen senkend, nach einem neutralen Gesprächs-

thema. Da sie sich schon öfter im Hotel unterhalten hatten, wusste sie, dass er gemeinsam mit seiner Mutter ein Haus bewohnte und ledig war. Genaueres über das Warum aber nicht. Wenn sie ihn bisher danach gefragt hatte, war er immer ausgewichen. Nun beschloss sie, dass dieser Umstand ein Aufhänger für ein Gespräch war.

Als das Essen gebracht wurde, hob sie jedoch erst einmal ihr Glas und sagte: „Danke für die Einladung." Er deutete eine leichte Verbeugung an und antwortete charmant: „Ich habe zu danken."

Während sie mit Appetit zu essen begann, stocherte er nur in seiner Pizza herum. Verschlang stattdessen sie mit den Blicken. Nachdem Leevke ihre Pizza zur Hälfte gegessen hatte, legte sie das Besteck zur Seite. Lächelte ihn an und fragte direkt: „Warum lebst Du eigentlich noch mit Deiner Mutter zusammen?" Als er die Stirn krauste, fügte sie hastig hinzu: „Entschuldige, das geht mich ja gar nichts an. Aber ..." Er legte für eine Sekunde seine Hand auf ihre. Meinte mit trockenem Humor: „Kein Problem. Du bist gewiss nicht die erste, die darüber erstaunt ist. Manche sind sogar entsetzt."

Er nahm seine Hand zurück. Stützte die Arme auf. Legte die Fingerspitzen aneinander und begann nachdenklich: „Also, eigentlich wohnt sie ja bei mir. Denn als mein Vater starb, war für meine Mutter das Haus viel zu groß. Da haben wir uns entschlossen es zu verkaufen und eine Einliegerwohnung in meinem Haus für sie zu schaffen. Allerdings mit eigenem Eingang und ebenerdig, denn sie ist ein wenig kränklich. So kann ich mich im Notfall um sie kümmern." Fast entschuldigend fügte er hinzu: „Es klingt immer so nach Muttersöhnchen, wenn ein Mann sagt, dass er sich um seine Mutter kümmert, aber ich bin nun mal ihr einziges Kind."

Sie betrachtete ihn aufmerksam. Wie ein Muttersöhnchen sah er absolut nicht aus. Sein Verhalten schien ihr eher verantwortungsbewusst zu sein. So ein Mann, sagte sie sich, war ihr wesentlich lieber als einer, der seine Mutter ins Heim abschob. Ihn interessiert betrachtend überlegte sie, ob er deshalb noch solo war. War seine Mutter den Frauen ein Dorn im Auge? Oder umgekehrt? War er vielleicht geschieden und hatte sich, frustriert und desillusioniert wieder seiner Mutter zugewandt? Doch als sie ihn fragte: „Warst Du denn schon mal verheiratet? Oder in einer längeren Beziehung?", schüttelte Sven den Kopf: „Ja und nein. Nein, was das Verheiratetsein angeht und ja, was eine längere Beziehung betrifft. Sie ging über fünf Jahre." Er lächelte verschmitzt, zeigte einen sympathisch machenden Humor, während er hinzufügte: „Nun denkst Du sicher, dass meine Mutter dagegen war. Aber das stimmt nicht. Im Gegenteil. Sie wünscht sich sehr, dass ich endlich eine Frau nach Hause bringe. Hat ein wenig Angst, dass der Zug für mich abgefahren sein könnte. Immerhin bin ich ja schon vierzig."

Auch Leevke musste lachen. „Das kenne ich. Ich bin zwar ‚erst' dreiunddreißig, aber solche Sprüche darf ich mir auch anhören." Er betrachtete sie mit Zärtlichkeit im Blick. Meinte charmant: „Kein Wunder. Eine hübsche Frau wie Du ist allein ja auch kaum vorstellbar." Dann, wieder in normalem Tonfall, hakte er nach: „Was ist denn mit dem Vater Deiner Tochter?" Sofort verschloss sich Leevkes Gesicht und er bereute schon, gefragt zu haben. Wusste er doch, dass sie nicht gern über ihre Vergangenheit sprach. So überraschte ihre Antwort ihn nicht: „Nichts. Ich möchte aber auch jetzt nicht darüber sprechen. Lass uns das Thema wechseln."

So erzählte er von den Rosen in seinem Garten. Wie er die verschiedenen Sorten miteinander kreuzte und dadurch immer wieder neue Varianten entstanden. Bescheiden meinte er: „Ich will ja nicht angeben, aber einmal wurde eine meiner Rosen ausgezeichnet. Die ‚Rote Hazienda'. Wenn Du möchtest, komm doch mal vorbei und sieh sie Dir an." Leevke hörte aufmerksam zu, konnte aber ein plötzliches Gähnen nicht unterdrücken. Sven hatte es bemerkt. Fragte besorgt: „Langweile ich Dich?" Sie winkte ab. „Nein, nein. Aber ich hab grad einen müden Punkt. Ich glaube, ich brauche einen Kaffee oder Espresso." Sofort rief er den Kellner herbei. Nachdem dieser das Getränk gebracht und sie ein paar Schluck getrunken hatte, kehrten ihre Lebensgeister zurück.

Die Tasse zurückstellend begann sie: „Erzähl mir doch mal, warum Du Deine Beziehung nicht geheiratet hast. Oder ist es Dir unangenehm darüber zu sprechen?" Er beruhigte sie: „Nein, das ist es nicht. Aber es gibt einen Grund." Und so erzählte er, dass er immer auf die Richtige gewartet hätte. Sah sie dabei so verlangend an, dass Leevke fast Angst vor seinen nächsten Worten hatte. Würde er ihr jetzt eine Liebeserklärung machen? Was sollte sie dann sagen? Doch sein Bekenntnis löste etwas ganz anderes bei ihr aus. „Ich habe auf die Frau gewartet, bei der alles stimmt. Bei der man genau weiß, dass sie die Richtige ist. Kannst Du das verstehen?" Leevke lauschte seinen Worten und plötzlich, bevor sie es verhindern konnte, schob sich vor sein Gesicht ein anderes. Schmal, mit dunklen Augen, die sie begehrend ansahen und einem Mund, der lautlose Worte bildete. Sie saß wie erstarrt. Eingefangen in der Vision. Vergeblich versuchte sie sich daraus zu lösen. Und wie all die Male zuvor überkam sie eine tiefe, hoffnungslose Traurigkeit, die ihr die Kehle zuschnürte. Ihr Tränen in die Augen trieb.

Erst als Sven seine Hand auf ihren Arm legte und sanft drückte, erwachte sie aus ihrer Erstarrung. Schüttelte den Kopf, worauf das Gesicht verschwand. Sven sah sie besorgt an. „Du bist auf einmal ganz blass. Geht es Dir nicht gut?" Leevke nickte, sich heftig räuspernd: „Ja, ich habe plötzlich Kopfschmerzen." Sofort zeigte er Verständnis: „Oh, das tut mir leid. Möchtest Du vielleicht lieber nach Hause fahren?" Nach einem Blick in seine mitfühlenden, ehrlichen Augen stimmte sie zu: „Ich will Dir nicht den Abend verderben, aber ich glaube, das wäre besser." Er bezahlte, half ihr in die Jacke und brachte sie zu ihrem Auto. „Kannst Du fahren? Oder soll ich Dich bringen?" Seine Besorgnis tat ihr gut. War wie Balsam für ihre aufgewühlte, verletzte Seele. Einen Augenblick war sie versucht, ihm ihr Verhalten zu erklären. Zum ersten Mal mit jemandem darüber zu sprechen. Aber dann nahm sie davon Abstand. Auch er würde es nicht ändern können. So antwortete sie leise: „Danke, das ist lieb, aber nicht notwendig."

Zu Hause schlüpfte sie aus ihren Sachen. Kroch in ihr Bett. Schon sah sie das Gesicht wieder über sich, das ihr im Lokal erschienen war. Es schien zum Greifen nah. Doch als sie die Hand hob, um es zu berühren, löste es sich auf. Verschwand, und ließ sie erneut tieftraurig zurück.

Nach einer unruhigen Nacht, in der sie, wie früher so oft, von ihm geträumt und er ihr sehr nah gewesen war, stand sie wie gerädert auf. Während sie unter der Dusche stand, ließ sie den Traum noch einmal an sich vorüberziehen. Er war so real gewesen. Wie in ihrer Vision am Vorabend. Wieder hatte er die Lippen bewegt, sie eindringlich angesehen, so, als wolle er ihr etwas mitteilen. Aber auch wenn er ihr im Traum nah gewesen war: In der Wirklichkeit würde er nie zu ihr zurückkommen. Das war die Realität. Doch warum konnte sie dann nicht endlich mit der Vergangenheit abschließen? War es weil sie ihn noch immer liebte? Oder war es, weil es nie einen richtigen Abschluss gegeben hatte? Sie wusste die richtige Antwort, doch es brachte sie nicht weiter.

Mit geschlossenen Augen duschte sie heiß. Anschließend kalt. Hoffte so einen klaren Kopf zu bekommen. Dann zog sie Jeans, T-Shirt und feste Schuhe an. Es war ein klarer Tag und die Sonne schob sich langsam hinter den Wolken hervor. Obwohl es warm zu werden versprach und sich am Himmel nur brave Wattewölkchen zeigten, steckte sie ihre neue Jacke in den Rucksack. Packte Apfelsaftschorle und einige rotwangige Äpfel ein. Strich ein paar Brote und legte sie in eine Tupperdose. Dann verließ sie ihre Wohnung in der Leipziger Straße und radelte zum Bäcker in der Parkstraße.

Sie hatte versprochen, frische Brötchen fürs Frühstück mitzubringen. Als sie den Laden betrat, fiel ihr auf, dass sich darin zu dieser Zeit nur männliche Wesen befanden. Sorgfältig darauf achtend, dass die Verkäuferinnen auch die richtigen Brötchen in die Tüte packten, suchten sie Weißmehlbrötchen, Körnerbrötchen oder welche mit Rosinen aus. Unterstützt von ihren Kindern, die plappernd neben ihnen standen oder stolz zu ihnen hochsahen. Leevke fühlte sich plötzlich wie eine Außenseiterin in dieser Brötchen-Vater-Kinder-Welt. Mit dem Gefühl, als wäre sie die einzige Frau, die ihrem Kind einen Vater vorenthielt, verließ sie das Geschäft.

Aber dann sagte sie sich, dass es viele Frauen gab, die den Vater ihres Kindes, aus was für Gründen auch immer, für sich behielten. Ob es richtig oder falsch war: Die Feststellung beruhigte sie etwas. Trotzdem ließ sich der Gedanke, dass sie ihr Kind absichtlich ohne Vater aufwachsen ließ und es vielleicht darunter litt, nicht ganz vertreiben. Sehr nachdenklich stand sie wenig später vor Ingas Tür. Die Kinder saßen schon fertig angezogen am Küchentisch. Bei dem Anblick schoss ihr durch den Kopf, dass auch hier der Vater, zumindest im Moment nicht anwesend war, doch war er ansonsten real und greifbar.

Der Duft frischen Kaffees stieg ihr in die Nase, als sie die mitgebrachten Brötchen auf den Tisch legte. Finja sprang auf und fiel ihr mit den Worten um den Hals: „Mama! Ich hab ganz toll bei Tido geschlafen." Und voller Hoffnung fügte sie hinzu: „Wie war Deine Verabredung?" Leevke drückte ihre Tochter fest an sich. „Ganz nett." „Gehst Du wieder mit ihm aus?" Leevke zögerte mit einer Antwort. Sagte ausweichend: „Vielleicht." Finja wandte sich ab und so sah Leevke nicht die Enttäuschung im Gesicht ihrer Tochter. Doch Inga hatte sie gesehen. Sagte nichts dazu, sondern wartete einen geeigneteren Moment ab.

Gleich nach dem Frühstück schwangen sie sich auf ihre Räder. Leevke fuhr voraus, die beiden Kinder hinter ihr und Inga bildete mit Kati im Kindersitz das Schlusslicht. Erst als sie über die Feldwege, neben den noch flachen Korn- und Rapsfeldern zum Deich fuhren, fanden die Frauen eine Möglichkeit nebeneinander zu fahren. Inga begann das Gespräch: „Hattest Du einen netten Abend?" Leevke nickte. Schränkte aber ein. „Ja, schon, aber ich bin früh wieder gegangen." Sie dachte an das Gesicht, das ihr erschienen war und setzte hinzu: „Ich hatte Kopfschmerzen."

Inga glaubte ihr nicht. Hegte eher den Verdacht, dass Leevke geflüchtet war. Aber wovor? Sie wollte nachhaken, als Finja sie mit den Worten ablenkte: „Mama, guck mal. Ganz viele Schafe." Die Kinder stellten ihre Räder ab. Wollten über den Zaun klettern, der sie von den Tieren trennte. Finja rief: „Dürfen wir die Schafe streicheln?" Leevke hatte Bedenken. Schließlich wusste sie nicht, wie die Tiere darauf reagieren würden und sie glaubte auch nicht, dass dem Schäfer solche Aktionen der Kinder recht gewesen wären. So antwortete sie: „Nein. Das dürft Ihr nicht." Um ihr Verbot zu untermauern fügte sie hinzu: „Wenn Ihr da hingeht, kann es passieren, dass die Tiere unruhig werden und auseinanderlaufen. Und darüber ärgert sich dann der Schäfer."

Beeindruckt blieben die beiden stehen. Stellten sich anscheinend vor, wie die Schafe in einer wilden Horde über den Deich stürmten. Inga konnte diese Gedanken im Gesicht ihres Sohnes lesen, der über eine sehr lebhafte Fantasie verfügte. Sie verkniff sich ein Lächeln, während sie ihren Rucksack auf eine der auf dem Deich stehenden Bänke hob, die einen Blick über die Nordsee boten. Die Sicht war an diesem Tag so klar, dass die Inseln Norderney und Juist zum Greifen nah schienen. Weiße Wolken, die Eisbergen ähnelten, standen am Himmel, direkt über dem Wattenmeer, das fast unbeweglich einer gläsernen Fläche glich. Nur einige Möwen, die darauf schwammen und dabei ein paar Wellenringe erzeugten, ließen erkennen, dass es sich um Wasser handelte. Der Anblick der Inseln erinnerte Inga an die Überraschung, die sie im Urlaub für ihre Familie bereithielt. Doch bis dahin, dachte sie sehnsüchtig, würde noch einige Zeit vergehen. Nun nahm sie erst einmal den mitgebrachten Proviant heraus und legte ihn auf die Bank. Auch Leevke öffnete ihre Tasche. Die Kinder hatten die Schafe lang genug bewundert und setzten sich nun zu Inga und Leevke auf die Bank und nahmen sich eine Scheibe Brot. Sie ließen es sich schmecken, während Kati auf Ingas Schoß saß und Apfelschorle trank.

Plötzlich sagte Tido mit leisem Vorwurf: „Schade, dass mein Papa nicht hier ist. Aber", tröstete er sich im nächsten Moment, „er hat mir versprochen, dass wir in seinem Urlaub ganz oft Radtouren machen und schwimmen gehen."

Finja seufzte leise. Warf Leevke einen Blick zu, den diese nicht einordnen konnte. Trotzdem versuchte sie ihn zu deuten. Und plötzlich hatte sie die Vater-Kind-Idylle in der Bäckerei vor Augen und entsetzt fragte sie sich, ob Finjas Blick auf Tidos Bemerkung über seinen Vater hin erfolgt war. Und wenn das so war, ob ihre Tochter tatsächlich einen Vater vermisste und wie sie das Problem lösen sollte.

5. KAPITEL

Als Leevke am Montag ins Hotel kam, wartete Sven schon an der Rezeption auf sie. Besorgt fragte er: „Geht es Dir besser?" Im ersten Moment wusste sie nicht, was er meinte, dann fiel es ihr ein und mit schlechtem Gewissen schenkte sie ihm mit ihrer Antwort ein besonders herzliches Lächeln: „Ja, danke. Viel besser." Sven betrachtete sie sehnsüchtig. „Es war ein schöner Abend. Ich würde mich freuen, wenn wir ihn sehr bald wiederholten." Sie nickte zwar, war aber mit ihren Gedanken schon wieder woanders. Sie hatte Sorgen, die den Gedanken, ob Finja nun einen Vater vermisste oder nicht, verdrängten. Denn gestern hatte ein Brief ihres Vermieters im Kasten gesteckt, in dem er eine Mieterhöhung ankündigte. In einem anderen Schreiben wurde ihr mitgeteilt, dass sie Heizkosten in Höhe von hundertfünfzig Euro nachzuzahlen hatte. Obwohl sie im Winter mit Socken und einem dicken Pullover in der Wohnung gesessen hatten, um den Gasverbrauch niedrig zu halten. Aber die Energieversorger hatten die Preise erhöht und das erklärte die Nachzahlung.
Auch viele andere Dinge waren teurer geworden. So war es kein Wunder, dass sie trotz größter Sparsamkeit nicht mit ihrem Einkommen auskam. Aber sie war realistisch genug, um zu wissen, dass sie nichts änderte, indem sie sich darüber ärgerte oder beklagte. Es gab nur eine Möglichkeit ihre Situation zu verbessern: Sie musste mehr verdienen. Während Sven ihr Nicken als Zustimmung für eine weitere Verabredung empfand, sich Hoffnung machte, nahm Leevke sich vor, endlich mit ihrem Chef über zusätzliche Stunden zu sprechen. Aber für sie stand auch fest, dass, sollte er ihr Anliegen ablehnen, sie versuchen würde, woanders eine weitere Stelle anzunehmen. Schließlich gab es viele Frauen sowie auch Männer, die mehrere Jobs hatten, um über die Runden zu kommen. Wenig später saß sie ihm in seinem Büro gegenüber. Herr Weder mochte die junge Frau, die immer zuverlässig und pünktlich ihre Arbeit verrichtete und sah sie nun aufmerksam an. „Frau Acker. Nehmen Sie Platz. Was kann ich für Sie tun?" „Ich würde gern mehr Stunden arbeiten." Er betrachtete sie erstaunt. Hob eine Augenbraue und sagte das, was sie befürchtet hatte: „Wie stellen Sie sich das vor? Sie wis-

sen doch, dass ich nur Teilzeitkräfte beschäftige." Leevke sah ihm eindringlich in die Augen. „Das weiß ich, aber ich muss mehr verdienen. Unbedingt. Gibt es keine Möglichkeit?" In ihrer Verzweiflung fügte sie hinzu: „Ansonsten muss ich mich nach einer anderen Stelle umsehen." Damit rechnend, dass er antworten würde: „Dann müssen Sie das tun", saß sie stocksteif auf ihrem Stuhl. Doch ihre unterschwellige Drohung zeigte Wirkung. Denn da Herr Weder sie als Mitarbeiterin schätzte, meinte er nach einem Moment zögernd: „Ich brauche tatsächlich jemanden. Allerdings im Service und für die Abendstunden." Als Leevke erstaunt guckte, fügte er erklärend hinzu: „Ich habe es selber erst heute erfahren. Mia muss die Stelle wegen fehlender Betreuung für ihre Kinder aufgeben." Leevke war überrascht. Doch dann fiel ihr ein, was Mia vor kurzem erzählt hatte. Dass ihre Kinderfrau gesundheitliche Probleme hätte und es sein könnte, dass sie aus dem Grunde ihre Arbeit aufgeben müsse. Herrn Weder schien gerade einzufallen, dass auch Leevke Mutter war und mit gerunzelter Stirn setzte er hinzu: „Ich hoffe doch, dass Sie die Probleme mit Ihrer Tochter nicht haben werden?" Obwohl sie noch nicht wusste, wo sie Finja am Abend unterbringen sollte, antwortete sie schnell: „Kein Problem. Ich würde die Stunden gerne übernehmen." Er warf ihr einen letzten kritischen Blick zu. Nickte dann: „Abgemacht! Dann können Sie am nächsten Ersten damit anfangen."

In der Schule verabredete Finja sich mit Tido für den Nachmittag. Sie wollten bei ihm spielen und als er sagte: „Mein Papa kommt heute nach Hause", freute sie sich darauf, Christoph endlich kennenzulernen. Doch es wurde Abend, bis er endlich da war. Von Erzählungen Ingas kannte er die Freundin seines Sohnes schon, jedoch war er nicht auf die Freude vorbereitet, die sein Eintreffen bei der Kleinen auslöste. Denn sie begrüßte ihn so strahlend, als wäre er auch ihr Vater. Gerührt reichte er ihr die Hand. „Hallo, Finja. Endlich lerne ich Dich mal kennen." Tido stellte sich neben ihn. Sah mit leicht zusammengezogenen Augenbrauen zu ihm hoch. Meinte mit einem Anflug von Eifersucht: „Das ist meine Freundin."
Christoph beruhigte ihn, sich ein Lächeln verkneifend: „Das soll sie auch bleiben." Er küsste Inga zur Begrüßung. Schwang die kichernde Kati durch die Luft, während Finja mit traurigem Blick danebenstand. Sich auch einen Papa wünschte, der sie durch die Luft

wirbelte. Sie von der Schule abholte, mit ihr Radtouren machte oder zum Schwimmen fuhr. Sie war immer nur mit Leevke zusammen oder ihren Großeltern. Wünschte sich so sehr ... Gerade wollte sie sich seufzend abwenden und nach Hause gehen, als Inga, die den Blick gesehen hatte, sie zurückhielt und fragte: „Möchtest Du mit uns zu Abend essen?" Finjas begeisterte Zustimmung zeigte ihr, dass sie den Blick richtig gedeutet hatte. Sie riefen Leevke an und da sie nichts dagegen hatte, blieb Finja solange, bis Schlafenszeit war.

Christoph und Inga hatten zusammen die Küche aufgeräumt und nun lagen sie, Inga ihren Kopf auf seiner Brust im Bett. Sie spürte den beruhigenden Schlag seines Herzens. Während sie schon fast schlief, beschäftigte ihn etwas anderes. Er hatte während des Abendbrots mit den Kindern gescherzt und Finjas helles, fröhliches Lachen klang ihm noch in den Ohren. „Sag mal", begann er, „warum hat Finja denn keinen Kontakt zu ihrem Vater?" Inga öffnete etwas unwillig die Augen. Sie war müde und wollte nicht noch die Probleme anderer wälzen. Doch da es sich um die Tochter ihrer Freundin handelte, antwortete sie nachdenklich: „Das weiß ich nicht.
Leevke wollte mir nicht einmal erzählen, wer und wo er ist. Irgendwie eine seltsame Geschichte. Aber ich bekomme es noch heraus."
Sie schloss wieder die Augen. Aber Christoph wollte mehr wissen: „Einen Freund hat sie auch nicht?" Er spürte, wie Inga den Kopf bewegte. Er deutete es als ein ‚Nein', und als sie hinzufügte: „Sie hatte zwar neulich eine Verabredung, aber ich glaube nicht, dass sie sich noch mal mit dem Mann treffen wird." Christoph war plötzlich froh, dass er in einer guten Beziehung lebte. Trotzdem sagte er leise: „Wenn ich mir vorstelle, ich hätte ein Kind, von dem ich nichts wüsste..."
Er ließ den Satz unbeendet, denn Ingas Haar kitzelte auf seiner Haut und das Gefühl weckte plötzlich sein Verlangen. Inga seufzte leise, als seine Hände auf Wanderschaft gingen und ihre Müdigkeit vertrieben. Sie rollte sich halb auf ihn. Bedeckte seine nackte Brust mit sanften Küssen. Bevor sie sich jedoch seiner Männlichkeit zuwandte und alle anderen Gedanken damit auslöschte, murmelte sie: „Ja, das stelle ich mir auch schrecklich vor. Ich hätte das nicht für mich behalten können." Erst später sollte sie feststellen, dass die Wahrheit manchmal gar nicht so einfach war.

6. Kapitel

Der Erste rückte näher. Doch noch immer wusste Leevke nicht, wer auf Finja aufpassen sollte, wenn sie am Abend arbeiten gehen würde. Ihre Tochter für die Stunden allein zu lassen, war ihr ein unerträglicher Gedanke und auch nicht zulässig. Schließlich war sie erst sieben Jahre alt. Aber wie sollte sie das sonst regeln? Ihre Eltern kamen nicht in Frage. Höchstens am Wochenende, denn Jade musste selber häufig bis zwanzig Uhr arbeiten und Ole hatte Schichtdienst. Und Inga? Die Idee verwarf sie gleich wieder. Schließlich hatte die Freundin genug mit ihren eigenen Kindern zu tun.

Plötzlich fiel ihr Okka, ihre Nachbarin von gegenüber ein. Diese hatte viele Jahre in der Schweiz gelebt und dort als Dolmetscherin gearbeitet. Sie war Mutter eines Sohnes und als gebürtige Ostfriesin hatte sie vor einiger Zeit beschlossen, ihren Lebensabend in der alten Heimat zu verbringen. Statt wie ursprünglich geplant ein Haus mit Garten hatte sie eine Wohnung mit einem großen Balkon gemietet, den sie liebevoll gestaltet hatte. Ihre beiden Enkelkinder sah Okka nur, wenn sie Weihnachten oder mal zwischendurch zu ihnen fuhr. Dann kümmerte sich Leevke um ihre Blumen. Leevke erinnerte sich plötzlich daran, dass Okka schon öfter ihre Hilfe angeboten hatte. Vielleicht könnte sie in der Zeit, in der sie im Hotel wäre, das Babyfon zu ihr rüberbringen. So könnte die Nachbarin hören, wenn Finja wach werden würde. Normalerweise schlief Finja jedoch in der Nacht durch. Und Leevke könnte Okka die Stunden schließlich bezahlen. Mit diesen Gedanken beschäftigt lief sie über den Flur zur Wohnung der Nachbarin.

Okka saß in ihrem elegant eingerichteten Wohnzimmer. Eine Wand war komplett mit weißen Regalen verkleidet, deren Borde mit Büchern vollgestellt waren. Dicht an dicht standen die Werke von Charles Dickens und Heinrich Böll, von Hermann Hesse und Günter Grass zwischen Romanen von Utta Danella und Patricia Shaw. Okka hatte sie inzwischen alle gelesen und war oft in den Buchläden in der Innenstadt, auf der Suche nach neuem Lesefutter. Im Raum verteilt standen kleine Tische mit gedrechselten Beinen. Darauf filigrane

Figuren und Vasen, die sie im Laufe ihres Lebens gesammelt hatte. Beleuchtet von Lampen mit Schirmen aus schimmerndem Glas oder feinem Stoff. Ein kostbarer Perserteppich in Pastellfarben lag auf dem hellen Teppichboden. Alles wirkte edel und geschmackvoll. Doch Okka saß deprimiert auf ihrer weißen Ledercouch, die am Fenster stand und sah auf die Straße hinaus.

Sie fühlte sich, wie so oft, einsam. Zu schnell war sie aus jahrzehntelanger Berufstätigkeit in das Rentnerdasein gerutscht. Darüber hinaus hatte sie sich die Rückkehr in die Heimat anders gedacht. Während ihrer Abwesenheit hatte sie sich vorgestellt, dass in Ostfriesland alles noch so war, wie zu ihrer Jugendzeit. Sie hatte geglaubt, dass sie die Kontakte zu ihren alten Freunden ohne Probleme wieder aufnehmen könnte. Doch darin hatte sie sich geirrt. Viele von den alten Schulkameraden oder Freundinnen waren nicht mehr für sie da. Entweder gestorben, fortgezogen oder hatten einfach keine Zeit. Einige waren noch mit ihren Familien, mit Kindern und Enkelkindern beschäftigt, so dass Okka manchmal bereute, ihren Sohn und die Enkelkinder in der Schweiz zurückgelassen zu haben. Aber andererseits hatten diese kaum Zeit für sie gehabt. Ihr Sohn und auch ihre Schwiegertochter waren beruflich rund um die Uhr eingespannt. Die Kinder inzwischen aus dem Gröbsten heraus. Als sie in dem Alter gewesen waren, dass sie eine Oma gebraucht hätten, hatte Okka noch gearbeitet. Heute bedauerte sie jedoch, sich nicht mehr Zeit für sie genommen zu haben.

Während sie nun auf der Straße einem händchenhaltenden vorbeigehenden Paar nachsah, sagte sie sich, dass auch dieses Thema für sie vorbei war. Gern hätte sie jedoch wieder eine Aufgabe gehabt. Irgendetwas, damit sie sich gebraucht fühlen konnte. Nur Kaffeetrinken in der Stadt mit einer der verbliebenen Freundinnen, die zudem immer erst ihren Mann fragen musste, ob sie fortgehen durfte, genügte ihr nicht. Sie hatte schon überlegt, ihre Zeit einem ehrenamtlichen Job zu widmen. Dem Roten Kreuz oder der Arbeiterwohlfahrt. Aber ... Sie war so in ihre frustrierenden Gedanken vertieft, dass das Klingeln an der Tür sie erschrocken hochfahren ließ. Erstaunt sah sie Leevke entgegen. Okka mochte die junge Frau, die sie oft an sich selbst erinnerte. Sie führte ein Leben, das dem Leben, das sie geführt hatte, sehr ähnlich war. Leevke sah in das ernste Gesicht der Älteren und fragte sich, ob ihr Vorhaben eine gute

Idee war. Ob sie Okka mit ihrem Anliegen nicht überfordern würde. Aber andererseits sah sie keine andere Möglichkeit. „Moin, Okka.", sagte sie nun: „Ich möchte nicht stören, aber könnte ich Dich einen Moment sprechen?" Diese nickte eifrig, wobei ein erwartungsvolles Lächeln ihr Gesicht erhellte und gleichzeitig verjüngte.

Sie bat Leevke herein und, gespannt darauf, was die junge Frau zu fragen hatte, setzte sie eine Kanne Kaffee an. Erst als Okka die kostbaren Sammeltassen gefüllt hatte, sagte Leevke: „Ich werde ab dem Ersten drei Mal in der Woche auch am Abend arbeiten. Mein Problem ist, dass ich Finja nicht unbeaufsichtigt lassen möchte. Wäre es machbar, dass Du während der Zeit über das Babyfon auf sie achtest? Eigentlich schläft sie durch, aber man weiß ja nie. Und ich wüsste, wenn etwas ist dann ..." Sie brach schulterzuckend ab.

Zu ihrem Erstaunen und ihrer Erleichterung meinte Okka begeistert, als habe sie ihr ein sehr lukratives Angebot gemacht: „Das mache ich sehr gerne. Ich gehe nie vor zwölf Uhr schlafen." Leevke fiel ein Stein vom Herzen, als die Nachbarin hinzufügte: „Ich kann mich aber auch zu Euch rübersetzen. Ist ja egal, wo ich fernsehe oder lese. Und für Finja wäre es vielleicht beruhigend zu wissen, dass sie nicht allein im Haus ist."

Leevke entging vor Erleichterung der resignierte Tonfall. Als sie jedoch sagte: „Aber ich kann Dir nicht viel bezahlen.", wehrte Okka leise ab. „Das musst Du auch nicht. Geld habe ich ausreichend, aber ich würde mich freuen, wenn ich wieder gebraucht werde. Weißt Du", fügte sie nach einem Moment hinzu, „manchmal habe ich mich schon gefragt, ob es wohl jemandem auffiele, wenn es mich nicht mehr gäbe. Ich habe mich so sehr darauf gefreut, in meine Heimat zurückzukommen. Doch es ist soviel Zeit vergangen und viele meiner früheren Freunde sind schon nicht mehr da. Und seit ich nicht mehr arbeite, komme ich mir oft so nutzlos vor."

Diese Aussage ließ Leevke hastig sagen: „Nutzlos? Aber das darfst Du nicht sagen. Ich bin ja so froh, dass Du auf Finja aufpassen willst." Bei einer zweiten Tasse Kaffee erzählte sie Okka, an welchen Tagen sie am Abend arbeiten musste. „Montags, dienstags und freitags. Immer von neunzehn bis zweiundzwanzig Uhr. Ich hoffe, dass ist für Dich in Ordnung?" Als Okka zustimmend nickte, wäre Leevke ihr am liebsten vor Freude um den Hals gefallen. Denn nun sah sie den zusätzlichen Stunden viel gelassener entgegen.

Christoph hatte zu Ingas großer Freude bei dem Windenergiehersteller ein Vorstellungsgespräch. Er tat ihr gegenüber zwar so, als wäre es selbstverständlich, dass sie ihn einstellen würden, aber das war nur gespielt. Schließlich war er bestimmt nicht der einzige Bewerber. Während er in seinem dunklen Anzug losgefahren war, lief Inga unruhig in der Wohnung umher. Drückte die Daumen und war mit den Gedanken bei ihm. Hoffte so, die Entscheidung beeinflussen zu können. Tido war zu Finja hinübergelaufen und Kati saß auf dem Fußboden und spielte mit Bauklötzen.

Um sich abzulenken, holte Inga ihr Bügelbrett hervor. Bügelte alles weg, was sich im Laufe der letzten Woche angesammelt hatte. Sogar die Wäsche, die Christoph gerade erst mitgebracht hatte, landete wieder fertig in seiner Tasche. Dabei sah sie ständig auf die Uhr. Gern wäre sie auf eine Tasse Kaffee zu Leevke gegangen, doch wollte sie andererseits zu Hause sein, wenn Christoph zurückkam. Sie war gerade dabei, für die Kinder das Abendbrot zu machen, als er die Tür aufschloss. Ein Blick in sein Gesicht genügte, um zu wissen, dass die Vorstellung nicht erfolgreich gewesen war. Doch erst als die Kinder im Bett waren, erzählte er ziemlich betrübt: „Sie haben zahlreiche Bewerbungen vorliegen. Sogar aus Bremen, Oldenburg und noch weiter haben sich welche vorgestellt. Aber sie brauchen jemanden zu sofort."

Als in Ingas Gesicht die Hoffnung erlosch, fügte er schnell hinzu: „Doch sie waren sehr davon angetan, dass ich schon einige Jahre Berufserfahrung als Maschinenbauer habe. Sie haben meine Bewerbung behalten, da sie ihr Unternehmen ausbauen wollen und melden sich dann bei Bedarf." Inga war zwar enttäuscht, sagte aber, ihn und sich damit tröstend, optimistisch: „Na, das klingt doch gut. Außerdem, bis Du mit dem Studium fertig bist, dauert es ja noch ein Weilchen." Das stimmte zwar, trotzdem wurde er mit jedem Tag ungeduldiger. Er sehnte inzwischen förmlich den Tag herbei, an dem er endlich selbst für seine Familie sorgen konnte.

Da in der folgenden Woche wieder Klausuren anstanden, hatten Henning und er beschlossen, am Samstagnachmittag zu lernen. Christoph ging zu Inga in die Küche, in der diese gerade das Mittagessen zubereitete. Fragte, während er den Deckel des Topfes hob, um zu sehen, was sich darin befand: „Hast Du etwas dagegen, wenn Henning hierher kommt?" Inga nahm einen Rührlöffel, wendete den leicht köchelnden Bohneneintopf und antwortete: „Nein, natürlich nicht. Und damit Ihr Ruhe habt, geh' ich in der Zeit mit den Kindern nach Norddeich ins Spielhaus und die neuen Seehunde in der Aufzuchtstation besichtigen." Es freute sie, dass Henning und Christoph sich gut verstanden und er in ihm jemanden gefunden hatte, mit dem er lernen konnte. Von dessen Privatleben wusste sie jedoch kaum etwas. „Du, sag mal", begann sie, den Kochlöffel zur Seite legend und Teller aus dem Schrank nehmend: „Hat Henning sich schon beworben?" „Ja. Er möchte auch in Ostfriesland bleiben. Obwohl", fügte er skeptisch hinzu: „es für uns sicher bei der hohen Arbeitslosenzahl nicht einfach werden wird Arbeit zu finden."

Damit war das Thema für ihn erledigt. Aber Ingas Neugier war noch nicht befriedigt. Während sie den Tisch deckte, hakte sie nach: „Und privat? Hat er außer seinen Eltern auch vielleicht eine Frau oder Freundin? Wäre ja kaum zu glauben, wenn ein so gut aussehender Mann solo wäre. Oder macht er sich nichts aus Frauen?" Die letzte Frage hatte sie mit einem Augenzwinkern gestellt. Doch Christoph war mit seinen Gedanken schon beim Lernen. Guckte sie verdutzt an. Antwortete langsam: „Er hat keine Freundin und schwul ist er auch nicht. Aber ich denke schon, dass er gern eine Freundin hätte, denn neulich meinte er, wie reich ich sei, dass ich eine so tolle Frau und Kinder habe." Er zuckte die Schultern. „Wenn Du mehr wissen willst, musst Du ihn fragen."

Das war wieder so eine typische Christoph-Antwort. Denn natürlich würde sie Henning nicht fragen, schließlich kannte sie ihn kaum. Aber sie fand, dass er ein sehr netter Mann war und wenn er solo war, wäre er vielleicht ein Partner für Leevke. Mit ihr hatte Inga am Abend telefoniert und gefragt, ob sie und Finja mit nach Norddeich ins Spielhaus wollten. Doch die beiden hatten keine Zeit. „Wir fahren zu meinen Eltern.", hatte Leevke die Absage erklärt: „Sie haben sich schon beschwert, dass wir so lange nicht da waren. Wir bleiben auch über Nacht. Aber", hatte sie abschließend hinzugefügt, „demnächst müssen wir unbedingt mal wieder Kaffee trinken."

So verbrachte Inga den Nachmittag allein mit den Kindern. Als sie zurückkamen, war Henning schon fort und Christoph saß im Wohnzimmer vor der Sportschau. Tido holte eifrig sein Sammelbuch, in dem Kahn und Konsorten vertreten waren und schon begannen die beiden zu fachsimpeln. Inga verzog sich mit Kati in die Küche und überließ den Männern das Feld. Sie machte ihrer Tochter den abendlichen Brei. Brachte sie ins Bett und bereitete dann eine Platte mit belegten Broten vor. Da im Fernsehen nichts Vernünftiges gezeigt wurde, spielten sie mit Tido eine Runde Kindermonopoly. Christoph brachte seinen Sohn anschließend ins Bett. Als er zurück-kam, meinte er etwas halbherzig: „Wollen wir morgen meine Eltern besuchen?"

Eltern stimmte allerdings nicht mehr ganz, denn seine Mutter war nach ihrer Scheidung von seinem Vater in zweiter Ehe verheiratet und sein Vater wohnte mit seiner neuen Lebensgefährtin auf Tene-riffa. Die beiden sahen sie nur, wenn sie sich in Deutschland aufhiel-ten. Christophs Mutter, Rike, wohnte in der Nähe von Leer. Sie freute sich immer, wenn sie ihre Enkelkinder sah. Oft bot sie ihrem Sohn und Inga an, doch mal wieder auszugehen und ihnen die Kinder zur Übernachtung zu bringen. Doch da Christoph und Inga sich nur am Wochenende sahen, verbrachten sie die Zeit lieber mit den Kindern zu Hause. Rike verstand das und unterstützte sie, indem sie im Frühjahr und im Herbst Kleidung für die Kinder kaufte. Inga war ihr dafür sehr dankbar. Sie mochte ihre angehende Schwieger-mutter gern und hätte sie auch lieber in ihrer Nähe gehabt.

Am Sonntagnachmittag fuhren sie nicht über die Autobahn sondern über die Dörfer am Deich entlang, der die Ems vom Land trennte, Richtung Leer. Kaum angekommen, wurden sie mit „Das wird aber auch Zeit" begrüßt. Rike, zierlich, mit blonden Strähnen in ihrem kurzen dunklen Haar herzte ihre Enkelkinder temperamentvoll, was Tido gnädig und Kati mit einem begeisterten Quieken über sich ergehen ließ. Erst dann zog sie ihren Sohn und Inga kurz an sich. Hielt sie ein Stück von sich ab und sah ihr prüfend ins Gesicht: „Na, meine Liebe. Du bist sicher froh, wenn Christoph endlich fertig ist." Das sagte sie jedes Mal. Meinte es aber nicht böse. Christoph zog bei dem Wort „endlich" die Stirn kraus und meinte empört: „Ich habe noch keinen Tag länger studiert als notwendig. Also lass diese Bemerkungen. Außerdem kostet mein Studium Dich keinen Cent." Rike lachte: „Das weiß ich doch. Aber Gedanken darf ich mir ja machen. Schließlich bist Du mein Sohn." Sie fuhr ihm durch die blonden lockigen Haare und fügte schelmisch hinzu: „Auch wenn Du schon erwachsen bist." Mit der Erklärung „Heiko sitzt draußen" ging sie vor ihnen her durch das weitläufige Haus in den Garten. Von da aus gab es einen Ausblick, der manchen Gast vor Neid erblassen ließ. Kein Haus versperrte den Blick auf die grasbewachsene Fläche, die nur in der Ferne ab und zu von futuristisch anmutenden Windkraftanlagen unterbrochen wurde. Während Christoph seiner Mutter folgte, erinnerte der Anblick der Windräder ihn an sein Vorstellungsgespräch in der Herstellerfirma.

Wieder hoffte er, dass es dort mit einer Anstellung klappen würde. Rike riss ihn aus seinen Überlegungen, weil sie rief: „Schau mal, Heiko, wer uns hier die Ehre gibt." Der Genannte sprang auf. Begrüßte sie erfreut: „Oh, wie schön, dass Ihr mal wieder vorbeikommt. Wie sieht es denn aus bei Euch?" Während Rike Kaffee kochte, erzählte Christoph, dass er sich bei verschiedenen Firmen beworben habe. Er zeigte auf die Windkraftanlagen und fügte hinzu: „Unter anderen auch bei der Firma." Heiko, der lange Jahre als Ingenieur in einer Autofabrik gearbeitet hatte und nun seinen Ruhestand genoss, nickte nachdenklich: „Da gibt es bestimmt die eine oder andere Möglichkeit für Dich. Ich werde mich ebenfalls umhören."

Rike kam mit einem Tablett, beladen mit Tassen und einem gut gefüllten Kuchenteller wieder heraus. Inga sprang auf, um ihr zu helfen. Während sie den Tisch deckten, gab Heiko Christoph den Rat: „Sonst musst Du Dich außerhalb Ostfrieslands bewerben. Es war schon immer so, dass man dort hingehen muss, wo Arbeit ist."

Christoph sah zu Inga hinüber, doch die schenkte gerade Kaffee ein. Rike hatte Heikos Worte mitbekommen. Meinte mit sehnsüchtigem Unterton: „Dann zieht Ihr eben in eine größere Stadt. Wenn ich noch jünger wäre ..." Sie ließ offen, was sie dann täte, aber die anderen konnten es sich denken. Denn Rike ließ keine Gelegenheit aus, ihnen zu erzählen, dass sie als junger Mensch gerne in die Welt gezogen wäre, aber Christophs Geburt das vereitelt hatte.

Inga dachte da anders, das wusste Christoph. Zwar wäre sie ihm überallhin gefolgt, aber genau wie er wollte sie am liebsten in Ostfriesland bleiben.

7. KAPITEL

Leevke hatte mit Finja bei ihren Eltern in Greetsiel geschlafen. Am Sonntagnachmittag machte sie zusammen mit Jade einen Spaziergang durch den Ort. Finja war bei Ole geblieben. Sie wollte mit ihm am Kanal hinter dem Haus angeln. Meistens warfen sie ihren Fang zwar wieder hinein, aber es machte ihr Spaß, neben dem Großvater stundenlang am Wasser zu sitzen und ihm von ihrem Alltag zu erzählen. Oder ihm zuzuhören, wenn er von seiner Kindheit in der Krummhörn berichtete.

Leevke und ihre Mutter schlenderten währenddessen am alten Sieltor entlang, stiegen die Treppe zum Deich hinauf und liefen dann auf dem Deichkamm Richtung Ortskern. Dabei ließ Leevke ihren Blick über die Fischerboote gleiten, die im Hafen vertäut lagen. Einige Fischer waren trotz des Sonntags auf ihren Booten beschäftigt. Sie sichteten die Netze und reparierten vorhandene Schäden. In der Ferne sahen die Frauen den Ausflugskutter von seiner Fahrt zurückkehren. Musik drang zu ihnen herüber. Begleitet von fröhlichen Stimmen, die anscheinend mit der Besichtigungstour zufrieden waren. Leevke und Jade liefen an der Hafenmauer entlang, hielten sich links und kamen am kleinen Marktplatz vorbei, auf dem zu dieser nachmittäglichen Stunde viele Gäste an Tischen in der Sonne saßen. Vor sich Eis oder Kaffee und Kuchen. Die beiden Frauen blieben stehen. Ließen ihren Blick über die Tische gleiten. Doch dann entschlossen sie sich ein Stück die Sielstraße weiterzugehen und dann in der kleinen Teestube ‚Is Teetied' einzukehren.

Aber als Leevke in die Straße zur Teestube abbiegen wollte, zog Jade sie weiter geradeaus auf die kleine Dorfkirche in der Ortsmitte zu. Als sie davorstanden, warf sie ihrer Tochter einen kurzen Blick zu, während sie bedauernd meinte: „Weißt Du noch, dass Du früher immer gesagt hast, dass Du irgendwann in dieser Kirche heiraten würdest?" Leevke nickte und drückte die Klinke der Tür herunter. Sie war verschlossen. Sich abwendend murmelte sie: „Ja, das wollte ich. Aber ich denke, es war der romantische Traum eines jungen Mädchens." Und leise fügte sie hinzu: „Ziemlich unrealistisch." Jade hätte das Thema gern noch weiterverfolgt. Doch Leevke begann von ihren zusätzlichen Stunden im Hotel zu erzählen und wie froh sie sei, so ihr Gehalt aufbessern zu können. Auch dass ihre Nachbarin während der Zeit auf Finja aufpasste. Jade war für den Moment von ihren romantischen Hochzeitsvorstellungen abgelenkt und wollte ihre Tochter ebenfalls unterstützen. „Falls Okka mal keine Zeit hat, bringst Du Finja selbstverständlich zu uns" sagte sie eifrig. „wie gern würde ich Dir auch in der Woche helfen. Aber ich muss ja selber oft bis acht arbeiten. Und Papa ..." Sie sprach nicht weiter, denn schließlich wusste Leevke über dessen Arbeitszeiten Bescheid. Nach kurzem Überlegen fügte Jade hinzu: „Was für eine verrückte Welt, in der nicht einmal mehr die Großeltern Zeit für ihre Enkelkinder haben und Kinder ohne Vater groß werden müssen."

Leevke antwortete, dabei den letzten Teil von Jades Aussage ignorierend: „Es ist nun mal so, dass die Großeltern heute häufig selber berufstätig sind oder nicht in der Nähe wohnen." Bevor Jade auf die Beantwortung des letzten Teils ihres Satzes bestehen konnte, fragte Leevke schnell: „Wollen wir eine Tasse Kaffee trinken gehen?"

Sie zog Jade von der Kirche fort. Bugsierte sie in Poppingas ,Alte Backstube'. Doch dort waren alle Plätze belegt. „Komm", sagte Leevke „wir versuchen es im ,Is Teetied'." Aber auch dort war kein Platz für sie frei. „Okay", meinte sie leicht genervt, „dann gehen wir eben ins ,Hohe Haus'." Auch das war zwar gut besucht, aber sie bekamen trotzdem noch einen Tisch am Fenster. Wenig später saßen sie vor einem Kännchen Kaffee und Käsekuchen mit Schlagsahne. Jade rührte in ihrer Tasse und beobachtete dabei ihre Tochter, die anscheinend seelenruhig ihren Kuchen aß.

Und obwohl Leevke nicht auf ihre Bemerkung reagiert hatte, nahm sie das Thema wieder auf: „Wenn Du doch wenigstens einen Mann hättest." Leevke seufzte. Fragte dann, mit ironischem Unterton: „Einen der mich und Finja versorgt?" Jade lächelte verlegen. „So habe ich das doch gar nicht gemeint. Aber ich finde es schon wichtig, dass ein Kind einen Vater hat. Wärst Du mein Sohn, würde ich Dir umgekehrt dasselbe raten." Sie legte ihrer Tochter die Hand auf den Arm, beugte sich vor und fügte beschwörend hinzu: „Versuch es doch wenigstens einmal."

Dabei betrachtete sie ihre Tochter nachdenklich. „Und wenn Du Jochen nicht willst, dann solltest Du vielleicht mal eine Anzeige schalten oder auf eine antworten." Leevke hob die Augenbrauen:

„Anzeige? Eine Partnersuche per Zeitung, meinst Du?" Jade setzte sich, plötzlich aufgeregt, gerade hin. Sah zu den anderen Gästen, die sich leise unterhielten und von den beiden Frauen keine Notiz nahmen. So wisperte sie: „Ja, eine Bekanntschaftsanzeige! Frau Schmidts Tochter hat darüber auch einen Mann kennengelernt. Nächsten Monat wollen sie heiraten." Sie lächelte beim Gedanken daran wehmütig. Leevke betrachtete ihre Mutter liebevoll.

Sie wusste ja, dass Jade ihr ein anderes Leben wünschte. Ohne Sorgen und mit einem tüchtigen Mann an ihrer Seite. Doch Leevke musste keine Anzeige aufgeben, um einen Mann kennen zu lernen. Egal mit wem sie in den letzten Jahren ausgegangen war, der Abend hatte immer so geendet wie der Abend mit Sven. Um ihren guten Willen zu zeigen, sagte sie nun mit leiser Ironie: „Du meinst diese Angebote von Männern, die eine hübsche, schlanke und junge Frau ohne Anhang suchen?" Jade nickte. Meinte etwas verlegen: „Es gibt auch andere. Bodenständige Männer, die in einer ähnlichen Situation wie Du stecken und sich eine liebe und vernünftige Frau wünschen." Mit leichter Verzweiflung fügte sie hinzu: „Ich glaube bestimmt, dass es jemanden gibt, der zu Dir passt. Jochen findet ..." Leevke hob abwehrend die Hand. Überlegte krampfhaft, womit sie ihre Mutter von diesem Thema abbringen konnte.

Da fiel ihr Sven ein. Sven, der noch immer hoffte, dass sie ihm eine richtige Chance gab. Und so sagte sie, womit sie ein begeistertes Lächeln auf Jades Gesicht zauberte: „Es gibt so einen Mann." Jade machte große Augen. „Wirklich? Wo ist er? Wie heißt er? Und seit wann kennst Du ihn?" Es fehlte nur noch: „Wann wollt Ihr heiraten?" Leevke bremste ihren Enthusiasmus. „Es ist ein Kollege." Nachdem sie es ausgesprochen hatte, war ihr plötzlich bewusst, was sie nun ins Rollen gebracht hatte und fügte rasch hinzu: „Aber ich möchte noch nicht darüber sprechen." Jade hätte zwar liebend gern mehr erfahren, aber sie wollte ihre Tochter nicht unnötig nerven. Doch auf ihrem Gesicht erschien ein hoffnungsvolles Lächeln.

Leevke hatte Sven zwar gegenüber ihrer Mutter erwähnt, weil sie die Fragerei leid war. In Wirklichkeit dachte sie kaum an ihn. Sie sah ihn im Hotel, unterhielt sich mit ihm beim Kaffee, sobald sie jedoch wieder zu Hause war, hatte sie ihn vergessen. Sie hatte es ja versucht, indem sie mit ihm Essen gegangen war. Was konnte sie dafür, wenn in solchen Momenten die Erinnerung sie einholte und daran hinderte, sich auf einen Mann einzulassen? So richtete sie ihren Blick auf den Zettel in ihrer Hand, dessen Vorhandensein realistischer war. Mit Erleichterung las sie die Zahlen auf ihrer aktuellen Gehaltsabrechnung. Stellte fest, dass sich die abendlichen Stunden in fast zweihundert Euro Mehrverdienst niedergeschlagen hatten. Hätte sie jedoch davon noch einen Babysitter bezahlen müssen, hätte es sich nicht gelohnt. Da Okka die Zeit, die sie bei Finja verbrachte, nicht bezahlt haben wollte, hatte Leevke ihr einen Korb mit Balkonpflanzen geschenkt. Sie war nicht ganz glücklich über diese Regelung, aber Okka hatte sie mit den Worten beruhigt: „Sieh mich doch als Ersatzoma für Finja. Ich fühle mich gebraucht und Du kannst mehr Geld verdienen." Aus der Sicht hatte Leevke das noch nicht betrachtet, fand Okkas Einstellung aber beruhigend.

An diesem Abend hatte im Hotel eine Geburtstagsfeier stattgefunden. Leevke musste helfen die Gäste zu bedienen und so war es zum ersten Mal nach zwölf, als sie durch die schlafende Stadt nach Hause fuhr. Sie hoffte, dass dort alles in Ordnung war. Denn auch wenn Okka gern zu ihnen kam und Leevke ihr vertraute, verließ sie ihre Tochter am Abend immer mit einem unruhigen Gefühl. Bei der Arbeit trug sie stets ihr Handy bei sich, falls zu Hause etwas passieren würde. Auch jetzt, nachdem sie ihren Wagen vor dem Haus geparkt hatte, stürzte sie, zwei Stufen auf einmal nehmend, das Treppenhaus des Vierfamilienhauses hinauf. Okka saß leise schnarchend auf dem Sofa, was Leevke mit einem schlechten Gewissen registrierte. Bevor sie sie weckte, lief sie in ihr Schlafzimmer hinüber. Dort durfte Finja schlafen, wenn Leevke am Abend arbeiten ging.
Die Kleine lag, ihren Teddy fest im Arm noch genau so, wie sie sie verlassen hatte. Leevke küsste die vom Schlaf rosige Wange und schlich wieder hinaus. Okka war inzwischen aufgewacht. Sagte verlegen: „Oh, ich muss wohl eingenickt sein." Leevke sah in das verschlafene Gesicht, aber als sie entschuldigend meinte: „Es tut mir leid, dass es so spät geworden ist", winkte Okka beruhigend ab: „Das macht nichts. Ich hab ja gerade ein Nickerchen gemacht und morgen kann ich ausschlafen."
Sie wollte aufstehen, doch als Leevke fragte: „Möchtest Du vielleicht noch einen Schlummertrunk?", sank sie begeistert auf den

Sessel zurück. Leevke öffnete eine Flasche des einfachen Rotweins, den sie sich ab und zu leistete. Schenkte ihnen ein. Setzte sich der Älteren gegenüber auf einen Sessel. Begann das Gespräch mit: „Kennst Du das auch? Ich bin nach der Arbeit einerseits total müde und andererseits noch so aufgewühlt, dass ich immer eine Weile brauche, um einschlafen zu können." „Ja", antwortete Okka lebhaft: „Das kenne ich. Als ich noch gearbeitet habe, war ich oft so voll von den Problemen der Leute, deren Worte ich übersetzen musste, dass ich sogar nachts noch darüber nachgedacht habe."

Sie nippte an dem Wein. Behielt das Glas in der Hand, während ein nachdenklicher Ausdruck auf ihrem Gesicht erschien. Ohne weitere Einleitung wechselte sie das Thema: „Warum hast Du eigentlich keinen Freund?" Leevke zögerte mit einer Antwort. Fragte sich, warum es die Leute um sie herum so sehr interessierte, ob sie einen Mann hatte. Schließlich gab es Millionen Frauen auf der ganzen Welt die sich allein durchs Leben schlugen. So antwortete sie etwas genervt: „Nun fängst Du auch noch damit an. Es reicht mir schon, dass meine Mutter ständig danach fragt." Sie hob leicht die Schultern bevor sie ausweichend fragte: „Aber warum bist Du denn allein?" Okka seufzte leise. „Ja, das frage ich mich heute auch oft. Es gab einen Mann in meinem Leben, den ich sehr geliebt habe, aber er hat mich vor der Geburt meines Sohnes verlassen."

Leevke spitzte, sich vorbeugend, die Ohren. „Warum hat er das getan?" Okka überlegte. Meinte dann: „Das weiß ich bis heute nicht. Er war plötzlich verschwunden." Wie bei mir, dachte Leevke, nur dass der Mann in ihrem Fall nicht einmal wusste, dass er Vater war. „Und was hast Du dann getan?" „Dasselbe wie Du: Gearbeitet und mein Kind groß gezogen." Leevke sah sie betroffen an. Die Ähnlichkeit ihres Schicksals war bestürzend. Fast atemlos fragte sie: „Ist er einfach verschwunden? Oder", setzte sie nach einem Moment hinzu: „hat er etwas hinterlassen? Einen Brief vielleicht?"

So war es ja bei ihr gewesen. Auch wenn der Grund gefehlt hatte. Doch den kannte sie ja. Zumindest vermutete sie, dass es der Grund gewesen war. Okka lächelte nachsichtig. „Nein", erzählte sie und ihre Worte klangen resigniert: „Er hat nichts hinterlassen. War einfach nur weg." Abschließend meinte sie: „Ich denke, dass er verschwunden ist, weil er Angst vor der Verantwortung hatte." Sie hob die Hände, ließ sie etwas hilflos wieder fallen und fügte hinzu: „So etwas passiert doch dauernd. Und wenn es auch schlimm für mich war, bin ich auch ohne ihn klar gekommen." Leevke nickte zögernd. „Das stimmt. Man schafft es. Obwohl ..." Sie brach ab. Okka verstand sie auch so. „Ja, obwohl es schwer fällt und man immer nach dem ‚Warum' fragt. Immer hofft, dass er zurückkommt. Dabei muss man loslassen. Sein Leben so gestalten, als habe es den Menschen nie gegeben."

Sie machte eine nachdenkliche Pause, bevor sie fortfuhr: „Ich hab mein Schicksal angenommen. Meinen Sohn zu einem verantwortungsvollen Menschen erzogen und in die Welt entlassen." Leevke dachte an Finjas Fragen nach ihrem Vater. Womit hatte Okka die Fragen ihres Sohnes beantwortet? „Aber wie hast Du ihm den fehlenden Vater erklärt? Er hat doch bestimmt danach gefragt. Oder?" Dabei sah sie Okka so eindringlich an, als habe diese eine Standardlösung zur Hand. Deren Gesicht verzog sich schmerzlich. Tief holte sie Luft, bevor sie leise antwortete: „Meinem Sohn habe ich erzählt, dass sein Vater noch vor seiner Geburt gestorben sei. Aber dass er ein wunderbarer Mensch war, der ihn bestimmt geliebt hätte." Als Leevke sie entsetzt ansah, fügte sie um Verständnis bittend, hinzu: „Es gab keine andere Möglichkeit. Ich wollte ihm den Kummer ersparen, nicht gewollt gewesen zu sein. Zumindest nicht von seinem Vater." Bevor Leevke etwas dazu sagen konnte, fuhr Okka fort: „Er hat es akzeptiert. Hat ihn so loslassen können und auch keine Bitterkeit ihm gegenüber entwickelt.

Heute ist er selber ein wunderbarer Vater. Erzählt seinen Kindern die Geschichten, die ich ihm erzählt habe. Von seinem tollen Vater, den sie leider nie kennenlernen werden. Auch für mich", fuhr sie zögernd fort, „war der Gedanke eine Lösung, um mit dem Kummer fertig zu werden." Leevke nickte, beneidete Okka um den klaren Schnitt in ihrem Leben. Aber dann kam ihr ein anderer Gedanke. „Das mag ja sein, Okka, aber was hättest Du getan, wenn er zurückgekommen wäre? Auf seiner Vaterschaft bestanden hätte?"

Stolz hob Okka den Kopf bevor sie rigoros antwortete: „Er ist aber nicht zurückgekommen." Leevke fragte nicht weiter. Akzeptierte die Entscheidung, die es ihr ermöglicht hatte, zur Ruhe zu kommen. Sicher hatte sie dadurch auch einem anderen Mann eine Chance geben können. Als sie danach fragte, meinte Okka: „Ja, später gab es einen Mann, der mich wollte. Aber für mich war es zu spät. Ich hatte nicht mehr die Kraft und auch nicht den Willen, mich auf jemanden einzulassen." Sie schwieg. Fuhr dann nachdenklich fort: „Vielleicht wäre ich bereit gewesen, wenn er nicht locker gelassen hätte. Um mich gekämpft hätte ..." Sie straffte die Schultern. Sah Leevke in die Augen. „Aber nun bin ich alt und es ist egal." Leevke fragte sich plötzlich, ob sie auch einmal so reden würde. Einsam sein und an ihre große Liebe zurückdenken würde, so, als wäre es ein seit langem Verstorbener. Aber vielleicht, dachte sie voller Trauer, war diese Vorstellung die einzige Möglichkeit um zur Ruhe zu kommen. Es war ein verlockender Gedanke. In das traurige Gesicht ihres Gegenübers sagte sie jedoch aufmunternd: „Aber es ist nie zu spät." Okka schüttelte den Kopf: „Für mich schon. Man muss die Chancen nutzen, wenn sie vor einem stehen. Alles andere ist verschwendete Zeit." Bevor sie wieder in ihre eigene Wohnung hinüberging, nahm sie Leevke in den Arm. Meinte eindringlich: „Mach nicht denselben Fehler wie ich. Wenn es einen Mann gibt, der Dich will, dann nimm ihn Dir. Lass die Vergangenheit los. Nur dann wirst Du glücklich werden."

Leevke schloss sehr nachdenklich die Tür hinter ihr. Loslassen, dachte sie, wenn das so einfach wäre. Erst jetzt sah sie, dass die Anzeige des Anrufbeantworters auf ihrem Garderobenschränkchen blinkte. Und als wäre es ein Zeichen, das Okkas Worte unterstreichen sollte, ertönte, als sie den Abfrageknopf drückte: „Hallo, hier ist Sven. Ich hab Dich heute im Hotel leider verpasst. Aber ich wollte Dich fragen, ob Du nächsten Samstag mit mir ins Kino gehst. Ruf mich doch bitte zurück."

Noch nachdenklicher ging sie in ihre Küche. Trat zur Spüle. Füllte Wasser in den Kocher. Und verspürte plötzlich Hunger, der sich nagend in ihrem Magen bemerkbar machte. So belegte sie eine Scheibe Brot mit Käse, machte sich einen Teebeuteltee und setzte sich an den Tisch. Gedankenverloren nahm sie nach einem Weilchen den Beutel heraus, biss vom Brot ab. Alles automatisch.

Dabei gingen ihr Okkas Worte durch den Kopf. War es ein Zeichen, dass Sven gerade heute angerufen hatte? Dass er nicht locker ließ? War er der Mann, den Okka gemeint hatte? Der Mann, dem sie eine Chance geben sollte? Sie musste auch daran denken, wie Finja von Tidos Papa mit leuchtenden Augen geschwärmt hatte. „Christoph ist so lustig und tobt immer mit Tido und Kati herum." Dabei hatte sie

Leevke wieder so fragend angesehen. Wie damals am Deich bei den Schafen. So als hätte sie gern ... Leevke mochte den Gedanken kaum zu Ende denken. Erschrocken fragte sie sich, ob Finja tatsächlich einen Vater vermisste. Aber andererseits war es gar nicht ihre Art, mit Forderungen hinter dem Berg zu halten. Warum hatte sie noch nie etwas davon gesagt? Und so nahm Leevke sich vor das herauszufinden. Laut, in die Stille der Küche, sagte sie: „Ja, Sven. Das will ich wohl. Doch möchte ich gern für uns kochen." Denn dann konnte Finja ihn ebenfalls kennenlernen.

Am nächsten Tag im Hotel lud sie ihn ein und er sagte voller Hoffnung im Blick zu.

8. KAPITEL

Finja schlich am Samstagabend, um den Tisch herum. Leevke hatte den Tisch festlich mit Kerzen und ihrem guten Geschirr gedeckt, einen Tortellini-Schinken-Auflauf gemacht und eine Flasche Wein geöffnet. Ihrer Tochter hatte sie erzählt, dass ein Kollege zu Besuch käme, mit dem sie sich sehr gut verstand. Als es klingelte, rannte das Kind zur Tür. Riss sie auf und sah sich einem Mann gegenüber. Er beugte sich herunter und reichte ihr die Hand. „Hallo, ich bin Sven." Finja betrachtete ihn interessiert, mit schräg gelegtem Kopf. Ließ ihren Blick prüfend über ihn gleiten. Stellte fest, dass er zwar nicht so hübsch wie Tidos Papa war, denn der sah aus wie die Prinzen in ihrem Märchenbuch. Er war groß, breit und hatte blonde lockige Haare. Aber Sven hatte freundliche Augen und ein nettes Lächeln. So trat sie zur Seite. Sagte auffordernd: „Komm rein", und ging ihm voraus in die Küche. Leevke band gerade ihre Schürze ab. Fuhr sich übers Haar. Sven überreichte ihr mit den Worten: „Ich hoffe, sie gefallen Dir", einen Strauß bunter Frühlingsblumen. Finja sah erwartungsvoll zwischen den beiden hin und her. Wartete darauf, dass er ihre Mama küsste, so wie Christoph das bei Inga getan hatte. Doch Leevke stellte die Blumen in eine Vase und bat ihn, sich zu setzen. Zu Finja sagte sie: „Gehst Du bitte Deine Hände waschen?"
In Windeseile war Finja zurück. Rutschte auf ihren Stuhl und begann zu essen. Ihr Blick glitt zu Leevke, die sich an ihrem Weinglas festzuhalten schien und kaum etwas aß. Dabei hatte sie sonst ihren Teller immer schnell leer. Aber sie hatte inzwischen ganz rote Wangen. Finja fragte sich, ob das vom Wein kam oder weil sie verliebt war. Sie sah zu Sven hinüber. Der sah dauernd Leevke an und vergaß auch zu essen. War er in ihre Mama verliebt? Finja betrachtete ihn eingehend, bevor sie fragte: „Hast Du eine Frau?" Er schüttelte den Kopf. „Nein." „Kinder?" „Auch nicht." Sie hatte ihren Teller leer gegessen und stand, wie mit Leevke vorab besprochen auf um in ihrem Zimmer noch ein wenig Musik zu hören. Bevor sie hinausging, fragte sie hoffnungsvoll: „Wollt Ihr Euch nicht küssen?" Leevke wich Svens Blick aus. Sie stand auf und um die für sie peinliche Situation zu überspielen, ergriff sie die fast unberührten Teller,

um sie zur Spüle zu bringen. Sagte dabei mit einem verlegenen Lächeln: „Meine Kleine ist ziemlich vorlaut." Aber Sven nutzte die Gelegenheit. Trat dicht vor sie hin. Nahm ihr die Teller ab und legte seine Hände um ihre Schultern. Zog sie näher an sich heran und küsste sie. Kein Mann hatte sie seit damals geküsst. Sie spürte den Druck seiner Lippen. Erwartete, dass sein Kuss, so wie damals der Kuss des anderen, ihr den Boden unter den Füßen fortzog und ihr Herz zu rasen begann. Doch der Boden blieb geschlossen und ihr Herz in seinem normalen Rhythmus. Sie nahm es seltsamerweise erleichtert zur Kenntnis. Sven schien es nicht zu spüren, denn er trat einen Schritt zurück und sprach das aus, was er fühlte: „Vielleicht hast Du schon gemerkt, dass ich Dir mehr als freundschaftliche Gefühle entgegenbringe. Ich glaube, nein, ich weiß, dass Du die Richtige für mich bist." Sie war so überrumpelt, dass sie nicht antworten konnte. Sanft strich er ihr mit dem Handrücken über die Wange, während er hinzufügte: „Denk in Ruhe darüber nach. Ich habe Geld genug, um eine Frau und ein Kind ernähren zu können. Und Dein Leben würde leichter werden." Während sie noch immer nicht wusste, was sie sagen sollte, sah er zu dem Geschirr auf der Spüle. Bot an: „Soll ich noch schnell abwaschen?" Stumm schüttelte sie den Kopf. Presste dann hervor: „Danke, aber das schaff ich allein." Er küsste sie leicht auf die Wange. „Gut, dann geh ich jetzt nach Hause. Schlaf schön und danke für das Essen."
Sie schloss die Tür hinter ihm und machte sich an den Abwasch. Aber ihre Gedanken schweiften immer wieder ab. Sven war in sie verliebt. Was sollte sie tun? Bisher war er ein Kollege gewesen. Aber konnte sie sich eine Beziehung mit ihm überhaupt vorstellen? Bevor sie noch weiter darüber nachdenken konnte, wurde sie abgelenkt. „Mama?" Finja stand in der Tür. Ihre Arme in die Seiten gestützt. Vorwurf im Blick. „Wo ist Sven?" „Er ist nach Hause gegangen." Ihre Enttäuschung verbergend, drehte sie Leevke den Rücken zu. Diese hielt sie zurück. „Warum fragst Du?" „Ach, ich hab gehofft ..." Sie brach ab. Leevke hakte nach. „Was hast Du gehofft?" „Na ja, ich hab gehofft, dass Du Dich in Sven verliebst und er dann vielleicht mein Papa werden könnte. Aber", fügte sie ihrer Mutter in die Augen sehend hastig hinzu, „aber wenn Du das nicht willst ..." Finjas sehnsuchtsvolles Gesicht zeigte Leevke, dass der Zeitpunkt gekommen war. Wenn ihre Tochter einen Vater wollte, sollte sie einen bekom-

men und Sven wäre bestimmt geeignet. Und vielleicht würde sie sich in ihn verlieben und so endlich die Vergangenheit hinter sich lassen können. So schickte Leevke noch in der Nacht eine Nachricht auf sein Handy, dass sie sich freuen würde, wenn er wieder vorbeikäme. Postwendend kam zurück. „Wie wäre es am nächsten Samstag?"

Leevke plante die Verabredung mit Sven wie ein Feldherr eine zu gewinnende Schlacht. Wenn alles so klappte, wie sie es sich vorstellte, wäre es ein Sieg über den Schatten der Vergangenheit und ein Neubeginn. Als Erstes brachte sie am Samstag Finja mit der Begründung nach Greetsiel, dass sie im Hotel aushelfen müsste. Jades Frage: „Wie weit ist es denn mit Deinem Bekannten und Dir? Wann lernen wir ihn endlich kennen?", blockte sie ab, indem sie sagte: „Hab noch ein wenig Geduld." Denn bevor sie nicht wusste, wie der Abend verlaufen würde, wollte sie mit niemandem darüber sprechen. Aus dem Grunde hatte sie auch Inga nichts erzählt. Auf dem Weg zurück nach Hause kaufte sie Wein und Käse. Sie wollte ein paar Häppchen vorbereiten. Nachdem sie die Wohnung ausgiebig geputzt und ihr Bett frisch bezogen hatte, nahm sie ein langes Bad. Plante in der Zeit, wie sie den Abend gestalten würde. Als sie dann, er war sehr pünktlich, neben ihm auf dem Sofa im Wohnzimmer saß, verließ sie plötzlich der Mut. Hätte sie ihn am liebsten gebeten wieder zu gehen. Aber sie beherrschte sich, denn wenn sie endlich etwas ändern wollte, musste sie tun, was sie sich vorgenommen hatte. Er roch nach einem dezenten Rasierwasser und war sorgfältig gekleidet. Sie betrachtete ihn aus den Augenwinkeln. Ihr Blick fiel auf seine Hände, die entspannt in seinem Schoß lagen. Er schien ihren Blick zu spüren. Drehte ihr den Kopf zu. Sah ihr in die Augen. Es war ein offener Blick, in dem seine ganze Zuneigung lag. Er weckte in ihrem Bauch zwar keine Schmetterlinge, aber es war ein sicheres Gefühl. Bei Sven brauchte sie sich keine Gedanken zu machen, ob er sie wollte. Für ihn gab es nur sie. Sie empfand zwar kein Begehren, trotzdem musste sie mit ihm schlafen, um endlich frei zu werden. Denn noch immer war sie kurz davor, ihn zu bitten, wieder zu gehen. Doch dann stellte sie es sich vor wie den Sprung vom Zehnmeterbrett. Man stand dort oben, fühlte sich beobachtet und konnte nicht mehr zurück, ohne als feige belächelt zu werden.

So rückte sie etwas näher an ihn heran. Legte ihre Hand auf seine. Küsste ihn leicht auf die Lippen. Er sah sie einen Moment unsicher an, verstand es aber dann als Aufforderung. Zog sie fest an sich und küsste sie mit zunehmender Leidenschaft zurück. Doch als sie ihre Hand gegen seine Brust stemmte und leise sagte: „Warte", ließ er sie sofort los. Stieß hervor: „Entschuldige bitte. Ich dachte, Du wolltest es auch." „Ja, aber nicht hier. Komm." Sie zog ihn mit sich in ihr Schlafzimmer. Kleidete sich, innerlich seltsam ruhig, langsam aus. Spürte dabei seinen Blick, der sich voller Verlangen und ungestillter Sehnsucht an ihrem Körper festsaugte. Nackt legte sie sich auf das Bett, das noch kein anderer Mann mit ihr geteilt hatte, während er aus seiner Hose schlüpfte und sich dann auf die Bettkante setzte. Als er sie zu streicheln begann, zog sie ihn näher zu sich heran. Urplötzlich war das Gesicht des anderen wieder da. Wollte sich mit aller Macht dazwischen schieben. Diesmal, sagte sie sich, während sie sich noch näher an Sven drängte, mit geschlossenen Augen, würde sie es nicht zulassen. Nein, diesmal würde sie es schaffen. Doch alles war fremd. Sein Geruch, der Geschmack seiner Lippen und das Gefühl seines Körpers unter ihren Händen. Für einen Moment überkam sie Panik. Aber dann stieß sie sich wie auf dem Sprungbrett ab und sprang. Und obwohl er zärtlich und rücksichtsvoll war, war das Eintauchen wie der Sprung in kaltes Wasser, ernüchternd. Als er wenig später leise stöhnte, verbarg sie ihren Blick vor ihm. Glücklich und entspannt ließ er sich neben sie fallen. Nahm sie in den Arm und als er zärtlich sagte: „Bist Du glücklich?", antwortete sie leise, mit einem verkrampften Lächeln: „Ja." Es entsprach nicht der Wahrheit.

Doch sie hatte es geschafft. Nach all den Jahren endlich geschafft, einen Mann so nah an sich heranzulassen. Sie hatte die Vergangenheit besiegt. War endlich bereit für die Zukunft. Unterdrückte die Tränen, die in ihr aufstiegen. Drängte sich stattdessen näher an Sven, der sie liebevoll in den Arm nahm.

Finja hätte vor lauter Begeisterung am liebsten sofort Tido und Inga mitgeteilt, dass ihre Mama nun einen Freund hatte, der vielleicht ihr Vater werden würde. Leevke hatte ihr jedoch das Versprechen abgenommen, nicht eher davon zu erzählen, bevor sie es Inga nicht selbst gesagt hatte. Finja versprach es, genoss aber die Stunden, wenn Sven bei ihnen war. Wenn er mit ihr spielte oder zusammen mit Leevke und ihr einen Film im Fernsehen ansah. Dann saß sie stolz zwischen ihnen. Wenn sie allein in ihrem Bett lag, sprach sie das Wort ‚Papa' leise vor sich hin. Es hörte sich gut an und sie hoffte, dass Leevke Sven bald heiraten würde, damit sie endlich eine richtige Familie bekam. Zwar gab es mehrere Kinder in ihrer Klasse, die keinen Vater hatten, aber einige waren dabei, die besaßen sogar zwei Väter oder zwei Mütter. Eine richtige und eine, die sie nur so nannten, weil die richtige nicht mehr da war. So würde sie, nahm Finja sich vor, es auch machen. Da sie ja nicht wussten, wo ihr richtiger Vater war, würde sie eben Sven so nennen. Finja freute sich auf die Ferien, denn er hatte versprochen, mit ihr und Leevke Radtouren zu machen und in den Heidepark nach Soltau zu fahren. Nun drängte sie ihre Mutter, endlich Inga von Sven zu berichten, damit sie es in der Schule erzählen durfte. Dass Finja nicht einmal Tido, der sonst immer alles als erster erfuhr, davon erzählt hatte, merkte Leevke, als sie endlich Zeit für eine Kaffeestunde mit Inga fand. Die Kinder spielten in Finjas Zimmer mit einem Kinderlaptop, den sie Rike zu verdanken hatten. Damit konnten sie Matheaufgaben üben oder einfache Spiele spielen. Im Moment waren sie anscheinend bei den Rechenaufgaben, denn in regelmäßigen Abständen erklang eine begeisterte, doch übertrieben brüllende Computerstimme mit einem: „Prima, das hast Du toll gemacht." Daraufhin ertönte ein Signal und die nächsten Aufgaben erschienen auf dem Bildschirm. Inga und Leevke verzogen das Gesicht und Inga meinte mit dem ihr eigenen Humor: „Das soll pädagogisch wertvoll sein? Also, ich weiß ja nicht so recht." Leevke stimmte ihr zu. Denn auch sie hielt nicht viel von der Technik im Kinderzimmer. Trotzdem durfte sie nicht verhindern, dass Finja lernte mit dieser Materie umzugehen. Irgendwann würde sie in der Schule auch einen Laptop benutzen müssen. Darüber hinaus hatte das neue Gerät den Vorteil, dass die Kinder beschäftigt waren und die beiden Frauen in Ruhe plaudern konnten. Während sie genüsslich ihren Kaffee tranken, sprachen sie über ihren bevorstehenden Urlaub. „Bald ist es soweit", sagte Inga. „Dann werde ich drei Wochen lang nicht an die Praxis denken. Und", mit erhobenem Zeigefinger fügte sie mit spielerisch drohendem Unterton hinzu, „wenn eine meiner Kolleginnen meint, in der Zeit krank werden zu müssen, springe ich nicht ein." Das sagte sie vor jedem

Urlaub, aber wenn dann tatsächlich Not an der Frau war, half sie doch aus. Leevke stimmte ihr zu. „Das sage ich mir auch jedes Mal. Übrigens habe ich in der Zeit ebenfalls Urlaub. Vielleicht können wir mal zusammen etwas unternehmen." Die Idee fand Inga gut. Dabei fiel ihr etwas anderes ein: „Sag mal, was machst Du denn bis zu Deinem Urlaub mit Finja? Sie bekommen doch schon nächste Woche Zeugnisse und Ferien." „Finja geht solange bis ich Urlaub habe zu meinen Eltern nach Greetsiel." Inga wirkte, als hätte sie eine andere Antwort erwartet. Leevke hakte nach „Wo sollte ich sie denn sonst lassen? Es sind doch immerhin drei Wochen zu überbrücken." Inga nahm einen Schluck Kaffee. Stellte den Becher zurück und begann zögernd, schließlich wusste sie nicht, wie Leevke das sah: „Ich wollte Dich fragen, ob sie die Vormittage nicht bei uns verbringen könnte. Dann hätte Tido jemanden zum Spielen." Leevke dachte über das Angebot nach. Ihre Eltern wären sicher enttäuscht, aber andererseits wollten sie in ihrem Urlaub das Wohnzimmer und ihre Küche tapezieren und dabei würde Finja vielleicht nur stören. Eine Sorge blieb aber: „Meinst Du denn, dass Christoph das recht wäre?" Inga lachte: „Er wird froh darüber sein, denn er hat schon genug mit Kati zu tun. Außerdem muss er doch lernen." Als hätte allein die Erwähnung ihres Namens das bewirkt, hörten sie plötzlich, wie Tido schimpfte: „Kati, lass das liegen. Du machst alles kaputt." Wenig später zerrte er die Kleine hinter sich her in die Küche. „Mama, sie nervt. Kann sie bei Euch bleiben?" Inga nahm ihre Tochter, die sie mit ihren babyblauen Augen unschuldig ansah, auf den Schoß. Gab ihr einen Keks und sagte zu ihrem Sohn: „Klar kann sie das." Erleichtert lief Tido zu Finja ins Zimmer zurück.

Während Kati glücklich an ihrem Keks zu knabbern begann, betrachtete Inga aufmerksam Leevke, die gerade eine neue Kanne Kaffee zubereitete. Dabei glitt ihr Blick über die abgeschnittene ausgefranste Jeans, die deren schlanke Figur betonte, und das weiße T-Shirt, auf das eine rote Rose aufgedruckt war. Und wie schon öfter fragte Inga sich auch jetzt, warum diese ansehnliche und patente Frau keinen Partner hatte. Sie zögerte einen Moment, bevor sie endlich die Frage stellte, die ihr schon so lange auf der Zunge brannte: „Was ist eigentlich mit Finjas Vater? Warum sprichst Du nie über ihn?" Leevke setzte sich wieder zu ihr an den Tisch. Zögerte einen Moment. Entschloss sich dann zur Wahrheit. „Weil wir uns schon getrennt hatten, bevor ich von der Schwangerschaft wusste." Inga war entsetzt. „Dann weiß er gar nichts von ihr?", und bevor sie es verhindern konnte überhäufte sie Leevke mit Vorwürfen: „Aber ein Mann hat das Recht zu erfahren, dass er Vater wird. Auch wenn Du ihn nicht mehr wolltest. Schließlich wart Ihr ja beide an der Zeugung beteiligt." Sie schnappte nach Luft, bevor sie etwas ruhiger fortfuhr: „Warum hast Du es ihm nicht wenigstens mitgeteilt? Dann hätte er selbst entscheiden können, wie er damit umgeht." Fast hätte sie hinzugefügt: ‚Wo Finja sich doch so sehr einen Vater wünscht.'

Sie konnte sich gerade noch auf die Lippen beißen. Leevke fühlte sich von den selbstgerechten Worten angegriffen. „Recht? Ja, vielleicht, aber er hat mich verlassen. Er ..." Sie brach ab. Schluckte heftig die Tränen herunter, die ihr in letzter Zeit immer öfter in die Augen stiegen. Stattdessen flossen, als wäre eine Schleuse geöffnet worden, Worte aus ihrem Mund. Erst schleppend, als würden Steine im Wege liegen, dann immer flüssiger, kam heraus, was sie noch nie jemanden erzählt hatte. „Also, es war so. Damals, als wir uns kennenlernten, hatte er sich gerade erst von seiner Freundin getrennt." Sie schloss die Augen, während sie in der Erinnerung noch einmal den Tag erlebte. Wie er vor ihr gestanden hatte. Die Wärme in seinem Blick und seinen Worten, als er gefragt hatte: „Darf ich Dich begleiten?" Damit hatte er ihre langen Spaziergänge am Strand gemeint. Jedoch war es dabei nicht geblieben. Ein Blick in seine Augen hatte genügt, um sie für immer mit ihm zu verbinden. Hatte gereicht, dass sie ihm ihr Herz ohne Rückgaberecht überlassen hatte. Doch warum sollte sie es erzählen? Es war vorbei. Sinnlos, alles wieder hervorzuholen. Leevke seufzte leise bevor sie die Augen öffnete und zurück in der Gegenwart erzählte: „Die Trennung schien von ihm ausgegangen zu sein. Jedenfalls rief sie noch ständig an." Dabei sah sie sein Gesicht vor sich, dessen Ausdruck mit jedem Telefonat ernster und verzweifelter geworden war. Wenn Leevke ihn gefragt hatte, was ihn bedrückte, hatte er den Kopf geschüttelt und gesagt: „Nichts. Es ist alles in Ordnung." Laut fuhr sie fort: „Eines Tages kam ich von der Arbeit und er war weg. Hatte nur einen Zettel mit den Worten: ‚Ich muss gehen. Verzeih mir', hinterlassen." Inga sah sie betroffen an und einen Moment wusste sie nicht, was sie dazu sagen sollte. Vorsichtig begann sie nach einer Weile ihre Vorwürfe damit erklärend: „Ich habe mir gerade vorgestellt wie schrecklich es für Christoph gewesen wäre, Vater zu werden und es nicht zu wissen. Aber ich glaube", fuhr sie nach einem nachdenklichen Moment fort, „in Deinem Fall hätte ich auch so gehandelt. Schließlich hätte es sein können, dass er die Vaterschaft abstreitet." Sie verstummte. Meinte aber dann, ihrem revolutionären Wesen entsprechend: „Aber ich hätte ihn zumindest angerufen. Gefragt, warum er sich einfach verdrückt hatte. Warum hast Du nicht um ihn gekämpft?" Leevke lächelte schmerzlich, bevor sie leise antwortete: „Gekämpft? Warum? Er hatte sich entschieden. Hat anscheinend doch noch mehr für die andere empfunden, als er mir gegenüber zugegeben hatte. Ich wollte ihm mit dem Kind nicht im Wege stehen." Inga nickte zögernd. „Na ja, mag sein. Aber er ist der Vater. Irgendwann wirst Du Dich der Vergangenheit stellen müssen."

Leevke überlegte. Dann sagte sie sehr leise: „Ich habe mich bei ihm gemeldet." Inga hatte die Worte nicht verstanden. Hakte nach: „Was hast Du?" Leevke sah ihr in die Augen und fuhr etwas lauter fort: „Ich habe ihn angerufen, nachdem ich von der Schwangerschaft wusste. Aber an seinem Anschluss meldete sich eine Frau, die sagte: „Lassen Sie uns in Ruhe." Leevke hob die Schultern und ließ sie in einer resignierten Geste wieder fallen, bevor sie meinte: „Und das hab ich getan." Sie hatte sich sogar ein neues Handy mit einer anderen Telefonnummer gekauft und auch seine Nummer gelöscht. So war sie nicht mehr für ihn erreichbar und er nicht mehr für sie.

Inga schnappte nach Luft, bevor sie hervorstieß: „Das hätte ich auch getan." Beide hingen eine Weile ihren Gedanken nach. Dann fragte Inga: „Aber in all den Jahren gab es doch bestimmt andere Männer? Oder willst Du mir erzählen, dass Du die ganze Zeit abstinent gelebt hast?" Dabei betrachtete sie Leevke, die zögernd nickte, so ungläubig wie ein Wesen aus einer anderen Welt, bevor sie hinzusetzte: „Immerhin hat eine Frau doch auch Bedürfnisse. Ich hätte nämlich nicht so lange auf die körperliche Seite verzichten können." Sie grinste etwas verlegen, während sie ihren Satz beendete: „Ich vermisse Christoph immer ganz schrecklich. In jeder Hinsicht. Da ist eine Woche schon fast zu viel." Leevke betrachtete sie nachdenklich. „Du meinst so für eine Nacht? Mag vielleicht unrealistisch klingen, aber das gab es nicht und ist auch nicht mein Ding."

Ihre Stimme wurde wieder leiser, als sie fast wie auswendig gelernt erklärte: „Ich musste mir von heute auf morgen ein Leben mit einem

Kind aufbauen. Darüber hinaus konnte ich in dem Hotel auf Langeoog nicht bleiben. Ich bin dann solange zu meinen Eltern zurück, bis ich die Stelle in Norden bekam. Es gab zwar ab und zu einen Mann, mit dem ich ausgegangen bin, aber ..." Sie überlegte, ob sie Inga erzählen sollte, was bei jedem Versuch sich auf einen Mann einzulassen, passiert war. Doch dann ließ sie es sein. Es hätte nur dramatisch und ziemlich unglaubwürdig geklungen. So sagte sie: „Ich wollte, dass mein Kind glücklich aufwächst. Und bisher habe ich geglaubt, dass meine Anwesenheit ausreicht." Inga betrachtete sie nachdenklich. „Und jetzt reicht sie nicht mehr aus?" „Nein, sie wünscht sich einen Vater." Inga nickte langsam. Schließlich wusste sie das schon lange. Zudem hatte sie schon oft die sehnsüchtigen Blicke bemerkt, die Finja Christoph zuwarf. Als sie vorsichtig fragte: „Was willst Du tun? Ihn suchen?" Schüttelte Leevke energisch den Kopf: „Das auf keinen Fall." Inga trank den letzten Schluck aus ihrem Becher. „Warum nicht? Glaubst Du nicht, dass Finja ihn eines Tages kennenlernen will?" Diese Frage hatte Leevke sich schon selber oft gestellt, ohne eine Antwort darauf zu finden.

„Ja, wenn sie älter ist, werde ich ihr von ihm erzählen. Dann kann sie selbst entscheiden, ob sie Kontakt zu ihm will." Inga sah die Qual in ihrem Gesicht und hakte sanft nach: „Woher willst Du denn sonst einen Vater für Dein Kind nehmen? Du hast ja nicht einmal einen Freund, der eventuell dafür in Frage kommen könnte." Doch da irrte sie, denn nun hatte Leevke den Aufhänger, von der Veränderung in ihrem Leben zu berichten: „Es gibt einen Mann. Du erinnerst Dich an Sven?" Inga wusste sofort, wen sie meinte. Schließlich hatte es ja, seit sie befreundet waren, nur den einen gegeben.

„Du meinst Deinen Kollegen?" „Ich bin mit ihm zusammen." Obwohl Inga gehofft hatte, dass Leevke ihm eine Chance gab, war sie von der schnellen Entwicklung nun so überrascht, dass sie nur ein „Ach!" hervorbrachte. Bevor Leevke antwortete, nahm sie erst einmal einen Keks von dem Teller, der vor ihr stand. Betrachtete das Gebäck so aufmerksam, als müsse sie eine schriftliche Beurteilung darüber abgeben. Dann biss sie hinein. Kaute. Schluckte und meinte leise: „Er sagt, dass er mich liebt. Dass ich die Richtige für ihn bin. Und Finja würde er gern ein Vater sein." Langsam stellte Inga ihren Becher auf dem Tisch ab. Sah ihr fest in die Augen: „Und Du? Bist Du auch in ihn verliebt?" Leevke legte den Keks zur Seite, als wäre ihr der Appetit vergangen. „Nicht so wie er in mich, aber das kann ja noch werden." Dabei sah sie die Freundin um Verständnis bittend an. Zu ihrer Erleichterung stimmte Inga ihr zu: „Einen Versuch ist es sicher wert. Wenn ich mir vorstelle, dass ich Christoph zu Anfang auch nicht wollte." Sie lächelte in der Erinnerung. Dachte daran wie Christoph jeden Abend vor der Praxis gewartet hatte, bis sie endlich bereit war, mit ihm auszugehen. Leevke meinte erstaunt: „Aber Ihr liebt Euch doch!" „Ja, jetzt." Inga kicherte, bevor sie hinzufügte: „Aber es war nicht Liebe auf den ersten Blick. Zumindest nicht bei mir. Christoph musste sich ganz schön ins Zeug legen, um bei mir zu landen." „Und wenn er das nicht getan hätte?" Inga zuckte die Schultern. „Weiß ich nicht. Heute bin ich froh, dass er nicht aufgegeben hat. Ein Leben ohne ihn kann ich mir nämlich nicht mehr vorstellen."

Bevor sie weiter darüber sprechen konnten, kamen die Kinder herein und die Frauen beendeten das Gespräch. Außerdem musste Leevke nach Hause, Finja ins Bett bringen und sich auf ihren Abenddienst vorbereiten. Sie war schon zur Tür hinaus, als Inga die Einladung einfiel, die Tido aus der Schule mitgebracht hatte. „Warte, Leevke. Fast hätte ich vergessen, Dich zu fragen, ob Du nächste Woche mit zum Elternsprechtag gehst. Hast Du auf der Einladung schon einge- tragen, wann Du zu welchem Lehrer willst?"

Leevke wusste nicht, was sie meinte. „Einladung? Ich hab keine bekommen." Inga überlegte, ob Finja den Zettel unterschlagen hatte. Denn Tido hatte ihr eines Abends erzählt, dass die Kleine schon zum wiederholten Male ein Diktat mit vielen Fehlern geschrieben hatte, und flehend hinzugefügt: „Bitte, Mami! Du darfst Leevke aber nichts davon sagen. Finja hat Angst, dass ihre Mama dann traurig ist." Inga hatte gezögert, denn sie war der Meinung, dass Leevke davon wissen müsste. Als Tido bettelte: „Bitte, bitte Mami. Ich habe Finja das doch versprochen", hatte sie zugestimmt. Daran musste sie nun mit schlechtem Gewissen denken. Sagte sich, dass Leevke ein Recht auf die Wahrheit hatte. Doch jetzt war nicht der richtige Moment.

Leichthin sagte sie deshalb: „Vielleicht hat sie ihn vergessen oder verloren. Das passiert schon mal. Jedenfalls gehe ich hin. Christoph kommt früher aus Hannover, um auf die Kinder aufzupassen. Finja kann ja mit Tido spielen und wir beide gehen zum Sprechtag."

9. Kapitel

Leevke saß neben anderen wartenden Müttern und Vätern in der Linteler Schule auf dem Flur. Inga war schon im Raum gegenüber und sprach mit der Klassenlehrerin der Kinder. Leevke lauschte den Gesprächen der anderen Eltern. Alle beschäftigte die Frage, warum diese Sprechtage immer mit so viel Wartezeit verbunden waren. Eine Frau murrte, wobei sie gestresst ständig auf ihre Uhr sah: „Die sollten hier besser Termine vergeben. So wie beim Arzt. Dann hätte ich mir nicht extra frei nehmen müssen." Die anderen nickten zustimmend. Eine Mutter sagte jedoch: „Gibt es ja! Hätten Sie sich eben auf der Liste, die die Kinder bekommen haben, eintragen müssen."

Leevke lauschte dem Gemurmel mit halb geschlossenen Augen, wäre dabei fast eingenickt, als sie plötzlich ihren Namen hörte: „Guten Tag, Frau Acker." Sie fuhr hoch und sah sich Frau Sommer, Finjas Sportlehrerin gegenüber. Diese reichte ihr die Hand. Meinte erfreut: „Schön, dass ich Sie hier treffe." Und in Leevkes erstauntes Gesicht hinein erklärte sie: „Es hat zwar ziemlich lange gedauert, aber nun darf ich Ihnen mitteilen, dass die Schulversicherung Finjas Schuhe ersetzt." Sie kramte einen Zettel aus einer Mappe. Gab ihn Leevke und fügte hinzu: „Wenn Sie dort", ihr Finger zeigte auf eine freie Zeile, „Ihre Kontonummer eintragen würden? Dann leite ich sie weiter. Es tut mir sehr leid, aber es kommt immer öfter vor, dass Sachen gestohlen werden."

Leevke hatte zwar zugehört, aber den Sinn ihrer Worte nicht verstanden. Gestohlen? „Aber ..." Frau Sommer ließ sie den Satz nicht beenden. Fuhr fort: „Es tut mir wirklich leid. Vielleicht finden sie ja noch so ein Paar. Finja war ja so stolz auf ihre Schuhe." Leevke konnte endlich zu der Lehrerin durchdringen. Ihre Frage: „Hat jemand den Schulschrank aufgebrochen?", ließ Frau Sommer irritiert stutzen. „Wieso Schrank? Sie sind doch aus der Umkleidekabine entwendet worden. Es ist ja schon Wochen her, aber mit dem Papierkram dauert es immer ewig. Ich hoffe, dass die Angelegenheit damit erledigt ist. Wenn Sie nun Ihre Bankverbindung ..." Leevke füllte die Spalte und gab Frau Sommer den Zettel zurück. Die verabschiedete sich und lief hastig davon. Leevke sah ihr betroffen hinterher. Finjas Schuhe waren gestohlen worden? Warum hatte ihre Tochter ihr das nicht erzählt, sondern behauptet, dass sie in der Schule aufbewahrt würden?

Inga kam aus dem Klassenraum. „Du kannst jetzt rein. Ich warte solange auf Dich." Gleich darauf stand Leevke Frau Alt gegenüber. Doch deren Erscheinung strafte ihren Namen Lügen, denn Frau Alt war jung und wirkte dynamisch. Nun zeigte sie auf den Stuhl vor ihrem Schreibtisch. Bat sie: „Bitte, Frau Acker. Nehmen Sie Platz", um ihr den nächsten Schock zu versetzen. Doch zuvor beugte sie sich über ihre Unterlagen, wobei ihr die langen dunklen Haare ins Gesicht fielen. Mit einem leisen, etwas ungeduldigen Seufzer hob sie ihre Arme hinter den Kopf. Umfasste mit beiden Händen die Haare, drehte sie zusammen, band ein Gummi, das sie von ihrem Handgelenk zupfte darum, und sagte resolut, den so entstandenen Zopf in den Nacken werfend: „Dann wollen wir mal sehen."

Eine Weile blätterte sie mit gerunzelter Stirn in ihrem Schülerbuch. Finja war im zweiten Halbjahr der zweiten Klasse und im Sommer würde sie in die dritte Klasse versetzt werden. Oder, dachte Leevke beim Anblick von Frau Alts gerunzelter Stirn, plötzlich unsicher, etwa nicht? Die Lehrerin sah ihr ernst ins Gesicht. „Ich weiß nicht, was mit Finja los ist. Sie ist ständig geistig abwesend. Und nun hat sie schon das dritte Mal im Diktat mehrere Fehler gemacht. Ich weiß ja, dass sie eine Rechtschreibschwäche hat, aber es muss besser werden." Sie legte das Diktatheft vor Leevke hin, die nach einem Blick auf die rotangestrichenen Wörter entsetzt sagte: „So viele Fehler?" In ihrem Kopf überschlugen sich die Gedanken. Warum hatte Finja ihr das verheimlicht? Bisher hatte sie geglaubt, das volle Vertrauen ihrer Tochter zu besitzen. Doch nun ...

Frau Alt sah, dass Leevke blass geworden war und fragte etwas sanfter: „Wussten Sie das etwa nicht?" Leevke schüttelte stumm den Kopf. „Nun, dann sollten Sie dringend mit ihr darüber sprechen." Sie sagte es so, als habe Leevke überhaupt keine Ahnung, was ihre Tochter so trieb.

Leevke öffnete den Mund um zu ihrer Verteidigung anzusetzen, aber dann ließ sie es sein. Schließlich wusste sie, dass es nicht so war. Sie war nun mal alleinerziehend und obwohl sie versuchte, alles richtig zu machen, fühlte sie sich in Situationen wie gerade eben verunsichert. Als sie wieder auf den Flur hinaustrat, erschrak Inga vor ihrer Blässe. Fragte besorgt: „Was ist los?" Bedrückt erzählte Leevke in wenigen Sätzen, was sie erfahren hatte. Sagte mit schlechtem Gewissen: „Ob es daran liegt, dass ich jetzt auch noch abends arbeite? Aber", fügte sie, sich verteidigend hinzu, „ich hab doch trotzdem mit ihr geübt. Warum hat sie mir denn nichts davon erzählt?"

Da Inga davon gewusst hatte, schämte sie sich nun, der Freundin, deren Vertrauen sie schließlich hatte, nichts gesagt zu haben. Auch wenn Tido sie darum gebeten hatte. Es war nicht richtig gewesen. Während sie zu ihren Rädern liefen sagte sie: „Wir fahren jetzt zu mir nach Hause. Da mach ich uns eine Tasse Tee und dann reden wir in Ruhe darüber." Das war ein frommer Wunsch, denn der Abend endete alles andere als ruhig.

Während die Frauen in der Schule mit den Lehrern sprachen, war Christoph mit den Kindern zum Spielplatz gegangen. Die beiden Großen vergnügten sich dort auf einem Klettergerüst und Kati bekam nicht genug von der Rutsche. Allerdings musste er immer zusammen mit ihr raufklettern und runterrutschen. Als ihm davon schon ganz schwindlig wurde, lockte er die Kinder mit: „Soll ich Euch Pfannkuchen backen?" nach Hause. Gerade hatte er den Teig angerührt und die Pfanne auf den Herd gestellt, da klingelte es. Henning stand vor der Tür. „Ich war gerade bei meiner Schwester zu Besuch und dachte, ich komme eben bei Euch vorbei."

Christoph zog ihn herein: „Das war eine gute Idee, denn so bekommst Du sogar noch einen von meinen Spezialpfannkuchen ab." Henning guckte kritisch, denn er hatte Christophs Kochkünste schon in Hannover zu kosten bekommen und die hatten ihm überhaupt nicht geschmeckt. Christoph musste lachen: „Du wirst Dich wundern. Wart mal ab." Henning folgte ihm in die Küche. Dort saßen drei Kinder mit erwartungsvollen Mienen. Henning begrüßte Tido und Kati, die er ja schon kannte und sah fragend auf Finja. Christoph klärte ihn auf: „Das ist Tidos Freundin. Finja."

Henning betrachtete das Mädchen und ein Schatten verdunkelte sein Gesicht, als er leise sagte: „Du hast aber einen schönen Namen." Da Christoph gerade Teig in die inzwischen heiße Pfanne goss, bekam er Hennings Worte nicht mit. Hochkonzentriert wartete er, bis der

Pfannkuchen an den Rändern gebräunt war. Dann warf er ihn mit Schwung in die Luft, fing ihn in der Pfanne wieder auf und wandte sich Beifall heischend zu den Kindern um. Doch diese hatten seine akrobatischen Künste gar nicht gesehen. Sondern ihre Aufmerksamkeit Henning zugewandt. Enttäuscht sah er in die Runde. „Ist was?" Tido antwortete: „Henning hat gerade gesagt, dass er, wenn er eine Tochter hätte, sie auch Finja nennen würde." Christoph schaute seinen Studienfreund forschend an. „Das ist ja schön, aber dazu brauchst Du doch erst einmal eine Frau. Und so weit ich weiß, bist Du doch solo." Henning zögerte. Er wollte noch etwas sagen, doch als Tido rief: „Papa, wir haben Hunger", stellte Christoph die Pfanne wieder auf den Herd. Füllte sie ein zweites Mal. Nach kurzer Zeit war so ein kleiner Pfannkuchenberg entstanden.

Henning deckte unter Tidos Führung mit den Kindern den Tisch. Christoph schaltete den Herd ab. Drehte sich ihnen zu und machte: „Tatatataaa!" Es klang wie ein Tusch. Gespannt hielten alle die Luft an, als er betont langsam einen Pfannkuchen auf einen Teller legte, ihn mit Zucker bestreute, eine dicke Schicht Apfelmus darauf verteilte und dann mit einem zweiten Pfannkuchen bedeckte. Doch das war noch nicht alles. Mit der Aussage: „Und nun kommt das Spezial", erhöhte er die Spannung. Vor den erwartungsvollen Augen der Kinder nahm er ein Glas mit Pflaumenmus. Strich es großzügig über das Pfannkuchengebilde. „So, fertig." Tido klatschte vor Freude in die Hände. Aber Henning wurde von all dem Süßkram schon im Vorfeld schlecht. Mit den Augen rollend hielt er sich den Magen. Stöhnte in gespielter Verzweiflung: „Kann ich den Pfannkuchen auch ohne Spezial haben?" Die Kinder lachten. Doch als Christoph sagte: „Klar, Du Weichei. Mein Spezial ist eh nur für harte Männer", sahen sie erschrocken zu Henning.

Zu ihrer Erleichterung war dieser jedoch nicht beleidigt, sondern meinte grinsend: „Wenn ich das nicht essen muss, bin ich gerne ein Weichei." Finja seufzte erleichtert auf. Sagte mutig: „Ich mag auch kein Pflaumenmus." Henning zwinkerte ihr verschwörerisch zu. Sie zwinkerte zurück und in all dem Trubel hörten die vier nicht, dass die Frauen hereinkamen. Inga schaute sich in der inzwischen chaotischen Küche um. Meinte trocken, da ihr klar war, dass sie das Chaos beseitigen durfte: „Na, Ihr habt ja einen Spaß." Sie merkte nicht, dass Leevke wie angewurzelt im Türrahmen stehengeblieben war. Henning ließ die Gabel, die er gerade zum Munde führen wollte, sinken. Die Farbe wich aus seinem Gesicht, während er die Frau im Türrahmen anstarrte. Leevke starrte zurück und für einen Moment tauchten ihre Blicke ineinander, bevor sie sich wie in Zeitlupe abwandte und ins Dunkel der Diele zurücktrat. Am liebsten wäre sie sofort hinausgerannt. Doch sie wollte nicht unhöflich erscheinen. Von den anderen hatte niemand den Blickwechsel bemerkt. Inga krauste schnuppernd die Nase. Drehte sich zu Leevke. Registrierte erstaunt, dass diese noch immer in der Diele stand. Auffordernd meinte sie „Komm rein und setz Dich. Christoph backt sicher auch für uns noch einen Pfannkuchen." Leevke schüttelte den Kopf. Antwortete fast flüsternd, als habe sie Angst, dass ihre Worte in die falschen Ohren gerieten: „Nein, danke. Ich muss sofort nach Hause. Hab etwas Wichtiges vergessen."

Währenddessen griff Christoph erneut zur Pfanne. Gab Teig hinein. Finja verlegte sich aufs Betteln. „Bitte, Mami. Nur noch ein bisschen. Es ist so lustig hier." Als Leevke mit ihr gut bekanntem Unterton sagte: „Nein, wir gehen jetzt", schob sie sich von ihrem Stuhl. Murmelte enttäuscht: „Bis morgen. Danke für den Pfannkuchen." Leevke war schon zur Haustür vorausgelaufen. Inga folgte ihr irritiert. „Aber warum willst Du so plötzlich weg? Wir wollten doch noch miteinander reden." Leevke drückte sie kurz an sich. „Ein anderes Mal. Mir ist gerade eingefallen, dass ich unbedingt noch einen Anruf erledigen muss."

Als Inga in die Küche zurückkam, meinte Christoph: „Das war ja ein schneller Abgang." Und zu Henning gewandt, fügte er, während er Inga den fertigen Pfannkuchen auf einen Teller legte, hinzu: „Dabei wollte ich Euch gerade einander vorstellen."

Hennings Blick war noch immer auf die Tür gerichtet. Er fühlte sich, als habe er eine Halluzination gehabt. Leise, wobei es ihn Überwindung kostete, seine Erschütterung aus seiner Stimme zu halten, fragte er: „War das Finjas Mutter?" Inga antwortete, ohne ihn dabei anzusehen, da sie gerade Zucker auf ihren Pfannkuchen streute: „Hm, das war sie." Henning fragte nicht weiter. Doch sein Herz zog sich schmerzhaft zusammen, als ihm klar wurde, dass Leevke sich nach ihm sehr schnell einem anderen zugewendet haben musste. Und noch mehr schmerzte es, dass ihre Gefühle für ihn ja dann nicht so groß gewesen sein konnten, wie er geglaubt hatte.

Finja war enttäuscht, dass ihre Mutter so plötzlich nach Hause wollte. Konnte ihre Reaktion nicht verstehen. Dachte aber, ob es vielleicht mit dem zusammenhing, was sie in der Schule über sie erfahren hatte. War Leevke böse auf sie?

Verunsichert behielt Finja ihren Protest für sich und folgte ihrer Mutter in die Wohnung. Leevke nahm ihre Tochter kaum wahr. Denn noch immer raste ihr Puls und schlug ihr Herz heftig. Automatisch brachte sie Finja ins Bett, die unbedingt bei ihr schlafen wollte. Noch immer darauf wartete, dass Leevke von dem Elternsprechtag erzählte und mit ihr schimpfen würde. Doch Leevke schwieg. Sie drückte Finja nur fest an sich. Küsste sie und wünschte ihr mit beherrschter Stimme eine gute Nacht.

Dann ging sie in ihre Küche hinüber. Legte die Hand auf ihr Herz und versuchte sich zu beruhigen. Hatte sie richtig gesehen? Oder hatte ihre Fantasie, wie schon so oft zuvor, ihr einen Streich gespielt? Nein, sagte sie sich gleich darauf, er war es. Ihr heftig pochendes Herz wusste es besser. Ein Blick in sein Gesicht, vor allem in seine unvergesslichen Augen, hatte genügt. Er war kaum verändert. Nur die steile Falte zwischen seinen Augen war damals nicht dagewesen. Sie ließ sich auf einen Stuhl fallen, als ihr plötzlich klar wurde, dass er der Studienkollege war, von dem Inga ihr erzählt hatte. „Ein ganz Schicker", hatte sie vor kurzem geschwärmt, „der wäre was für Dich." Nie wäre Leevke auf die Idee gekommen, dass sie Henning gemeint haben könnte. Ihre große Liebe.

Aufgewühlt lief sie in ihrem Wohnzimmer hin und her. Am liebsten hätte sie Finja geweckt und über ihn ausgefragt. Schließlich hatte sie neben ihm am Tisch gesessen. Aber das konnte sie nicht tun. In ihrer derzeitigen Verfassung hätte sie sich bestimmt verraten. Ohne es beeinflussen zu können, spürte sie, wie auf einmal Tränen über ihre Wangen liefen. Wie leise Schluchzer aus ihrer Kehle krochen und sie wie ein Kind zu weinen begann.

Es waren die Tränen, die sie seit Jahren zurückgehalten hatte. Die sie sich verboten hatte und die sich nun nicht mehr aufhalten ließen. Dabei fragte sie sich, was er bei ihrem Anblick gedacht haben mochte. Würde er die Freunde nach ihr ausfragen? Was wäre, wenn diese ihm erzählten, dass sie keinen Vater für ihr Kind hatte? Dass sie erst seit kurzem eine Beziehung führte? Würde er sich zusammenreimen was offensichtlich war? Er musste ja nur fragen, wie alt

Finja war. Verzweifelt riss sie ihr Taschentuch in kleine Fetzen. Aber all diese Fragen waren nicht das eigentliche Problem, das ihr in dieser Nacht den Schlaf raubte. Eine Tatsache, die all die Jahre seiner Abwesenheit nicht aktuell gewesen war, traf sie nun mit großer Wucht. Die Tatsache, die ihr bewusst geworden war, als sie ihn neben seiner Tochter hatte sitzen sehen. Die Tatsache, wie sie ihm jemals erklären sollte, dass er, ohne es zu wissen, seit sieben Jahren Vater war.

Da sie nicht einschätzen konnte, wie er darauf reagieren würde, beschloss sie weiterhin zu schweigen. Denn außer ihr wusste schließlich niemand davon. Und wenn sie ihm aus dem Weg ging, würde das auch so bleiben.

10. Kapitel

Sven kam meistens am Wochenende zu ihr und Finja. Blieb auch über Nacht. Er überhäufte sie mit den Gefühlen, die er lange Zeit zurückgehalten hatte. Nach all den Jahren ohne einen Mann fiel es Leevke jedoch schwer, seine Nähe zuzulassen. Sie hatte ihn sehr gern. Er war ein Mann, der ihr jeden Wunsch, ob ausgesprochen oder nicht, von den Lippen ablas. Er wollte sie beschützen und verwöhnen. Bemüht, die Jahre glatt zu bügeln, die sie allein mit ihrem Kind verbracht hatte, sagte er oft: „Du hattest es so schwer. Lass doch zu, dass ich Dich und Finja verwöhne." Im Stillen hegte er einen starken Groll auf den Mann, der Leevke mit dem Kind einfach sitzengelassen hatte. Er hätte das nie getan. Nein, er hätte sich der Verantwortung gestellt. Aber dafür würde er nun für immer an ihrer Seite bleiben. Sich um sie kümmern.

Leevke hatte sich die Beziehung zu ihm einfacher vorgestellt. Ihrer Tochter einen Vater zu präsentieren war die eine Sache gewesen, die andere, was das für sie bedeutete. Denn oft fühlte sie sich von ihm überrollt. War sie versucht zu sagen: „Halt, nicht so schnell." Sven ging das alles nicht schnell genug. Schon nach ein paar Wochen bat er: „Lass uns zusammenziehen. Heiraten. Meine Mutter möchte es so gern noch erleben." Sein Tempo nahm Leevke den Atem. Dabei unterdrückte sie die Frage, ob sie das überhaupt alles wollte, denn sie sah, dass Finja glücklich war. Wenn das Kind abends Sven mit in ihr Gebet einschloss und bat, dass der liebe Gott ihren zukünftigen Papa bitte auch beschützen möge. „Oh, Mami!", rief sie dann. „Nun sind wir bald eine richtige Familie. Sven, Du und ich. Ich bin ja so froh." Leevke hatte sie an sich gedrückt und stumm genickt.

Auch Sven schien glücklich zu sein: „Ich liebe Dich", sagte er oft. Dass sie es noch nie zu ihm gesagt hatte, schien ihn nicht zu stören. Wenn sie miteinander schliefen, geschah es nicht, weil sie ihn begehrte, sondern ihm zuliebe. Das war eine Sache, die sie unterschätzt hatte. Ihre Hoffnung, das Begehren nach seinen Zärtlichkeiten würde sich bei ihr einstellen, hatte sich nicht erfüllt. Inzwischen fragte sie sich, ob er das nicht merkte oder es nur nicht merken wollte. Sie nahm sich vor, mit ihm darüber zu sprechen.

An einem Samstagabend, sie hatten zusammen gegessen, begann sie behutsam: „Sven, wie siehst Du unsere Beziehung? Bist Du glücklich?" Er tupfte sich mit einer Serviette den Mund ab. Legte sie bedächtig neben seinen Teller, bevor er sie ansah und überzeugt meinte: „Ich empfinde unsere Beziehung als perfekt. Verstehe mich mit Finja und ich glaube, dass auch Du mit mir zufrieden bist." Sie war gerührt von seinen Worten. Musste krampfhaft schlucken, bevor sie antworten konnte. „Aber fehlt Dir denn nichts? Ich meine, ich habe Dir ..." Sven unterbrach sie. Griff über den Tisch nach ihrer Hand. Beendete lächelnd ihren Satz. „Noch nie gesagt, dass Du mich auch liebst?" Er tätschelte ihre Hand. „Das kommt schon noch. Ich kann warten."

Dann beugte er sich vor. Küsste sie leicht auf die Lippen und stand auf, um den Tisch abzuräumen. Er ließ Wasser ins Spülbecken und griff nach dem ersten Teller. Leevke erhob sich ebenfalls. Nahm ein Handtuch vom Haken und begann gedankenverloren das gespülte Geschirr abzutrocknen. Dabei musste sie plötzlich an den gestrigen Abend denken. Sie hatte Finja ins Bett gebracht, als diese ohne Vorbereitung gefragt hatte: „Hast Du Sven genauso lieb wie Du meinen richtigen Vater lieb hattest?" Leevke hatte erschrocken die Luft angehalten und sich gefragt, was die Frage zu bedeuten hatte. Einen Moment überfiel sie die Befürchtung, dass Finja Henning getroffen und er sie nach ihren Eltern ausgefragt haben könnte.

Sie schob den Gedanken von sich. Denn seit dem Abend bei Inga hatte sie weder etwas von ihm gesehen noch gehört. Er war genauso unwirklich wie all die Jahre zuvor. Nach einem kurzen Moment hatte sie ruhig geantwortet: „Es gibt verschiedene Arten, auf die man lieben kann. Zum Beispiel liebst Du Tido doch ganz anders als mich. Oder Oma und Opa. So war es auch mit Deinem richtigen Vater. Den habe ich geliebt, aber eben anders als Sven."

Abschließend hatte sie hinzugefügt: „Es ist doch schön, dass Sven immer für uns da ist und uns lieb hat." Finja hatte ernst genickt und geantwortet: „Ja, das finde ich auch und ich hoffe, dass er bei uns bleibt."

Das glückliche Gesicht, das sie dabei gemacht hatte, entlockte Leevke nun einen Seufzer. Sven hatte ihn gehört. Drehte sich ihr besorgt zu: „Geht es Dir nicht gut? Kann ich etwas für Dich tun?" Sie schüttelte den Kopf und antwortete betont fröhlich: „Nein. Es geht mir gut. Mach Dir keine Sorgen." Als das Geschirr gespült war, zog er den Stöpsel aus der Spüle. Krempelte die Ärmel seines Hemdes wieder herunter. Schloss die Knöpfe und fragte aufgeräumt: „Wollen wir fernsehen?" Sie folgte ihm ins Wohnzimmer. Während sie der monotonen Stimme des Nachrichtensprechers lauschten, hielt er ihre Hand und ihre aufgewühlten Nerven kamen etwas zur Ruhe. Gegen elf stand er auf. Nahm sie in den Arm und sagte ihre Wangen küssend: „Du siehst müde aus. Geh schlafen. Ich fahre jetzt nach Hause und komme morgen Nachmittag wieder. Dann fahren wir nach Greetsiel. Wir könnten doch Deine Eltern besuchen."

Leevke dachte, dass Jade davon bestimmt begeistert wäre. Denn sie war von Sven und seinem zuvorkommenden Wesen sehr angetan. Auch ihr Vater verstand sich mit ihm. Ihre Mutter wartete bei jedem Besuch jedoch darauf, dass sie ihr endlich den Verlobungs- oder noch besser Hochzeitstermin mitteilten. Wenn Jade gewusst hätte, dass Finjas leiblicher Vater wieder aufgetaucht war ...

Leevke stimmte seinem Vorschlag zu und brachte ihn zur Tür. Als sie wenig später in ihrem Bett lag konnte sie nicht verhindern, dass sich Henning in ihre Gedanken schlich. Er ihr so nah war, als läge er neben ihr. All die Jahre hatte sie ihn mehr oder weniger erfolgreich aus ihren Gedanken verdrängen können. Nun wollte es ihr nicht mehr gelingen. Die Vergangenheit hatte sie eingeholt. Auch wenn sie sich dagegen wehrte, würde sie sich ihr eines Tages stellen müssen. Leise stöhnend rollte sie sich zusammen und zwang sich, an Sven zu denken.

11. Kapitel

Die Kinder hatten Zeugnisse bekommen und beim Anblick von Finjas Deutschnote fiel Leevke das Gespräch mit der Klassenlehrerin wieder ein. Mit schlechtem Gewissen stellte sie fest, dass sie es vergessen hatte. Das liegt nur daran, dass meine Gedanken sich ständig mit Henning und Sven beschäftigen, schalt sie sich selbst. All die Jahre zuvor ist mir das nie passiert. Da habe ich mich nur auf meine Tochter und meine Arbeit konzentriert. Kaum gibt es einen Mann in meinem Leben, tauchen Probleme auf. Aber im nächsten Moment, musste sie sich gerechterweise eingestehen, dass diese Probleme nichts mit Sven zu tun hatten. Sie bestanden anscheinend schon lange und sie musste endlich herausfinden warum ihre Tochter ihr einige Sachen verheimlichte.

So nahm sie sich vor, mit Finja darüber zu sprechen. Doch wollte sie dabei diplomatisch vorgehen. An einem der Abende, an denen sie nicht ins Hotel musste, setzte sie sich mit der Frage: „Soll ich Dir eine Geschichte vorlesen?", zu ihr ans Bett. Da Okka ihr inzwischen an den Tagen, an denen Leevke arbeiten musste, die Gutenachtgeschichte vorlas, rief Finja nun begeistert: „Ja. Soll ich ein Buch holen?" Leevke hielt sie zurück. „Nein, lass nur. Ich habe eine Geschichte im Kopf." Den ganzen Tag hatte sie überlegt, wie sie das Vorgefallene anschneiden sollte. Bis ihr die Idee mit der Geschichte gekommen war. Nun streckte sie sich neben Finja aus und begann: „Es war einmal ein kleines Mädchen, das lebte mit seiner Mama zusammen in einer Wohnung. Sie waren zwar allein, aber sie konnten sich alles erzählen. Die Mama ging jeden Tag zur Arbeit und das Mädchen in die Schule. Doch eines Tages hatte sie ganz viele Fehler im Diktat. Das war vorher auch schon passiert und obwohl sie sonst ihrer Mama immer alles erzählte, behielt sie die vielen Fehler dieses Mal für sich. Aber da gab es auch noch eine andere Sache, die sie für sich behalten hatte. Und eines ..." Finja hatte mit angehaltenem Atem gebannt zugehört. Platzte plötzlich heraus: „Aber das Mädchen wollte doch nicht, dass ihre Mama traurig ist. Sie hat schon so viele Sorgen und die Turnschuhe waren einfach weg." Dann ließ sie sich zurückfallen. Legte die Hände über ihre Augen und schwieg.

Das hatte sie als kleines Kind immer getan. Dabei gehofft, dass, wenn sie nicht sehen konnte, man sie auch nicht sah. Leevke zog ihr sanft die Hände von den Augen. Fragte leise: „Glaubst Du denn, dass die Mama darüber traurig gewesen wäre?" Finja zögerte, nickte dann: „Ja. Sie guckt immer so traurig, wenn das Kind etwas gemacht hat oder wenn sie etwas kaufen muss und kein Geld dafür hat." Leevke hätte am liebsten geheult. Heftig zog sie ihre Tochter in die Arme. Küsste die weichen Wangen, strich ihr das dunkle Haar aus dem Gesicht und sagte mit tränenschwerer Stimme: „Mütter sind manchmal traurig und haben manchmal Sorgen. Aber auch wenn eine Mama mal traurig guckt, hat sie ihr Kind doch trotzdem sehr lieb und möchte, dass es ihr alles erzählt." Sie sah ihr in die Augen und fuhr eindringlich fort: „Versprichst Du mir, wieder alles zu erzählen, auch wenn ich dann vielleicht komisch oder traurig gucke?" Finja kreuzte zwei Finger. „Versprochen." Und im Brustton der Überzeugung fügte sie hinzu: „Außerdem haben wir ja nun Sven. Da musst Du ja nicht mehr traurig sein." Leevke nickte. Verkniff sich ein Seufzen. Küsste sie nochmals und sagte: „Stimmt. Da muss ich nicht mehr traurig sein. Jetzt sind ja erst einmal Ferien. Im neuen Schuljahr werden wir noch mehr für Deine Diktate üben, und dann klappt das schon." Finja atmete erleichtert auf. Wollte aber noch wissen: „Und die Turnschuhe?" „Das Geld haben wir zurückbekommen. Bevor Du wieder zur Schule musst, kaufen wir Dir ein paar neue." Finja wollte gerade unter ihre Decke schlüpfen, als Leevke noch etwas einfiel. „Sag mal, Süße. Ist es wirklich in Ordnung, wenn Du die ersten drei Wochen Deiner Ferien bei Tido verbringst? Oder willst Du lieber zu Oma und Opa gehen?" Leevke hegte dabei die Hoffnung, dass Finja sich für ihre Großeltern entschied. Denn so würde sie nicht ständig Henning über den Weg laufen, der in den Ferien mit Christoph lernen wollte. Leevke hätte gern mehr über Henning, den sie ja offiziell gar nicht kannte, erfahren. Doch die clevere Inga hätte bestimmt wissen wollen, warum sie sich für ihn interessierte. Als Leevke ihren Eltern erzählt hatte, dass Finja in den Ferien bei einer Freundin bleiben konnte, waren diese recht enttäuscht gewesen. Finja bestand jedoch auch jetzt auf der beschlossenen Regelung. „Ich möchte bitte zu Tido. Da ist es immer so lustig." Nach einem Moment fügte sie hinzu: „Oder sind Oma und Opa dann traurig?" Leevke beruhigte sie: „Nein, das sind sie nicht. Du kannst sie ja am Wochenende besuchen." Damit war Finja einverstanden. Auch war sie erleichtert, dass Leevke nun von den Diktaten und den Schuhen wusste.

Das Semester war beendet und nun freute sich Christoph auf die Zeit mit seiner Familie. Auch Inga war froh, dass er die nächsten Wochen zu Hause sein würde. Obwohl sie nur drei Wochen Urlaub mit ihrer Familie zusammen hatte, war es eine große Arbeitserleichterung. Denn wenn er da war, konnte sie zur Arbeit gehen, ohne sich vorher um die Kinder kümmern zu müssen. In den Herbstferien hatte sie dagegen nur eine Woche Urlaub. Dann regelte sie es so, dass Tido mit Kati in den Kinderhort ging. Auch in den Osterferien funktionierte es so. Die Kinder genossen die Semesterferien ihres Vaters ebenfalls. Auch wenn er nur so lange blieb, bis die Schule für die Kinder wieder anfing. Danach musste er zurück nach Hannover, weil die Abschlussklausuren begannen. Henning kam regelmäßig, um mit ihm zu lernen. Doch dessen Hoffnung, dort etwas über Leevke und ihr Leben zu erfahren, erfüllte sich zuerst nicht. Während der letzten Wochen in Hannover hatte er die schmerzlichen Gedanken an sie verdrängt. Hatte nicht wissen wollen, von wem sie so schnell nach ihm ein Kind bekommen hatte. Da er immer erst am Nachmittag kam, sah er auch Finja nicht. Aber an einem Tag, Leevke musste am Nachmittag eine Kollegin vertreten, traf er das Kind an. Christoph führte ihn in den Garten in dem Tido damit beschäftigt war, ein kleines Beet umzugraben. Finja stand neben ihm. „Da pflanze ich Erdbeeren rein.", erklärte er ihr gerade. „Du kannst mir helfen." Und schon hatte sie eine Harke in der Hand. Henning setzte sich auf die Terrasse. Sah Finja zu, wie sie mit gekrauster Stirn, der Zungenspitze zwischen den Lippen, konzentriert das Beet harkte und dachte plötzlich: Wer mag wohl ihr Vater sein? Finja war dunkel. Leevke dagegen blond. Also, resümierte er, musste ihr Vater auch dunkelhaarig sein. Oder rötlich? Am liebsten hätte er das Kind oder Christoph ausgefragt, aber die Angst vor der Antwort hinderte ihn daran. Er wollte nicht hören, dass sie glücklich verheiratet war. Ein Umstand, der für ihn die Bestätigung gewesen wäre, dass sie ihn längst vergessen hatte und seine Hoffnungen zunichte machte. So lief er stattdessen zu Kati und setzte sich zu ihr auf den Rand des Sandkastens.

„Na, Kleine. Was machen wir beide denn jetzt?" Das Kind reichte ihm ihre Schaufel. Bestimmte: „Kuchen backen." Henning begann die Formen mit Sand zu füllen und während Kati sie wieder auskippte, strahlte sie ihn zufrieden an. Christoph setzte sich zu ihnen. „Magst Du ein Bier? Oder ein Sprudelwasser? Oder Kaffee?" „Kaffee wäre gut." Als Christoph mit dem Gewünschten zurückkam, saß Kati auf der Schaukel und Henning stand hinter ihr, um sie anzuschubsen. Dabei war er äußerst vorsichtig. Christoph trat zu den beiden und meinte voller Stolz: „Kinder sind etwas Tolles, nicht wahr? Ich möchte die beiden nicht missen, auch wenn der Zeitpunkt an dem sie gekommen sind vielleicht nicht ganz passte. Aber besser früh als nie." Er ließ sich in einen Gartenstuhl fallen. Streckte seine langen Beine von sich und fügte hinzu: „Findest Du nicht auch?" Henning nahm Kati von der Rutsche. Stellte sie vorsichtig auf ihre Füße zurück. Antwortete leise: „Ja, da hast Du Recht." Und zum ersten Mal ließ er den Gedanken zu, dass Finja auch seine Tochter hätte sein können, wenn er Leevke nicht verlassen hätte.

Leevke ließ morgens auf dem Weg zur Arbeit Finja bei Inga raus, kam aber selber nicht herein. Auch am Mittag holte sie ihre Tochter nicht ab. Diese lief allein nach Hause. Doch die Angst, dass Henning Finja nach ihrem Vater ausfragen könnte, saß ihr im Nacken. Denn was würde die Kleine ihm antworten? Aber nicht nur Leevke machte sich Gedanken. Auch Inga wunderte sich, dass ihre Freundin nicht mal auf einen Sprung hereinkam. Es war an sich nicht ungewöhnlich, schließlich wusste Inga selbst am besten, dass die Zeit morgens immer knapp war. Trotzdem kam es ihr komisch vor. Und da sie ungeklärte Verhältnisse hasste, fuhr sie eines Nachmittags bei Leevke vorbei. Die Freundin war zu Hause. Meinte zu ihrem Erstaunen erfreut: „Schön, dass Du vorbeikommst. Ich hab Dich schon vermisst." Inga betrachtete sie prüfend, bevor sie sagte: „Na ja, wenn ich Dich sehen will, werde ich das ja wohl müssen."
Leevke machte ein schuldbewusstes Gesicht. „Ja, ich weiß, aber es reicht ja schon, dass Finja ständig bei Euch ist. Da möchte ich nicht auch noch stören." „Du störst doch nicht." Sie sah ihr prüfend in die Augen. „Sonst gibt es aber keinen Grund? Ich dachte schon, Du gehst mir aus dem Weg." „Nein, Dir doch nicht." Erschrocken wurde Leevke bewusst, was sie gesagt hatte. War Inga das aufge-

fallen? Hastig fügte sie deshalb hinzu „Schließlich hast Du ja genug zu tun." Das musste Inga zugeben. Sie seufzte theatralisch. Ließ sich auf Leevkes blau-weiß gemustertes Küchensofa sinken und meinte: „Ja, stimmt, obwohl ich es genieße, dass Christoph zu Hause ist und im Haushalt hilft, ist der ganze Rhythmus anders. Abends bin ich noch müder als sonst." Leevke lachte. Meinte mit zärtlicher Ironie: „Du Arme siehst auch um Jahre gealtert aus." Inga grinste: „Ja, ich Arme, und Du machst Dich über mich lustig. Aber nun mal ernsthaft. Ich würde gern wissen, wann wir Deinen Supermann denn endlich mal kennenlernen?" Leevke musste über die Titulierung lachen. Es war aber kein glückliches Lachen, als sie zugab: „Supermann trifft es eigentlich genau. Er ist wirklich sehr zuverlässig und gut zu uns." Inga hörte den melancholischen Unterton in ihrer Stimme. Krauste die Stirn. „Das klingt aber nicht nach leidenschaftlicher Liebe und Hingabe. Bist Du inzwischen wenigstens ein wenig in ihn verliebt?" Leevke dachte an das, was sie fühlte, wenn Sven bei ihr war. Das Gefühl war vergleichbar mit dem, was sie empfand, wenn sie bei ihren Eltern hinter dem Haus stand und dem Gluckern des Wassers im Greetsieler Tief lauschte. Es war ein immer gleiches Plätschern. Ohne Höhen und Tiefen. Er war wie ein großer Bruder oder ein Freund, auf den man zählen konnte. Das war, wie sie sich immer öfter einzureden versuchte, im Vergleich zu manch anderen Beziehungen schon recht viel. Außerdem hatte sie doch erfahren, was Liebe und Leidenschaft ausrichteten. Das hätte sie nicht noch einmal ertragen. Nein, dann lieber so, wie es zwischen Sven und ihr war. So antwortete sie: „Ich hab ihn lieb."
Inga betrachtete sie nachdenklich: „Glaubst Du, dass das ausreicht? Was ist mit Begehren? Bauchkribbeln? Sehnsucht nach ihm, wenn er nicht bei Dir ist? Und Sex?" Leevke schloss einen Moment die Augen, bevor sie leise antwortete: „Das brauche ich nicht." Es war gelogen, denn sie dachte dabei an die Tage und Nächte, in denen sie Henning so unendlich vermisst hatte. Er ihr so nah gewesen war, dass sie glaubte, ihn anfassen zu können. Schweißgebadet aus Träumen hochgeschreckt war, in denen sie sich leidenschaftlich geliebt hatten und sie beim Erwachen voll unerfüllter Sehnsucht hatte feststellen müssen, dass er nicht real war. Inga beobachtete sie. Sah den gequälten Ausdruck in Leevkes Augen und hätte gerne gewusst, was in ihr vorging. Doch bevor sie fragen konnte, sagte Leevke, das

Gespräch damit beendend: „Das wird alles überbewertet. Wichtig ist doch, dass man sich versteht." Und damit nicht nur Inga, sondern auch sich selbst überzeugend, fügte sie hinzu: „Ich bin glücklich."

Inga fuhr nachdenklich nach Hause. Zu gern hätte sie erfahren, ob es Finjas Vater war, den Leevke so geliebt hatte und sie hoffte, dass sie ihr irgendwann die Antwort darauf geben würde. Inga parkte ihren Wagen in der Einfahrt und ging hintenherum in den Garten. Dort stand Christoph auf einen Spaten gestützt. Er hatte sein Hemd ausgezogen. Seine Haut war gebräunt und seine Hände waren mit Erde verschmiert. Versunken, mit einem leichten Lächeln auf den Lippen betrachtete er eine Biene, die eifrig Honig aus einer Rosenblüte sammelte. Inga beobachtete ihn. Dabei begann es in ihrem Magen zu kribbeln und ihr Herz wurde weit vor Begehren. Am liebsten hätte sie sich auf der Stelle von ihm auf dem Rasen lieben lassen. Doch ein Blick in den Sandkasten, in dem Kati saß, hielt sie davon ab. So begnügte sie sich damit, hinter ihn zu treten und ihre Arme um seinen Körper zu schlingen. Er drehte sich in ihrem Arm. Sah auf sie herunter und meinte leise, ihre Gedanken lesend: „Jetzt wäre ich gern mit Dir allein." Sie seufzte tief auf: „Ja, ich auch mit Dir." Er küsste sie zärtlich und flüsterte: „Verschoben ist nicht aufgehoben." Während sie Kati mit ins Haus nahm, wurde ihr bewusst, dass sie die Gefühle der Leidenschaft nicht missen wollte. Und sie wünschte sich für Leevke, dass auch sie eines Tages wieder solche Gefühle zulassen konnte.

12. Kapitel

Während Leevke und Inga die Stunden bis zu ihrem Urlaub zählten, sorgte Christoph für die Kinder. Räumte die Garage auf, strich alle Fenster innen und außen und reparierte endlich die in den Angeln hängende Gartenpforte. Darüber hinaus lernte er zusammen mit Henning für die Klausuren. An diesem Morgen war Kati mit einem starken Schnupfen, schlechter Laune und erhöhter Temperatur aufgewacht. Den ganzen Vormittag klebte sie quengelnd an Christophs Bein und so konnte er nicht zum Einkaufen fahren, obwohl er dringend ein paar Sachen brauchte. Da Henning nachmittags kommen wollte, gab er ihm per Handy den Auftrag, das Fehlende mitzubringen. „Kein Problem", sagte der. „Was brauchst Du denn?" Er notierte sich die Dinge auf einem Zettel und fuhr zum Discounter in der Gewerbestraße. Auch Leevke war dort einkaufen. Sie kam gerade von der Arbeit und wollte am Nachmittag mit Tido und Finja ins Freibad am Deich fahren. Sie brauchte nicht viel. Ein Päckchen Kekse, ein paar Äpfel und einige Safttütchen. Für das heutige Mittagessen legte sie einen Beutel Kartoffeln, ein Päckchen Fischstäbchen und einen Salatkopf in den Einkaufswagen. Sie zuckte zusammen, als eine Stimme, die sie unter Hunderten herausgehört hätte, sagte: „Hallo, Leevke." Für eine Flucht war es zu spät. So drehte sie sich langsam um. Seinen Namen brachte sie nicht über die Lippen. Dabei hatte sie ihn nächtelang vor sich hingeflüstert. Betont kühl, obwohl ihr Herz raste, antwortete sie: „Hallo."
Mehr als sieben Jahre waren vergangen und es war, als hätten sie sich erst gestern getrennt, als sie sich nun erneut in die Augen sahen. Stumm und gleichzeitig fragend flossen die Emotionen zwischen ihnen hin und her. Henning hatte sich ausgemalt, was er sagen würde, wenn er Leevke allein wieder begegnen würde. Hatte sich vorgenommen, sofort nach dem Vater ihres Kindes zu fragen. Sie sofort zu fragen, ob sie verheiratet war. Nun suchte er nach Worten. Er sah in ihr Gesicht und die einzigen Worte, die er über die Lippen brachte, waren: „Du siehst toll aus. Wie gehts Dir?" Sie wandte ihren Blick von Henning ab. Klammerte ihn stattdessen an die Einkäufe in ihrem Wagen. Murmelte dann: „Danke. Sehr gut." Er

sah auf ihre Hände. Kein Ring. Aber das musste nichts heißen. Und obwohl er zu gern gewusst hätte, ob sie verheiratet war, brachte er die Frage nicht heraus. Schweigend sahen sie sich erneut in die Augen, ohne den Blick voneinander lösen zu können. Leevke schaffte es als Erste. Sagte leise: „Ich muss weiter. Meine Tochter wartet. „Henning nickte ernst. „Ja, ich verstehe. Bist Du ..." Er brach ab. Konnte die Worte nicht sagen, aus Angst vor der Antwort. Für einen Moment sah er auf einen imaginären Punkt in der Ferne. Wie ein Seemann, der nach langer Fahrt von seinem Schiff auf die Weite des Meeres blickt, aber noch immer kein Land erspäht. Leevke wartete und war überrascht, als er sich plötzlich umdrehte „Bis dann" murmelte und mit großen Schritten wenig später aus ihrem Blickfeld verschwunden war.

Als sie am Nachmittag mit den Kindern im Schwimmbad war, sah sie ständig sein Gesicht vor sich. Was ging in ihm vor? Warum hatte er nicht gefragt, wer Finjas Vater war oder ob sie gebunden war? Interessierte es ihn nicht? War sie ihm im Laufe der Jahre gleichgültig geworden? Sie versuchte die Gedanken an ihn zu verdrängen, indem sie mit den Kindern Wasserball spielte. Um die Wette schwamm und so lange mit ihnen herumtobte, bis sie erschöpft und außer Atem im Gras auf ihre Decke fielen. Trotzdem gelang es ihr nicht. Verzweifelt wünschte sie sich, dass er einfach wieder verschwand. Gleichzeitig wusste sie aber auch, dass sie ihn noch immer liebte.

Inga war froh, als sie ihren letzten Arbeitstag hatte. Sie war ständig müde. Fühlte sich antriebslos und schwor sich, ihren Urlaub vom ersten bis zum letzten Tag zu genießen. Tido hatte mit seinem Vater zusammen für die drei Wochen Pläne gemacht. Doch Inga wollte sich eigentlich nur auf der Gartenliege lümmeln und schlafen. Christoph konnte ihre ständige Müdigkeit nicht nachvollziehen. Während sie laut gähnend auf dem rotgestreiften Liegestuhl lag, meinte er: „Es kann doch nicht sein, dass Du dauernd müde bist. Geh mal zum Arzt. Vielleicht brauchst Du ein Eisenpräparat oder Vitamine." Sie winkte ab. „Unsinn. Ich bin nur urlaubsreif. Wart mal ab. Nächste Woche geht es mir schon wieder besser." Und tatsächlich. Eine Woche, in der sie im Haushalt nur das Nötigste getan hatte und faule Tage im Garten hatten Farbe in ihr blasses Gesicht gezaubert. So konnten sie in der kommenden Woche zusammen mit den

Kindern zum Schwimmen und in das Spielhaus am Deich fahren. Für kostspieligere Aktivitäten fehlte ihnen jedoch das Geld. Aber trotzdem hatte Inga in ihrer letzten Urlaubswoche eine lang geplante Überraschung für ihre Familie. Eines Morgens beim Frühstück sagte sie: „Freitag fahren wir nach Langeoog." Christophs Einwand: „Aber das ist doch viel zu teuer!", wehrte sie mit den Worten ab: „Mach Dir keine Sorgen. Das Geld dafür habe ich gespart." Sie mussten zwar nach Bensersiel fahren, weil die Fähre nach Langeoog dort abfuhr, aber dafür dauerte die Überfahrt dann nur dreißig Minuten. Tido konnte am Abend vor Aufregung nicht einschlafen, denn es war lange her, dass sie auf einer Insel gewesen waren. Dabei liebte er es, mit seinem Vater in den Wellen der Nordsee zu toben und in dem weichen Inselsand nach Muscheln zu suchen. Er hopste so wild im Bett herum, dass Inga ihn mehrmals ermahnen musste und damit drohte alles abzublasen, wenn er nicht endlich Ruhe gäbe. Das zeigte die gewünschte Wirkung.

Gerade hatte sie sich mit einem Glas Wein zu Christoph auf die Terrasse gesetzt, da kam Leevke. Sie hatte fast ihren ganzen Urlaub mit Sven verbracht. Sie waren in den Heidepark gefahren. Hatten die Insel Norderney besucht und viele Radtouren gemacht. Aber erholt schien sie nicht zu sein. Leevke wirkte angespannt, hatte Ringe unter den Augen und sah so müde aus, als würde irgendetwas ihr den Schlaf rauben. Inga bot ihr ein Glas Wein an. Sie lehnte dankend ab: „Ich muss gleich wieder nach Hause. Sven möchte noch zu seiner Mutter fahren. Es geht ihr nicht gut. Ich wollte nur fragen, ob wir Euch am Freitag mal die Kinder abnehmen sollen. Schließlich habt Ihr Euch drei Wochen lang um mein Kind gekümmert."

Bevor Inga etwas dazu sagen konnte, antwortete Christoph: „Übermorgen wollen wir nach Langeoog fahren. Aber", ein begeistertes Lächeln erschien auf seinem Gesicht, als er fortfuhr, „wie wäre es denn, wenn Ihr mit uns kommt?" Und direkt wie er nun mal war, fügte er in ihr blasses, übernächtigt wirkendes Gesicht, hinzu: „Du siehst nämlich aus, als könntest Du ein wenig Luftveränderung gebrauchen." Leevke überging seine Bemerkung mit einem flüchtigen Lächeln und antwortete: „Das ist eine gute Idee. Finja wird sich riesig freuen und Sven wird es auch gut tun. Ich hoffe nur, dass der Gesundheitszustand seiner Mutter das zulässt." Kurz darauf verabschiedete sie sich und die beiden brachten sie zur Tür. In dem Moment kam Henning um die Hausecke gefahren. Einen Träger Alster im Fahrradkorb. Er hatte während der Semesterferien sein Quartier bei seiner Schwester aufgeschlagen, die sich mit ihrem Mann am Westlinteler Weg ein älteres Haus gekauft hatte. Sie war froh über seine Anwesenheit, denn so konnte er ihrem Mann beim Bau einer neuen Garage helfen. Henning sprang vom Rad. Stellte es an die Hauswand. Umfasste die Freunde mit einem Blick und sagte, dabei bemüht an Leevke vorbeisehend: „Ich habe eine Fahrradtour gemacht. Es ist so ein schöner Abend." Er stutzte: „Wollt Ihr weg?" Christoph schüttelte den Kopf: „Nein. Aber Leevke will gerade gehen." Dabei fiel ihm auf, dass die beiden sich ja gar nicht kannten und fügte erklärend, wobei er zuerst auf die junge Frau zeigte, hinzu: „Also, das ist Leevke, Ingas Freundin. Ihre Tochter Finja kennst Du ja schon." Auf Henning zeigend, meinte er: „Das ist Henning, Studienkollege und mein Freund." Der streckte seine Hand aus, die Leevke zögernd, mit zum Boden gesenktem Blick ergriff.

Das Gefühl, ihn nach so langer Zeit zu berühren, erzeugte in ihrem Magen ein Kribbeln und ließ ihr Herz heftig klopfen. Hastig wollte sie ihre Hand wieder zurückziehen. Aber er hatte plötzlich das brennende Bedürfnis, dass sie ihn ansah. Erst als sie den Blick hob, ihm in die Augen sah und fast flüsternd ein: „Hallo", hervorbrachte gab er ihre Hand frei. So sanft, als würde er einen zarten Vogel in die Freiheit entlassen. Inga hatte sie beobachtet. Dabei beschlich sie der Eindruck, als stünden die beiden sich nicht zum ersten Mal gegenüber. Aber, sagte sie sich gleich darauf, das war natürlich Unsinn, denn wenn es so wäre, hätte Leevke ihr das längst erzählt. Bevor sie eine Bemerkung in der Richtung machen konnte, wollte Leevke wissen: „Wann müssen wir am Freitag da sein?" Christoph gab Auskunft: „Die Fähre geht um halb zehn. Vorher müssen wir einen Parkplatz suchen. Also, am besten seid Ihr um kurz nach acht hier."

Henning sah zwischen ihnen hin und her. Erkundigte sich interessiert: „Fahrt Ihr weg?" „Ja, nach Langeoog. Möchtest Du mitfahren?" Zu Leevkes Schrecken meinte er begeistert: „Gern. Ich war ewig nicht auf einer Insel. Das letzte Mal ist lange her." Bei den Worten sah er sie an. In seinem Blick war Wärme, aber auch Schmerz. Sie wich ihm aus. Stieg auf ihr Fahrrad und murmelte: „Dann bis Freitag." Henning sah ihr nach. Im Gesicht einen Ausdruck, der schwer zu deuten war. Christoph interpretierte ihn auf seine Weise: „Hübsche Frau, nicht wahr? Aber vergiss es: Sie ist bereits vergeben."

Leevke hatte Finja von dem Inselbesuch erzählt und das Kind hatte ihre Mutter voller Begeisterung umarmt. Leevke hatte sie gerade ins Bett gebracht, als Sven anrief und ihr mitteilte, dass er die Nacht bei seiner Mutter verbringen würde. „Es geht ihr zwar etwas besser, aber es ist mir zu riskant, sie allein zu lassen." Leevke berichtete ihm, dass am nächsten Tag, zusammen mit den Freunden, eine Fahrt nach Langeoog geplant war. „Ich würde mich freuen, wenn Du mitkommst." Doch Sven hatte keine Zeit. „Meine Mutter hat morgen einen Arzttermin. Da muss ich sie begleiten." Das konnte sie verstehen. „Natürlich musst Du das. Dann telefonieren wir morgen Abend." Nachdenklich legte sie den Hörer zurück. Was sollte sie tun? Mit den anderen nach Langeoog fahren und so einen ganzen Tag mit Henning an dem Ort verbringen, an dem sie sich kennengelernt hatten? Wie sollte sie das ertragen? Wahrscheinlich würde er Juline oder eine andere Frau mitbringen und das hätte sie auf keinen Fall ertragen.

Doch die Entscheidung wurde ihr abgenommen, denn wenig später rief ihr Chef an: „Es tut mir leid, aber wir brauchen Ihre Hilfe. Wir haben eine Busgesellschaft angenommen, die morgen anreist, und gerade rief Ihre Kollegin an, dass die Sommergrippe sie erwischt hat." Erleichtert, dass sie einen Grund hatte nicht mit zur Insel fahren zu müssen, rief sie bei Inga an. „Ich muss im Hotel aushelfen und kann nicht mitfahren, aber könntet Ihr Finja trotzdem mitnehmen?" „Selbstverständlich. Mach Dir keine Sorgen. Wir passen gut auf sie auf." Am nächsten Tag bereitete Leevke ihrer Tochter ein Essenspaket. Steckte Geld in deren Portemonnaie und setzte sie auf den Weg zum Hotel bei Inga ab.

13. Kapitel

Am Hafen in Bensersiel herrschte reger Betrieb. Viele Leute nutzten den heißen Sommertag, um nach Langeoog zu fahren. Henning parkte seinen Wagen auf einem der Großparkplätze, auf dem schon hunderte andere Autos standen. Christoph stellte sich am Fahrkartenschalter der „Inselgemeinde Langeoog" an und die anderen reihten sich in die Schlange der Leute ein, die auch aufs Schiff wollten. Henning hatte enttäuscht festgestellt, dass Leevke nicht mitfahren würde. Gern hätte er mit ihr gesprochen. Endlich alles richtig gestellt. Doch, sagte er sich gleich darauf, wusste er ja nicht einmal, ob sie ihm zuhören würde. Er wurde aus seiner Grübelei gerissen, weil ihn ein Mann vorwärtsdrängte, der einen Kinderwagen vor sich herschob. Automatisch sah Henning sich nach Finja um. War beruhigt, als sie ihre kleine Hand vertrauensvoll in seine schob. Die Fähre, die „Langeoog III", füllte sich schnell. Trotzdem fanden die Freunde an Deck noch Sitzplätze. Henning fragte. „Wer möchte Kaffee?" Inga und Christoph nickten. „Gern, wenn Du ihn besorgst." Henning nickte lachend und lief gefolgt von den Kindern zum Kaffeeautomaten. Unter Tidos Regie: „Mama nimmt ihn mit Milch und Papa mit Zucker" drückten die Kinder die erforderlichen Knöpfe. Henning wählte seinen Kaffee mit Zucker und Milch. Als sie sahen, dass es auch heiße Würstchen an einem Kiosk gab, baten die Kinder ihn: „Dürfen wir eins haben?" Henning nickte. „Aber klar." Wenig später waren sie mit dem Kaffee und den Würsten zurück am Tisch. Die Überfahrt dauerte circa dreißig Minuten und so erlaubte Inga nicht, dass die Kinder einen Erkundungsgang auf dem Schiff unternahmen. „Ihr bleibt hier bei uns. Nachher legt das Schiff an, und wir wissen nicht, wo Ihr seid." Ohne Widerspruch setzten die Kinder sich zu ihnen. Henning und Christoph unterhielten sich über die vielen Windkraftanlagen, die die Küste entlang aufgebaut waren. Inga beobachtete ein kleines Mädchen, das an der Reling herumkletterte. Die Mutter saß zwar daneben, trotzdem rechnete Inga jeden Moment damit, dass das Kind über Bord fiel. Kati hätte zwar auch gern die Gegend erkundet, aber Inga hatte darauf bestanden, dass sie auf ihrem Schoß sitzen blieb. Erleichtert seufzte sie auf, als die Mutter des kletternden Kindes ihrer Tochter endlich das Klettern verbot. Kurz darauf fuhr das Schiff in den Hafen ein. Inga drehte sich zu den Männern und bat: „Nehmt die Kinder bitte an die Hand. Ich hab Angst, dass sie im Gedränge verloren gehen." Es dauerte eine Weile bis sie das Schiff verlassen konnten. In flottem Tempo liefen sie zur Inselbahn, die den Hafen mit dem Ort verband. Zwei Bahnen waren eingesetzt. Trotzdem bekamen sie nur noch einen Stehplatz. Sie fuhren ein Stück durch sattgrüne Wiesen, am Wäldchen vorbei. Erste Häuser tauchten auf, dann hielt der Zug am Inselbahnhof. Nachdem sie dort ausgestiegen waren, sagte Inga, die einen verräterischen Duft vernommen hatte: „Wartet mal eben. Ich muss Kati neu wickeln." Mit der Kleinen in der Karre lief sie ins Bahnhofsgebäude. Dort gab es einen Wickelraum. Finja kam ihr nach. „Ich muss auch auf die Toilette." Henning erklärte Christoph währenddessen, welchen Weg sie gehen sollten. „Am besten laufen wir die Hauptstraße Richtung Wasserturm. Von da aus sind es noch ungefähr dreihundert Meter bis zum Strand. Oder", wandte er sich an die Kinder; „wollt Ihr vorher durch den Ort?" Tido mischte sich ein. „Nein, ich will gleich ans Wasser!" Christoph fuhr ihm durch die Haare. „Okay, mein Sohn. Dann können wir ja später noch durch den Ort bummeln. Dort gibt es nämlich Eisdielen ..." Tido spitzte die Ohren: „Eis? Och, das möchte ich wohl schon jetzt haben."

Inga und Finja kamen zurück. „Und nun?", fragte sie an Christoph gewandt. „Tido möchte Eis." Damit war Inga nicht einverstanden. „Das kannst Du später haben", sagte sie, „erst gehen wir an den Strand." Doch als sie am Wasserturm vorbeikamen rief Tido: „Da will ich hoch." Sie stiegen zur Aussichtplattform hinauf, von der aus man aufs Meer, über die mit Sanddorn, Heckenrosen und Ginster bewachsenen Dünen und über die Insel sehen konnte. In der Ferne sahen sie auf dem leuchtendblauen Wasser zwei Segelboote. Christoph begann zu schwärmen: „Dazu hätte ich auch mal Lust. Einfach nur so ins Blaue hinein zu fahren." Henning erinnerte sich an die Zeit, in der er mit Leevke hier gewesen war. Am Wasserturm hatten sie sich in den ersten Tagen ihrer Liebe immer verabredet. Waren dann zusammen hinaufgestiegen um sich dort auf eine Bank zu setzen. Seit ein paar Jahren stand unterhalb des Turms eine Bronzestatue von Lale Andersen, die auch für ihn neu war. Er machte Finja darauf aufmerksam. „Das ist die Statue einer berühmten Sängerin. Sie hieß

Lale Andersen. Die hat hier auf der Insel gelebt und ist auch hier begraben. Sie hat Lieder für die Soldaten im zweiten Weltkrieg gesungen. Deine Oma und Dein Opa kennen sie bestimmt." Doch Finja interessierte sich mehr für einen Vogel, der gerade in den Himmel hinaufstieg. Sie zog Henning am Arm. Fragte aufgeregt: „Guck mal! Was ist das denn für ein Vogel?" Henning reichte ihr lächelnd sein Fernglas. Fasziniert sah sie hindurch, als er ihr den Vogel erklärte: „Das ist ein Austernfischer. Er hat ein schwarzweißes Gefieder. Einen orangefarbenen Schnabel, rote Augen und rosa Beine." Die Kindern sahen abwechselnd durch das Glas. Tido sagte staunend: „Der ist aber ziemlich groß!" Henning nickte. „Ja, stimmt. Seine Flügel haben eine Spannweite von fast neunzig Zentimetern", er breitete seine Arme aus, um den Kindern die Größe zu verbildlichen, und fuhr dann fort: „und er kann bis zu siebenundvierzig Zentimeter hoch werden. Dabei wiegt er aber nicht einmal ein Kilogramm."
Inga hatte hinter ihnen gestanden und fragte nun beeindruckt: „Woher weißt Du das alles?" Henning drehte sich ihr zu und antwortete: „Ich hab' mal auf der Insel für den Naturschutz gearbeitet. Da lernt man so etwas." Als Tido fragte: „Gibt es viele Austernfischer?", antwortete er: „Ja, die gibt es. Sie nisten in den Dünen, am Strand oder auf den Wiesen. Im Winter sammeln sie sich in Schwärmen. Bis zu vierhunderttausend Austernfischer überwintern dann im Wattenmeer." Die Kinder schwiegen beeindruckt. So eine große Anzahl Vögel konnten sie sich kaum vorstellen. Kati begann zu quengeln und Inga sagte: „Wollen wir nun zum Strand? Ich möchte gern einen Strandkorb mieten. Wenn wir erst so spät da sind, bekommen wir keinen mehr." An dem Weg zum Strand kamen sie an der Buchhandlung Krebs vorbei. Inga, die an keiner Buchhandlung vorbeigehen konnte, blieb stehen und sah ins Schaufenster. Ihr Blick traf auf den neuesten Band von Elizabeth George, in Taschenbuchausgabe. Da es ihre liebste Krimiautorin war, bat sie: „Moment, ich bin gleich wieder da." Kurz darauf kam sie mit dem Buch in der Hand wieder heraus und wenig später betraten sie den mit Holzplanken bedeckten Fußweg, der direkt zum Strand hinunter führte. Christoph lief zu dem Kiosk in dem die Strandkorbvermietung war und kam mit einer Tageskarte zurück. Ihr Strandkorb stand etwas abseits von den anderen. Die Kinder zogen T-Shirts und Shorts aus. Die Badesachen trugen sie schon darunter und wenig später rannten

sie mit Henning und Christoph, ebenfalls in Badehose, ins Wasser. Kati rieb sich müde die Augen. Inga fütterte sie mit einem mitgebrachten Obstgetreidegläschen und legte sie dann in die Karre zum Schlafen. Nachdem Inga sich ihre helle Haut mit Sonnenmilch eingerieben hatte, setzte sie sich mit ihrem neuen Krimi in den Strandkorb und begann zu lesen. Dabei sah sie ab und zu zum Wasser hinaus. In der Ferne konnte sie Christoph und Henning mit den Kindern im Wasser toben sehen. Nun, dachte sie, dann werden sie bald hungrig wieder hier sein." Das Lesen ermüdete sie und ihr fielen die Augen zu. Sie wurde wach, als etwas Kaltes sie traf. Christoph hatte seine nasse Hand auf Ingas Schulter gelegt. Sie zappelte herum und schrie zum Vergnügen der Kinder: „Igitt! Lass das. Du bist ja eiskalt." Doch sie nahm es mit Humor und beschloss die nassen Schwimmer zu fotografieren.

Henning und Finja standen nebeneinander. Beide hielten den Kopf leicht schräg. Hatten ein Auge etwas zugekniffen und die Arme in die Seiten gestützt. Während Inga den Auslöser ihrer Kamera betätigte, registrierte sie die unübersehbare Ähnlichkeit in ihrem Verhalten, ohne ihr jedoch eine Bedeutung zuzumessen. Sie schoss noch Fotos vom Strand und von der schlafenden Kati. Dann öffnete sie den Picknickkorb. Holte all die leckeren Dinge hervor, die sie am Morgen eingepackt hatte. Hungrig beugten sich die anderen zu ihr. Sie verteilte Pappteller, Besteck und reichte die gekochten Eier, den Kartoffelsalat, die belegten Brote und das Obst herum.

Leevke machte währenddessen ihre Arbeit im Hotel. Aber in Gedanken war sie auf Langeoog. Bei Henning und ihrer Tochter. Seltsam, dachte sie, dass die beiden an dem Ort zusammen waren, an dem Finja gezeugt worden war. Ohne auch nur zu ahnen, dass sie Vater und Tochter sind. Sie stellte sich vor, wie die beiden die gleichen Wege gingen, die sie damals mit ihm gegangen war. Ob er auch ihr die Vögel zeigte, die in den Dünen nisteten? Und mit ihr nach Muscheln suchte? Nach diesen kleinen weißen und graugemaserten, mit denen man Holzkästchen bekleben konnte? Worin man dann kleine Erinnerungsstücke aufbewahrte? Auch sie besaß so eine Dose. Hütete sie sorgsam. Darin war ein Foto von Henning und ihr versteckt. Sie hatte vorgehabt, es Finja irgendwann einmal zu zeigen. Doch nun ... Ein Gast riss sie mit den Worten: „Junge Frau, kann ich bitte endlich meine Zimmerkarte haben?", aus ihren Gedanken. Hastig drehte sie sich herum. Nahm die Karte. Sagte, während sie sie ihm reichte: „Entschuldigen Sie bitte, dass Sie warten mussten." Er winkte ab. Meinte versöhnlich: „Schon gut. Ich hab ja Urlaub" Als Leevke am Mittag in ihre leere Wohnung kam, fühlte sie sich einsam. Finja fehlte ihr, doch an Sven hatte sie den ganzen Tag noch nicht gedacht und griff nun mit schlechtem Gewissen zum Telefon. Als er sich mit: „Hier ist Sven Kremer" meldete, klang seine Stimme bedrückt. Leevke traute sich kaum zu fragen. „Wie war es beim Arzt und wie geht es Deiner Mutter jetzt?" Sie hörte ihn leise seufzen, bevor er meinte: „Er hat ihr Blut abgenommen. Nun müssen wir das Ergebnis abwarten." Er klang so traurig, dass Leevke fragte: „Kann ich irgendwie helfen?" Es war ein ernstgemeintes Angebot. Denn vor kurzem hatte sie seine Mutter kennengelernt. Mit Sven und Finja hatte sie mit ihr Tee getrunken. An dem Tag hatte sie sein Haus zum ersten Mal betreten, das in Zukunft ihr Heim werden sollte. Es war ein komisches Gefühl gewesen, inmitten der altmodischen Möbel mit einer fremden, aber lieben alten Dame zu sitzen, die sehr glücklich war, dass ihr Sohn endlich die für ihn Richtige gefunden hatte. „Machen Sie ihn glücklich!", hatte sie zu Leevke gesagt, dabei ihre Hand festgehalten und beinahe flehentlich hinzugefügt: „Er liebt Sie sehr." Leevke hatte zwar zustimmend genickt, doch es war ein halbherziges Nicken gewesen. Begleitet von ihrem schlechten Gewissen. Gern hätte sie der alten Dame gesagt, dass sie Sven auf die gleiche Weise liebte wie er sie. Aber das konnte sie nicht. Noch nicht. Svens Mutter war auch von Finja begeistert, wenn auch deren Temperament für sie neu und anstrengend gewesen war. So konnte Leevke nachvollziehen, als er nun sagte: „Nein, lieber nicht. Wir sollen jegliche Aufregung vermeiden." Als sie bat: „Aber morgen kommst Du doch, oder?", wollte er auch das nicht versprechen. „Weiß ich noch nicht. Das hängt davon ab, wie es meiner Mutter geht. Lass uns morgen telefonieren."

Finja kam am späten Abend begeistert von der Insel zurück. „Das war supertoll, Mami. Schade, dass Du nicht mitfahren konntest." Leevke drückte ihre Tochter kräftig an sich. „Das fand ich auch." Seltsamerweise fragte Finja gar nicht nach Sven. Das tat sie sonst immer, doch bevor sie weiter darüber nachdenken konnte, sagte die

Kleine mit strahlenden Augen: „Henning ist ganz lieb. Er hat mit uns im Wasser rumgetobt und Muscheln gesucht." Sie holte einen kleinen Beutel heraus, schüttete ihn auf dem Küchentisch aus. „Schau, Mama. Henning hat gesagt, dass ich die Muscheln auf eine Dose kleben kann und dann ..." Sie brach ab. Fragte plötzlich unsicher, denn ihre Mutter machte das von ihr gefürchtete Gesicht. „Was ist los, Mami?" Denn nach ihrem Gespräch mit Leevke war Finja sehr darauf bedacht, ihrer Mutter alles zu erzählen. Auch wenn diese dann, so wie jetzt, das Gesicht verzog. Leevke holte tief Luft. Versuchte ihre aufsteigenden Erinnerungen beim Anblick der Muscheln zu verdrängen und Hennings Interesse gegenüber Finja nicht überzubewerten. Vielleicht hatte er einfach nur nett sein wollen, oder, fragte sie sich plötzlich erschrocken, ahnte er bereits, dass sie seine Tochter war? Sich zu einem gleichmütigen Gesicht zwingend, sagte sie nun: „Alles in Ordnung. Ich freue mich, dass Ihr Spaß hattet." Beruhigt berichtete Finja weiter. „Und bevor wir wieder zum Schiff gegangen sind, hat Henning uns in einer Eisdiele ein ganz großes Eis gekauft und einen kleinen Seehund."
Sie nestelte ein weiches Stofftier aus ihrem Rucksack. „Guck mal, Mami." Leevke strich über den weichen Plüsch des Tieres. Murmelte abwesend: „Süß, mein Schatz." Dabei überlegte sie, was Henning sich dabei dachte, ihrem Kind solche Geschenke zu machen. Doch Finja war noch nicht fertig mit dem Berichten. Plapperte weiter: „Wir haben auch eine Pferdekutsche gesehen und ich durfte das Pferd streicheln", und als könne sie es noch immer nicht fassen, fügte sie mit großen Augen hinzu: „Stell Dir vor, Mami: Auf der Insel dürfen keine Autos fahren. Nur der Rettungsdienst und die Feuerwehr haben ein Auto. Sonst gibt es nur Elektrokarren. Und auf dem Friedhof", sie machte eine ehrfürchtige Pause, bevor sie fortfuhr: „da liegt eine Sängerin. Die heißt Lale Anderson oder so und war mal berühmt. Und auf dem Grab liegen ganz viele Muscheln. Die legen immer irgendwelche Leute dahin. Henning sagte, das sind ihre alten Fans." Leevke nickte geduldig. Schließlich war sie mit den Gegebenheiten der Insel mehr als vertraut. Um Finja auf andere Gedanken zu bringen, erzählte sie, dass es Svens Mutter besser ginge und er bald wieder vorbeikäme. Finja betrachtete ihre Mutter und fragte ohne weitere Vorbereitung: „Hat Henning eigentlich eine Frau?" Leevke zuckte zurück. Sah ihrer Tochter in die Augen. Fragte

sich, warum sie das plötzlich wissen wollte. Aber die Frage bestätigte ihr auch, dass er allein mitgefahren war. Wahrheitsgemäß antwortete sie: „Das weiß ich nicht." Denn sie wusste ja tatsächlich nicht, ob er noch gebunden war. Andererseits schämte sie sich plötzlich, dass sie ihrem Kind nicht die Wahrheit über ihn sagen konnte, doch im Moment hielt sie es so für das Beste. Sie wusste ja nicht einmal, wie Henning reagieren würde, wenn er von seiner Vaterschaft erfuhr. Nein, sie musste schweigen. Musste die Lawine noch zurückhalten, die dann über sie hinwegrollen würde. Gerade hatte sie Finja ins Bett gebracht, als Inga anrief: „Ach, Leevke. Wir hatten einen wunderschönen Tag. Schade, dass Du nicht dabei warst." „Ja, aber Du weißt ja, wie das ist, wenn eine Kollegin ausfällt." Das kannte Inga zur Genüge. „Oh ja", sagte sie: „das Vergnügen hatte ich schon öfter." Nach einem Moment fügte sie hinzu: „Als kleine Entschädigung für Deinen verdorbenen Urlaubstag laden wir Euch morgen zum Grillen ein." Leevke antwortete zwar: „Danke. Wir kommen gern", hoffte dabei aber, dass Henning nicht da sein würde. Inga freute sich: „Fein. Schließlich müssen wir am Montag schon wieder arbeiten. Ich habe das Gefühl, als wenn ich nur eine Woche Urlaub hatte." Auch für Leevke war die Zeit schnell vergangen. Als Inga sagte: „Donnerstag fängt die Schule wieder an und am Montag darauf müssen Christoph und Henning wieder nach Hannover zurück. Dann geht es endlich mit den Abschlussklausuren los", horchte Leevke auf, denn wenn Henning wieder in Hannover war, konnte sie in Ruhe überlegen, was sie tun sollte.

Interessiert fragte sie nun: „Oh. Sind die Semesterferien schon vorbei?" „Nein! Aber die Klausuren werden vor Semesterbeginn geschrieben. Ich bin so froh, dass er bald fertig ist. Und noch froher, wenn er endlich eine Stelle hat." Leevke hörte sie herzhaft gähnen. Dann meinte sie: „Ich bin schon wieder müde. Vielleicht sollte ich noch drei Wochen Urlaub dran hängen." Und das Gespräch beendend sagte sie: „Also, dann bis morgen. Schlaf gut."

14. Kapitel

Samstagmorgen kam Sven. Leevke hatte schon gar nicht mehr mit ihm gerechnet, freute sich nun, ihn zu sehen. Er brachte frische Brötchen, einen bunten Blumenstrauß für Leevke und gute Laune mit. Als er vor ihr stand, wurde ihr plötzlich klar, dass auch sie nun einen Partner hatte, der am Wochenende Brötchen holte und ihr Kind ... einen Vater, hatte sie ihren Gedanken weiterspinnen wollen. Aber das war nun nicht mehr so einfach zu sagen. Denn jetzt gab es ... Sven unterbrach ihre Überlegungen, indem er sie küsste und fragte: „Gibt es bei Euch Kaffee?" Leevke verschob ihre unfruchtbaren und zermürbenden Gedanken. „Klar. Setz Dich schon mal."
Finja kam aus ihrem Zimmer. Begrüßte ihn zwar, aber nicht so überschwänglich wie sonst. Er lächelte ihr zu. Zauberte aus seiner Jackentasche ein Überraschungsei und reichte es ihr. Sie bedankte sich, doch blieb sie auch dabei seltsam bedeckt. Leevke wunderte sich darüber. Sven war ebenfalls irritiert. Als Finja hinausging fragte er: „Was ist denn mit unserer Süßen los?" Leevke zuckte die Schultern. Meinte leichthin: „Keine Ahnung. Vielleicht ist sie mit dem linken Bein aufgestanden." Dabei behielt sie für sich, dass Finja seit der Inselfahrt so verändert war. Schnell wechselte sie das Thema. „Wie geht es denn Deiner Mutter?" Er setzte sich an den Tisch. Sie schenkte ihm Kaffee ein. Schüttete die Brötchen in ein Körbchen. Sven goss Milch in seinen Kaffee. Antwortete: „Etwas besser. Wenn es so bleibt, kann ich heute Abend mit zum Grillen kommen."
Leevke freute sich darüber und hoffte erneut, dass Henning nicht da sein würde.

Henning hatte den Tag auf Langeoog genossen. Oft waren seine Gedanken zu Leevke geglitten. Schließlich hatte er mit ihr auf diesem Fleckchen Erde die schönste Zeit seines Lebens verbracht. Wehmütig war er neben Finja über die Insel gelaufen. Hatte sie immer wieder unauffällig betrachtet und sich gefragt, wen Leevke so schnell nach ihm in ihr Bett gelassen hatte. Dabei war er sich ihrer Gefühle so sicher gewesen. So sicher, dass sie für immer waren. Er konnte verstehen, dass sie enttäuscht von ihm war. Trotzdem musste sie ihm doch die Chance geben um ihr sein Verhalten zu erklären. In all den Jahren hatte er jeden Tag an sie gedacht. Alle anderen Frauen mit ihr verglichen. Und nun war sie gebunden. Ob sie diesen Mann liebte? Wenn er sich vorstellte, dass sie den anderen küsste, mit ihm schlief und bei ihm die Gefühle empfand von denen er geglaubt hatte, dass nur er sie hervorrufen konnte, dann ... Er lag auf seinem Bett und erinnerte sich daran, wie er sie kennengelernt hatte. Sie war in ihrer Freizeit am Strand gelaufen. Einige Zeit hatte er sie nur beobachtet. Doch eines Tages hatte er sie angesprochen und sich sofort in sie verliebt. Und während er sie so wie damals vor sich sah, windzerzaust mit roten Wangen und strahlendem Gesicht, sagte er sich, dass er nicht auf sie verzichten konnte. Auch wenn sie ein Kind von einem anderen hatte oder gebunden war, sie gehörte zu ihm. Aber wie fand er einen Weg zu ihr.

Inga und Christoph hatten auf ihrer Terrasse hinter dem Haus den Tisch gedeckt. Die Kohle auf dem Grill glühte und die ersten Fleischstückchen brutzelten bereits auf dem Rost, als Sven und Leevke eintrafen. Finja war schon am Nachmittag mit ihrem Rucksack, in dem ihre Übernachtungsutensilien steckten, zu Tido hinübergegangen. Leevke hatte am Abend zuvor einen Nudelsalat zubereitet und überreichte ihn Inga mit den Worten: „Ein Spezialrezept von meiner Mutter. Ich hoffe, dass er Euch schmeckt." Inga neigte sich über die Schüssel. Schnupperte und sagte: „Mit Porree und Mandarinen? Das kenne ich so nicht, aber er riecht lecker." Als Sven sich vorstellte, betrachtete Inga ihn aufmerksam. Sie stellte fest, dass er ganz anders aussah als in ihrer Vorstellung. Irgendwie jünger. Vielleicht lag es an seinen kurz geschnittenen, mit etwas Gel geformten rotbraunen Haaren und der saloppen Kleidung. Doch bei genauerer Betrachtung verrieten die Blinzelfältchen rund um seine Augen sein wahres Alter. Alles in allem war er ein gutaussehender Mann mit einer sympathischen Ausstrahlung und Inga dachte bei sich, dass die beiden ein hübsches Paar abgaben.
Finja stand bei Christoph am Grill. Fragte eifrig: „Darf ich für Mama ein Würstchen grillen?" Das durfte sie und wenig später präsentierte sie es ihr stolz. „Bitte, das hab ich für Dich gegrillt." Leevke ließ es ein wenig abkühlen, biss dann vorsichtig davon ab und meinte lobend: „Mmmh. Lecker, mein Schatz. Das hast Du gut

gemacht." Als Sven fragte: „Bekomme ich auch eins?", zögerte sie einen Moment, kam aber dann seinem Wunsch nach. Gerade hatten alle um den Tisch Platz genommen, als zu Leevkes Schrecken Henning mit den Worten in den Garten kam: „Bin ich zu spät? Ich bin aufgehalten worden." Zum Erstaunen aller sprang Finja auf. Rannte auf ihn zu und rief begeistert: „Hallo, Henning!" Sie zog ihn zum Tisch. Schob ihn auf einen Stuhl und setzte sich neben ihn.

Sven hatte ihr Verhalten mit Befremden, Leevke hatte es mit Entsetzen beobachtet. Auf seine leise Frage: „Kennt Finja den Mann?", konnte sie nicht antworten. Fragte sich stattdessen, was das Verhalten ihrer Tochter zu bedeuten hatte. Henning lachte, als die Kleine ihm einen Teller zuschob und eifrig anbot: „Soll ich Dir ein Stück Fleisch holen?" Er strich ihr lächelnd übers Haar. „Danke, das wäre lieb von Dir." Während Finja mit Christophs Hilfe ein Kotelett vom Grill nahm, glitt Hennings Blick zu Leevke. Den Mann an ihrer Seite registrierte er mit gerunzelter Stirn. Beherrscht sagte er: „Wir kennen uns noch nicht." Sven erhob sich. Reichte ihm die Hand. „Sven. Ich bin Leevkes Freund." Henning hatte sich das zwar gedacht, trotzdem traf ihn diese Aussage hart. Aber nur Leevke konnte den Ausdruck seiner Augen deuten, als er fragte: „Oh, dann bist Du Finjas Vater?" Sven zögerte. Sah zu Leevke, die einer Antwort feige auswich, indem sie auf ihren Teller herunter blickte. So antwortete er selbst: „Nein, aber ..." Bevor er den Satz beenden konnte, klingelte sein Handy. Er zog es aus seiner Hemdtasche. Sah auf das Display und erhob sich: „Entschuldigt mich einen Moment." Er telefonierte ein Stück weit ab vom Tisch. Kam zurück und meinte bedauernd: „Es tut mir leid, aber meiner Mutter geht es wieder schlechter. Ich muss sofort nach Hause." Auch Leevke stand auf. Sagte fast flehend: „Ich komme mit." Doch Sven lehnte ab. „Das musst Du nicht. Genieße den Abend. Wer weiß, wie lange das Wetter noch so schön ist." Den anderen nickte er zu. „Euch auch noch einen schönen Abend." Er neigte sich zu Leevke. Küsste zärtlich ihren Mund. Inga musste schmunzeln, denn er küsste sie so vorsichtig, als wäre sie aus Porzellan, das bei zu starker Berührung entzwei gehen könnte. Inga wandte sich zu Henning. Wollte fragen, ob er noch etwas vom Grill haben wollte und sah, dass dessen Augen wie gebannt an dem küssenden Paar hingen. Sie legte ihm die Hand auf den Arm. „Henning? Möchtest Du noch ein Stück Fleisch?" Doch erst, als sie seinen Arm leicht drückte, wandte er sich ihr zu. „Was hast Du gesagt?" Sie zuckte vor dem Ausdruck in seinen Augen zurück. Qual und Schmerz stand darin. Besorgt fragte sie: „Alles in Ordnung mit Dir?" Er musste schlucken, bevor er mit rauer Stimme antworten konnte: „Ja. Alles okay." Inga stand auf, um Sven zu verabschieden: „Schade, dass Du nicht bleiben kannst. Grüß Deine Mutter und richte ihr gute Besserung von uns aus." Leevke wollte ihn zum Auto begleiten. Aber auch das lehnte er ab. Bevor er ging, glitt sein Blick von Henning zu Leevke und wieder zurück. Dabei seufzte er leise. Dann drehte er sich um und ging davon.

Inga spürte, dass etwas in der Luft lag, das sie nicht verstand. Überlegte, womit sie die plötzlich gespannte Atmosphäre auflockern konnte. Da kam ihr die Idee, womit sie aber ungewollt die von Leevke mühsam zurückgehaltene Lawine in Gang setzte: „Die Bilder von Langeoog sind fertig. Sie sind sehr schön geworden. Ich hol sie mal schnell." Bevor jemand etwas dagegen einwenden konnte, war sie schon im Haus verschwunden. Christoph stand noch immer am Grill. Wendete die letzten Fleischstücke. Rief herüber: „Möchtet Ihr noch ein Stück Fleisch oder ein Würstchen?" Als Henning und Leevke den Kopf schüttelten, meinte er: „Dann können wir ja jetzt zum gemütlichen Teil übergehen." Inga kam mit den Fotos zurück. Sagte zu Leevke: „Rück mal ein bisschen näher." Sie folgte der Aufforderung und saß gleich darauf neben Henning.

Die Kinder waren inzwischen ins Haus gegangen. Sie wollten ins Bett. Während Inga nun ein Foto nach dem anderen weiterreichte und Erklärungen dazu abgab, war Leevke sich Hennings Nähe quälend bewusst. Spürte plötzlich sein Bein, das leicht gegen ihren Schenkel drückte. Es war nur eine federleichte Berührung, doch sie schoss erregend durch ihren ganzen Körper. Nahm ihr den Atem. Inga zeigte die Fotos mit wachsender Begeisterung. „Schaut mal, da wart Ihr im Wasser. Und da seid Ihr in den Dünen." Es waren wirklich gelungene Fotos. Bevor sie alle gesehen hatten, stand Leevke auf. Murmelte: „Ich geh mal eben ins Bad." Während ihrer Abwesenheit zeigte Inga das Foto auf dem Henning und Finja nebeneinander standen. Die gleiche Haltung des Kopfes, derselbe kritische Blick. Sie musste über die Ähnlichkeit lachen und meinte arglos: „Guck mal, Henning. Finja könnte glatt Deine Tochter sein." Er riss ihr das Foto fast aus der Hand. Sagte beherrscht, obwohl alles in ihm rotierte: „Du hast Recht. Das könnte sie tatsächlich sein." Als er fragte: „Darf ich das Foto behalten?", stimmte sie zu: „Gern, schließlich bist Du ja auch darauf abgebildet." Gerade hatte er es in die Tasche seiner Outdoorweste gesteckt, die über der Lehne seines Stuhls hing, als Leevke zurückkam und sich nach kurzem Zögern auf den Platz Henning gegenüber setzte. Weg aus seiner unmittelbaren Nähe. Doch nun spürte sie seine Blicke und sie wusste nicht, was schwerer zu ertragen war. Die Berührung seines Beines oder der dunkle durchdringende Blick seiner Augen.

Um ihm zu entgehen, konzentrierte sie sich auf den süßen Wein. Trank ihn viel zu schnell. Ein Glas, zwei, drei. Als sie spürte, wie er ihr zu Kopf stieg, stand sie auf. Sagte, bemüht deutlich zu sprechen, leicht schwankend: „Ich glaube, ich muss nach Hause." Inga sprang besorgt auf. „Schon?" Als Leevke beharrlich nickte, fügte sie schnell hinzu: „Gut, aber dann komme ich mit." Doch Henning war ebenfalls aufgestanden. Stellte sich neben Leevke und meinte ruhig: „Ich begleite sie nach Hause. Den Weg wird sie ja noch finden, oder?" Leevke warf ihm einen giftigen Blick zu. Zischte: „So betrunken bin ich nicht." Er nahm sie am Arm. Als sie schwankte, wurde sein Griff fester. Inga und Christoph liefen besorgt neben ihnen her. „Sollen wir mitkommen?" Henning lehnte ab. „Macht Euch keine Sorgen. Ich bringe sie heil nach Hause. Schlaft gut."

Inga sah den beiden nachdenklich hinterher. Bevor sie sich zusammen mit Christoph ans Aufräumen machte, sagte sie: „Komisch. Irgendwie hab ich schon wieder das Gefühl, als wenn die beiden sich schon länger kennen." Christoph lachte und während sie Hand in Hand zurück auf die Terrasse gingen meinte er kopfschüttelnd: „Du hast eine blühende Fantasie."

15. KAPITEL

Auf der Straße legte Henning seinen Arm um Leevkes Schulter. Zog sie fest an sich. Sie wehrte sich einen Moment, doch dann gab sie nach. Schlang einen Arm um seine Taille, die sofort wieder vertraut war und ließ sich mitziehen. In Henning tobten die Gefühle. Er musste sich beherrschen, Leevke nicht sofort zur Rede zu stellen. Mit ihrem Schlüssel öffnete er die Wohnungstür. Knipste den Lichtschalter an und führte sie, nachdem er sich in der Wohnung orientiert hatte, ins Wohnzimmer. Schob sie aufs Sofa. Als sie murmelte: „Lass mich allein", reagierte er nicht darauf. Zog ihr stattdessen die Sandalen von den Füßen. Strich ihr sanft das blonde Haar aus dem Gesicht. Dann nahm er das Foto aus seiner Weste. „Siehst Du die Ähnlichkeit?" Sie riss entsetzt die Augen auf. Wollte aufstehen und weglaufen. Doch er hielt sie fest. „Antworte mir. Ist Finja meine Tochter?" Er umfasste ihr Gesicht mit seinen Händen und bat eindringlich: „Bitte, ich muss es wissen."
Doch statt eine Antwort zu geben, drängte sie sich an ihm vorbei. Stolperte zur Tür. Öffnete sie und rief: „Geh." Er kam langsam auf sie zu. Schloss die Tür. Umschlang sie mit seinen Armen. Verhinderte so, dass sie ihm ausweichen konnte. Bat erneut: „Bitte. Sag es mir." Da er nicht lockerlassen würde, bevor er die Wahrheit wusste, gab sie nach. Legte ihren Kopf in den Nacken und sah ihn an. Sein dunkler, schmerzerfüllter Blick ging ihr durch und durch. Sie schloss davor die Augen. Er sah auf ihren Mund und obwohl er versuchte sich dagegen zu wehren, zog er ihn magisch an. Nachdem er Leevke noch fester an sich gezogen hatte, küsste er sie. Erst zögernd, dann immer leidenschaftlicher, als wollte er die letzten Jahre und den Kuss des anderen auslöschen. Leevke erwiderte seinen Kuss. Konnte sich nicht dagegen wehren und wollte es auch gar nicht. Erst als sie seine Hände unter ihrem Shirt spürte, wurde ihr bewusst, was sie taten. Abwehrend drückte sie ihre Hände gegen seine Brust, bis er sich leise stöhnend von ihren Lippen löste. Sie weiterhin im Arm haltend, sah er ihr jedoch so lange in die Augen, bis sie noch immer außer Atem, hervorstieß: „Ja, Finja ist Deine Tochter." Erst da gab er sie frei. Sie taumelte, noch immer erregt, zum Sofa und ließ sich da-

rauf fallen. Schloss für einen Moment die Augen. Erst als sie sich einigermaßen beruhigt hatte, sah sie zu Henning, der still dastand. Welche Reaktion sie erwartet hatte, wusste sie nicht. Doch auf das, was dann geschah, war sie nicht gefasst. Wie ein Platzregen, dem sie nicht mehr ausweichen konnte, prasselten seine Vorwürfe plötzlich auf sie nieder. „Warum hast Du mich nicht darüber informiert? Wolltest Du mich damit verletzten? Weil ich gehen musste? War das Deine Rache?" In einer verzweifelten Geste fuhr er sich durch die dunklen Haare. Holte tief Luft, bevor er so leise fortfuhr, dass sie ihn kaum verstehen konnte: „Wenn ich mir vorstelle, dass ich seit vielen Jahren eine Tochter habe ..." Er brach ab, denn die Vorstellung schnürte ihm die Kehle zu. Es war so gemein, so ungerecht. Von ihr. Vom Schicksal. Er wandte sich ihr wieder zu. Fragte mit schmerzerfülltem Blick: „Warum hast Du mir das angetan?" In seinem Kummer vergaß er ganz, dass er derjenige gewesen war, der sie verlassen hatte.

Sie äußerte sich nicht dazu, denn in gewisser Weise hatte er ja Recht, aber als er sagte: „Ich dachte, Du hast mich geliebt", schob sie ihn von sich. Tränen im Blick, die sie erfolglos zurückzuhalten versuchte. Während die Tränen über ihre Wangen liefen, stieß sie hervor: „Geliebt? Ja, das habe ich. Aber Du hattest Dich entschieden und zwar gegen mich." Sie wischte sich heftig über die Augen bevor sie bitter hinzufügte: „Ich wollte Deinem Glück mit einem Kind nicht im Wege stehen." Langsam ließ Henning sie los. Trat einen Schritt von ihr fort und murmelte tonlos: „Meinem Glück im Wege stehen?" Er senkte den Kopf. Wandte sich zur Tür und flüsterte: „Aber ich musste doch ..., konnte doch ..." Sich plötzlich der unbarmherzigen Realität bewusst werdend, brach er ab. Bevor sie fragen konnte, was er damit meinte, warf er ihr einen letzten Blick zu. Die Tür fiel hinter ihm zu. Leevke wollte sie wieder aufreißen, hinter ihm herlaufen, um zu erfahren, warum er sie damals verlassen hatte. Doch dann ließ sie es sein. Kroch, so wie sie war, ins Bett und starrte ins Dunkle.

Das Klingeln des Telefons weckte sie am späten Vormittag. Als sie sich verschlafen meldete, erklang Ingas fröhliche Stimme: „Hallo, Du kleine Weindrossel. Hat Hennig Dich heil nach Haus gebracht?" Leevke hatte Kopfschmerzen und ihr war übel, doch bemühte sie sich zu einer neutralen Antwort: „Ja, das hat er. Ich hab auch gleich geschlafen." Das war eine Lüge, denn in Wahrheit hatte sie sich die ganze Nacht nur herumgewälzt. Das Gefühl seines Kusses auf den Lippen und sich immer wieder gefragt, warum er sie zwar mit Vorwürfen überhäuft hatte, aber ohne eine Erklärung verschwunden war. Wie sollte sie damit umgehen? War es wirklich so schlimm für ihn gewesen, dass er nichts von Finja gewusst hatte? Aber er hatte sich doch gegen sie entschieden. Sie hatte ihm wirklich nicht im Weg stehen wollen. War das so falsch gewesen? Sie war so in Gedanken, dass Ingas Stimme nur tröpfchenweise zu ihr durchdrang: „Du warst ganz schön hinüber, aber das ist mir auch schon passiert." Ohne weiteren Übergang fragte sie: „Hast Du heute Morgen schon mit Sven gesprochen?" Diese Frage brachte Leevke in die Realität zurück. „Nein", antwortete sie ernüchtert, mit plötzlich schlechtem Gewissen. „Aber ich werde gleich bei ihm anrufen." „Tu das. Er scheint ja ein ganz Netter zu sein. Obwohl ich sagen muss, dass auch Henning ein interessanter Mann ist. Also gestern", sie machte eine kurze Pause, in der Leevke Wasser rauschen hörte. Kurz darauf erklärte Inga das Geräusch. „Entschuldigung, ich lasse gerade Wasser in meine Spüle laufen." Sie schien den Faden verloren zu haben, denn sie fragte: „Wo war ich stehen geblieben?" Leevke fühlte ihr Herz im Hals klopfen, als sie Hennings Namen wiederholte. „Ja, genau.", spann Inga erleichtert den Faden weiter: „Du hättest sein Gesicht sehen müssen, als er das Foto sah." Nun wurde Leevke einiges klar. Sich ahnungslos stellend, hakte sie nach: „Welches Foto?" „Na das, wo Hennig und Finja nebeneinander stehen. Ich hab zu ihm gesagt, dass er glatt ihr Vater sein könnte."

Leevkes Kehle war plötzlich wie zugeschnürt. Ihre Stimme war nur ein Krächzen, als sie hervorstieß: „Ihr Vater? Wie kommst Du denn auf diese Idee?" Inga überlegte, während sie sich den Abend und dazu Hennings Gesichtsausdruck beim Anblick des Fotos ins Gedächtnis rief. „Nun", gab sie nach einem Moment zu bedenken, „die Ähnlichkeit ist frappierend, aber andererseits kennt Ihr Euch ja erst seit kurzem. Obwohl ich ..."

Im Hintergrund schrie plötzlich Kati und Inga verabschiedete sich hastig, mit einem: „Ich glaube, da ist etwas passiert." Bevor sie auflegte, fügte sie hinzu: „Finja möchte noch mit Tido spielen. Ich schicke sie dann gegen Abend zu Dir. Aber Du kannst sie auch abholen. Ganz wie Du willst." Leevke legte auf und rief dann Sven an. „Wie siehts aus bei Euch?" Er klang bedrückt: „Nicht gut. Meine Mutter hatte gestern Abend wieder einen leichten Anfall." „Das tut mir leid. Kann ich Dir irgendwie helfen?" „Nein, mein Liebes. Macht Euch einen schönen Sonntag. Ach, übrigens", fuhr er fort: „woher kennt Finja diesen Henning eigentlich? Sie war ja richtig begeistert von ihm." Leevke zögerte. Suchte nach einer glaubhaften Antwort. Noch nicht bereit für die Wahrheit, log sie: „Er war doch mit auf Langeoog. Da hat er den Kindern alles Mögliche gezeigt. So etwas hinterlässt bei ihnen immer einen nachhaltigen Eindruck." Sie hörte ihn leise seufzen: „Ja, ich weiß. Ich konnte ja leider nicht mitfahren. Aber wir holen das ganz bestimmt nach." Tröstend antwortete sie: „Das machen wir. Liebe Grüße an Deine Mutter und gute Besserung für sie."

Leevke hatte ein schlechtes Gewissen, als sie aufgelegt hatte. Aber sie konnte Sven doch nicht am Telefon erzählen, dass Henning Finjas Vater war. Wie sollte sie es ihm überhaupt erklären? Sie wollte ihm nicht weh tun. Wusste aber auch, dass es sich nicht vermeiden lassen würde. Sie nahm sich vor, mit Inga darüber zu sprechen. Doch erst einmal, da ihr von dem reichlichen Weingenuss noch immer übel war, beschloss sie, sich wieder hinzulegen. Aber zuvor musste sie duschen. Sich den Kleidern des Vortages und des Schmutzes ihrer Lügen und Notlügen entledigen, in deren Gespinst sie sich immer mehr verstrickte. Fast zehn Minuten stand sie unter dem warmen Wasser. Trocknete sich nur flüchtig ab. Schluckte ein Aspirin. Kroch in ihr Bett, zog die Decke über sich. Verdrängte alle Gedanken aus ihrem Kopf und schlief wenig später tief und traumlos.

Am Nachmittag ging es ihr besser. Sie machte sich frisch. Zog ein T-Shirt und einen bunten Sommerrock über. Mit schlechtem Gewissen, dass sie ihre Tochter so lange bei den Freunden gelassen hatte, beschloss sie, Finja selbst abzuholen. Inga lag wie eine, zugegeben recht kräftige, Elfe inmitten ihrer blühenden Blumen auf einer Gartenliege und las in einem Buch. Sie schob ihre Brille etwas herunter um Leevke prüfend ins Gesicht zu sehen. „Na, alles wieder gut?" „Geht so. Noch ein wenig übel, aber bin ja selber Schuld." Inga stand auf. „Das passiert schon mal. Möchtest Du Kaffee?" „Gern." Zusammen gingen sie in die Küche. Dort saßen Finja und

Tido und aßen Pommes frites mit Ketchup. Christoph grinste, als er Leevke sah. Meinte sie foppend: „Wieder nüchtern?" „Ja, aber so betrunken, wie Ihr meint, war ich ja nun wirklich nicht. Hatte nur einen schlechten Tag." Finja streckte die Arme nach ihr aus. Sie drückte sie an sich. „Hallo, mein Schatz. Alles in Ordnung?" „Ja, Mama. Und bei Dir?" „Auch alles gut. Ich hab gut geschlafen" Das entsprach sogar der Wahrheit, zumindest beim zweiten Anlauf. Inga setzte die Kaffeemaschine in Gang. Stellte Tassen auf ein Tablett. Zucker und Milch. Ging zum Kühlschrank und bot Leevke ein Stück Erdbeerkuchen an. Doch diese lehnte ab. Wollte ihrem rumorenden Magen etwas Ruhe gönnen. Inzwischen waren die Kinder mit dem Essen fertig. Christoph räumte die leeren Teller in die Spülmaschine. Wandte sich ihnen dann mit den Worten zu: „So, jetzt geht Ihr Hände waschen und dann fahren wir los." Als Leevke irritiert guckte, erklärte er: „Ich mache mit den Kindern noch eine kleine Radtour. Finja möchte mit, wenn Du nichts dagegen hast. Dann können Inga und Du Euren letzten Urlaubsabend genießen und ein wenig quatschen." Leevke hatte nichts dagegen. Im Gegenteil, denn dann konnte sie in Ruhe mit Inga sprechen.

Wenig später fuhren die vier davon und die jungen Frauen gingen auf die Terrasse. Inga seufzte leise: „Schade, dass unser Urlaub schon wieder vorbei ist. Ich könnte mich daran gewöhnen, morgens ohne Stress aufzustehen und zu frühstücken. Zumindest für eine Weile nur mal Mutter und Hausfrau zu sein." Inga setzte sich auf einen der Gartenstühle. „Aber meinst Du nicht, dass Dir die Arbeit auf Dauer fehlen würde?" Inga schenkte Kaffee ein. Antwortete humorvoll: „Die erste Zeit bestimmt nicht. Da würde ich nur schlafen." Sie gähnte herzhaft. Nahm einen Schluck von ihrem Kaffee. Doch sie hatte ihn gerade hinuntergeschluckt, da sprang sie plötzlich auf. Rannte mit der Hand vor dem Mund ins Haus. Als sie nach einigen Minuten noch nicht wieder da war, ging Leevke ihr besorgt nach. Inga saß im Bad vor der Toilette auf dem Boden. Anscheinend hatte sie sich übergeben. Leevke befeuchtete einen Waschlappen mit Wasser und reichte ihn ihr. Inga wischte sich den Mund sauber und streckte dann ihre Hand aus. „Zieh mal." Leevke half ihr hoch. Sagte besorgt: „Hast Du gestern auch zu viel getrunken? Oder was ist mit Dir los?" Inga grinste schief. „Nee, ich bin schwanger." Leevke sah sie verdutzt an. „Bist Du sicher?" Inga trat zum Waschbecken. Ließ

Wasser über ihre Handgelenke laufen. Wusch sich das Gesicht und sagte, nach einem Handtuch greifend: „So gut wie. Erst diese ewige Müdigkeit und seit kurzem ist mir öfter übel. Aber übergeben musste ich mich bei den anderen beiden Schwangerschaften nie." Sie hängte das Handtuch zurück. Fuhr sich dann mit einem Kamm durchs Haar. So erfrischt drehte sie sich Leevke zu und sagte ernst: „Aber trotzdem bin ich mir sicher, dass ich schwanger bin."

Zusammen liefen sie in den Garten zurück. Während Inga sich erneut auf der Liege ausstreckte, goss Leevke den inzwischen kalten Kaffee fort. Bevor sie neuen einschenkte, fragte sie: „Oder soll ich Dir einen Tee machen?" Inga schüttelte sich: „Nein, danke. Den vertrage ich im Moment überhaupt nicht. Eigentlich auch, außer der Müdigkeit, ein sicheres Zeichen." Sie hielt ihr die Tasse hin. „Einen Kaffee trinke ich gern noch." Leevke schenkte nach. Fragte dann: „Und was willst Du jetzt machen?" Inga nahm einen Schluck Kaffee. Wartete einen Moment, ob er in ihrem Magen blieb und als es so war, antwortete sie: „Erst einmal einen Test. Dann zum Arzt und wenn es tatsächlich so ist, werde ich mit Christoph sprechen. Wir wollten ja ein drittes Kind. Nur eben später."

Leevke bewunderte die Freundin um deren Ruhe. Denn ein drittes Kind in die Welt zu setzen, wenn einer nur eine Teilzeitstelle hatte und der andere noch nicht einmal wusste, wo und ob er überhaupt Arbeit finden würde, war schon sehr mutig. Gerade wollte sie ihre Bewunderung zum Ausdruck bringen, als Inga besorgt hinzufügte: „Du behältst das aber für Dich. In Ordnung?" „Sicher. Du musst selbst entscheiden, wann und wem Du es erzählst. Ich kann schweigen." Da Inga ihr Vertrauen entgegenbrachte, fasste Leevke nun auch den Mut zu sagen: „Ich muss Dir auch etwas erzählen. Zwar weiß ich selbst noch gar nicht, was nun auf mich zukommt, aber ich muss mit jemandem darüber sprechen." Sie machte eine kurze Pause und setzte dann hinzu: „Finjas Vater ist aufgetaucht." Inga reagierte gar nicht überrascht. Sagte ruhig: „Es ist Henning, nicht wahr?" Als Leevke verblüfft nickte, fügte sie lächelnd hinzu: „Danke, dass Du es mir erzählt hast. Ich habe mir schon so etwas gedacht. Weiß Finja es schon?" „Nein. Er hat es ja selbst erst gestern Abend, woran Du nicht ganz unbeteiligt bist, erfahren."

Inga hob in einer entschuldigenden Geste die Hände. „Das Foto war reiner Zufall. Ich habe mir auf Langeoog nichts dabei gedacht.

Leevke legte ihr beruhigend für einen Moment die Hand auf den Arm: „Es sollte kein Vorwurf sein. Eigentlich bin ich froh, dass er es jetzt weiß. Auch wenn seine Reaktion ziemlich deprimierend war und ich keine Ahnung habe, wie ich mich nun verhalten soll."

In wenigen Worten erzählte sie, was Henning gesagt hatte. Auch Inga fand sein Verhalten seltsam. „Dass er überrascht und vielleicht auch verletzt ist, es erst jetzt zu erfahren, kann ich ja verstehen. Trotzdem müsst Ihr doch darüber sprechen, wie es nun weitergehen soll." Leevke nickte zustimmend, bevor sie sagte: „Ja, das denke ich auch." Bevor sie ging, bat sie die Freundin: „Bitte behalte es erst einmal für Dich." Inga zog sie kurz in die Arme und versprach: „Natürlich. Somit haben wir ja nun beide ein Geheimnis."

16. Kapitel

Christoph und Henning hatten gepackt und waren auf der A 1 unterwegs nach Hannover. Mit schwerem Herzen und den Worten: „Ich komme jetzt vier Wochenenden lang nicht, aber die Woche danach schon am Donnerstag", hatte Christoph sich von seiner kleinen Familie getrennt. Inga hatte ihn geküsst und tröstend gemeint: „Ist ja nicht mehr lange. Dann sind wir jeden Abend zusammen." Aus dem Autofenster sehend, sagte er nun leise zu seinem Freund: „Du kannst Dir gar nicht vorstellen, wie froh ich bin, wenn ich mit dem Studium fertig bin, Arbeit habe und endlich selber für meine Familie sorgen kann." Henning nickte schwach. Äußerte sich aber nicht dazu. Christoph fiel sein Schweigen nicht auf. Er weitete seine Überlegungen auf die Zukunft aus: „Was machen wir eigentlich, wenn wir hier keine Arbeit finden? Hast Du daran schon mal gedacht?" Henning setzte gerade zu einem Überholmanöver an. Antwortete erst, als sie wieder auf der normalen Spur fuhren. Seine Antwort war aber ganz anders, als Christoph erwartet hatte: „Ich überlege, mich im Ausland zu bewerben. In Schweden, Norwegen oder am besten noch weiter weg. Die suchen dort doch immer gut ausgebildete Leute." Christoph war überrascht: „Du willst weg aus Deutschland? Aber warum?" Er sah Henning an. Als dieser hervorpresste: „Warum nicht? Hier hält mich nichts mehr. Alles das, was mir in meinem Leben wichtig war, hab ich verloren." Da Christoph mit dieser Antwort nichts anfangen konnte, schwieg er verunsichert. Erst nach einer Weile hakte er vorsichtig nach: „Was meinst Du damit?" Inzwischen waren sie in Hannover angekommen. Henning bog in die Straße ein, in der das Studentenwohnheim stand. Suchte einen Parkplatz. Schaltete den Motor ab. Drehte sich Christoph zu und erzählte: „Ich habe vor vielen Jahren eine schwere Entscheidung treffen müssen. Doch jetzt kenne ich erst das ganze Ausmaß und das kann ich kaum ertragen." „Willst Du mir nicht sagen, um was es sich handelt?" Henning schloss einen Moment die Augen. Meinte leise. „Später. Ich muss erst darüber nachdenken und überlegen, was ich tun soll." Sie stiegen aus. Holten ihre Sachen aus dem Kofferraum und gingen in ihre Zimmer hinauf. An Christophs Tür blieben sie stehen. Sein Angebot: „Möchtest Du noch mit hineinkommen?" lehnte Henning ab. „Nein, danke. Ich möchte jetzt gern allein sein." Christoph klopfte seinem Freund auf die Schulter. „Okay. Aber wenn Du doch reden willst: Du weißt ja, wo Du mich findest."

Inga hatte sich einen Arzttermin besorgt und für den Nachmittag ihre Kinder zu Leevke hinübergebracht. „Ich geh jetzt zu meiner Frauenärztin. Es kann aber ein wenig länger dauern." Leevke beruhigte sie. „Lass Dir Zeit. Ich muss ja heute Abend nicht arbeiten." Wenig später war Inga auf dem Weg in die Arztpraxis. Setzte sich ins Wartezimmer. Vor einer Woche hatte sie einen Test gemacht. Er war positiv gewesen. Und obwohl es nicht der richtige Moment für ein drittes Kind war, hatte sie sich gefreut. Nun wollte sie nur noch erfahren, wie weit ihre Schwangerschaft fortgeschritten war. Sie musste fast eine Stunde warten, bis sie dran war. Nach der Untersuchung sagte die Ärztin: „Herzlichen Glückwunsch. Sie sind tatsächlich schwanger." Während Inga sich wieder anzog und der Ärztin dann in das Sprechzimmer folgte, antwortete sie: „Danke. Es passt zwar überhaupt nicht in unsere Planung, aber nun ist es halt passiert." Die Ärztin winkte ab: „Ach, wissen Sie, oft passiert so etwas gerade dann, wenn man nicht damit rechnet. Das schaffen Sie schon." Das sagte Inga sich auch, als sie zurück nach Hause fuhr. Nahm sich aber vor, es Christoph nicht am Telefon zu erzählen, sondern erst wenn er wieder da war. Sie wollte in seinem Gesicht die Freude darüber sehen. Inga hatte gerade das Haus betreten, als Leevke sagte: „Christoph hat angerufen." Inga warf ihr einen schnellen Blick zu. „Du hast aber nicht erzählt, wo ich war, oder?" „Nein, natürlich nicht. Er ruft später wieder an. Wie war es denn bei Deiner Ärztin?" Inga lachte. Fiel ihr um den Hals und jubelte: „Ich bin schon Ende des dritten Monats." Leevke gratulierte ihr. Meinte bewundernd. „Dass Du bei der Feststellung so ruhig bleiben kannst. Hast Du denn gar keine Sorge, dass Christoph keine Arbeit bekommt und Du dann mit drei Kindern weiterarbeiten musst?" Inga zuckte lässig die Schultern. „Ja, das kann passieren. Aber weißt Du", fügte sie mit ihrem gewohnten Optimismus hinzu: „wo zwei Kinder groß werden ist auch noch Platz für ein drittes. Er wird das genau so sehen." Doch da sollte sie sich irren.

In Hannover regnete es. Ein durchdringender Nieselregen trübte die Sicht und die Stimmung der Menschen, denn er war ein Vorgeschmack auf den dunklen Herbst und die Wintermonate. Im Gegensatz zu den trockenen, sonnigen Tagen sah man am Maschsee kaum Spaziergänger. Nur die hartnäckigen Jogger zogen ihre Bahnen rund um den See. Christoph und Henning hatten ihr tägliches Lauftraining schon am frühen Morgen hinter sich gebracht. So waren sie am Vormittag fit gewesen um die letzte Klausur zu schreiben. Während sie nun die Gebäude der Fachhochschule verließen, freuten sie sich, am kommenden Wochenende endlich nach Hause fahren zu können. Christoph warf seinem Freund einen Seitenblick zu. Denn seit sie wieder in Hannover waren, hatte dieser sein Lachen verloren. Er hätte ihm so gern geholfen, doch immer, wenn er ihn fragte, was ihn bedrückte, wich er aus. Nun legte er seinen Arm um Hennings Schulter. „Wir waren ganz schön fleißig. Darauf müssen wir einen trinken. Komm, ich lad' Dich ein."

Henning nickte zustimmend. Antwortete aber, wobei er wieder ein betrübtes Gesicht machte: „Gern, aber ich bezahle. Du hast schließlich eine Familie zu versorgen." Sie fuhren mit der U-Bahn zum Kröpcke. Dort gab es eine Kneipe, in der überwiegend Studenten verkehrten. Sie grüßten einige von ihnen, suchten sich aber eine ruhige Ecke. Schon wenig später hatte jeder ein Bier vor sich stehen. Christoph hob sein Glas. „Prost. Darauf, dass wir beide die Arbeit finden, die wir uns wünschen." Nach einem erfrischenden Schluck fügte er hinzu: „So langsam werde ich nämlich nervös. Ich bin nur froh, dass Inga einen Job hat." Mit Galgenhumor fügte er hinzu: „Im Notfall werde ich erst einmal Hausmann." Henning lachte nicht. Sagte ernst: „Ja, Du hast Glück mit Deiner kleinen Familie." Er bestellte ihnen ein weiteres Bier. Sagte dann aus heiterem Himmel: „Darf ich Dich etwas fragen?" Sein Freund sah ihn aufmerksam an. „Sicher, alles was Du willst." Henning nahm erst noch einmal einen großen Schluck. Dann stellte er das Glas zurück. „Kennst Du Leevkes Freund näher?" Christoph stutzte. Mit allem hatte er gerechnet, aber nicht mit dieser Frage. Erstaunt wiederholte er: „Sven? Nein, ich habe ihn selber erst an unserem Grillabend kennengelernt. Ich weiß nur, dass die beiden ein Paar sind und er ein Kollege von ihr ist. Aber warum interessiert Dich das?" Spielerisch drohte er mit dem Finger, bevor er hinzufügte: „Von gebundenen

Frauen sollte man die Finger lassen." Henning seufzte heftig, bevor er sagte: „Das ist nicht so einfach." „Wieso? Hast Du Dich in Leevke verknallt?" Christoph lachte, so, als habe er einen Scherz gemacht. Doch Henning lachte nicht. „Wenn es nur das wäre." Christoph beugte sich näher zu ihm. „Du sprichst in Rätseln. Erzähle mir doch bitte, was Du meinst. Dann kann ich Dir vielleicht folgen." Und so begann Henning mit seiner Beichte: „Ich habe vor einigen Jahren für drei Monate auf Langeoog im Nationalpark Wattenmeer gearbeitet. Ein guter Freund von mir arbeitete dort. Damals gab es eine Zeit, in der ich nicht wusste, ob ich in meinem Beruf als Maschinenbauer bleiben wollte. An ein Studium in dem Bereich hatte ich zwar auch da schon gedacht. Nun, wie auch immer. Auf Langeoog lernte ich eine Frau kennen, bei der ich sofort wusste, dass sie die Richtige für mich ist." Christoph hörte ihm aufmerksam zu. Sah aber bisher keinen Grund für dessen verzweifeltes Gesicht. So hakte er nach: „Und wo war das Problem?" Henning zögerte. Wie würde sein Freund reagieren, wenn er die Wahrheit erfuhr? Aber er musste einfach mit jemanden darüber sprechen. „Damals hatte ich mich gerade von meiner langjährigen Freundin getrennt. Nun, nachdem ich die Frau auf der Insel kennengelernt hatte, wusste ich, dass meine Entscheidung richtig gewesen war. Doch eines Tages rief Juline an und erzählte mir, dass ich sofort zurückkommen müsse, weil sie schwanger sei."

Christoph hatte ruhig zugehört. Als er sich nun vorstellte, dass man seinen Freund damals hatte über den Tisch ziehen wollen, schnaubte er wie ein zum Angriff bereiter Stier: „Das hast Du geglaubt?" Henning nickte. „Ja. Nachdem ihre Anrufe immer verzweifelter wurden. Juline war zwar eine komplizierte und schwer zufriedenzustellende Frau, aber sie hätte mir kein fremdes Kind untergeschoben." Christoph krauste die Stirn über Hennings Naivität. Warf misstrauisch ein: „Das gibt es öfter, als Mann glauben will." „Das mag sein. Aber wir hatten, kurz bevor wir uns getrennt hatten, noch miteinander geschlafen. Ich wusste, dass es mein Kind war." Christoph nickte langsam, sich zwingend die negativen Gedanken außen vor zu lassen. „Was hast Du dann gemacht? Schließlich warst Du inzwischen mit einer anderen zusammen." Henning seufzte leise, bevor er gestand: „Ich habe mich von ihr getrennt." Als Christoph verständnislos einwarf: „Aber Du hast sie doch geliebt!"

sagte er: „Ja, das habe ich, aber ich konnte Juline in dieser Situation nicht allein lassen. Ich wollte mit ihr zusammen nach einer vernünftigen Lösung suchen. Denn dass sie das Kind bekommen sollte, stand für uns fest. Doch ..." Er brach ab. Nahm einen kräftigen Schluck aus seinem Glas, als könnte er damit die Vergangenheit fortspülen, bevor er leise fortfuhr: „doch es gab Komplikationen. Sie musste strenge Bettruhe einhalten und ich habe mich um sie gekümmert. Aber am Ende des achten Monats hatte sie eine Frühgeburt." Er musste sich kräftig räuspern, bevor er leise hinzufügen konnte: „Der Kleine hat es nicht geschafft." Christoph hatte angespannt zugehört. Bewegt sagte er nun: „Das tut mir sehr leid. Das muss hart gewesen sein." Henning nickte stumm. Schluckte heftig, denn plötzlich sah er seinen Sohn wieder vor sich. Dieses körperlich perfekte, doch leblose Kind. Er hatte es nicht glauben wollen. Ihn angesehen und gehofft, dass er zu schreien begann, die Augen aufschlug. Aber das war nicht geschehen. Sie gaben ihm den Namen Jonas und beerdigten ihn auf dem Friedhof in Dornum.

Bevor Henning antwortete, fuhr er sich über die Augen und holte tief Luft: „Ja, das war ganz furchtbar. Man kann es nicht begreifen und verstehen. Und ich werde es nie vergessen." Christoph legte ihm für einen Moment die Hand auf den Arm. „Und danach?" Henning zuckte die Schultern. „Wir waren ja schon lange kein Paar mehr. Außerdem wusste sie, dass ich eine andere Frau liebe." Christoph schwieg beeindruckt. Meinte dann: „Sie hat davon gewusst? Und es akzeptiert?" Henning nickte zögernd. „Nicht gleich. Sie hat gehofft, dass wir durch das Kind wieder zueinanderfinden. Aber von meiner Seite aus war es längst vorbei. Ich bin wegen des Kindes zu ihr zurück. Das war der einzige Grund. Wir haben zusammen getrauert, aber die Liebe zwischen uns hat sich deshalb nicht wieder eingestellt."

Das klang einfach, aber Christoph wollte wissen: „Und was hättest Du getan, wenn Dein Sohn gesund zur Welt gekommen wäre?" Henning sah ihm fest in die Augen und antwortete: „Wir hätten uns beide um den Kleinen gekümmert. Aber ich wäre und würde nie, nur wegen eines Kindes, mit einer Frau zusammenbleiben." Das sah Christoph genauso. „Das hätte auch keine Zukunft." Nach einem Moment fuhr er fort: „Und die andere Frau? Hast Du sie je wiedergesehen?" Henning nickte und in seinem Blick stand so ein schmerzerfüllter Ausdruck, dass Christoph gespannt auf seine nächsten Worte, unwillkürlich die Luft anhielt. Sie aber empört herausstieß, als Henning gestand: „Ja. Sie hat ein Kind von mir und ich hab es all die Jahre nicht gewusst." Christoph starrte ihn an: „Sie hat ein Kind von Dir? Aber warum hat sie Dich nicht darüber informiert? Sie ..." Er beendete den Satz nicht, weil ihm plötzlich das Groteske der Geschichte bewusst wurde. Henning wiederholte das, was Leevke gesagt hatte: „Sie wollte mir mit dem Kind nicht im Wege stehen."

Christoph schüttelte über die Wirrungen des Lebens den Kopf. „Hat sie denn von dem anderen Kind gewusst?" „Nein. Nur von Juline hatte ich erzählt. Wahrscheinlich hat sie geglaubt, dass ich zu ihr zurückgegangen bin. Was ja auch stimmte. Aber doch nicht, weil ich sie noch liebte, sondern ..." Er legte eine nachdenkliche Pause ein, bevor er hinzufügte: „Aber was hätte ich ihr denn sagen sollen? Tut mir leid, ich muss mal eben weg, weil eine andere ein Kind von mir bekommt? Das konnte ich nicht. Und so habe ich nur einen Zettel hingelegt auf dem stand, dass ich weg müsste."

Christoph schüttelte den Kopf. Fragte, wobei Inga gesagt hätte: „Christoph steht mal wieder auf der Leitung", „Aber was hat das alles mit Leevke zu tun?" Als Henning ihn nur ansah, begriff er plötzlich. „Dann hatte Inga ja Recht mit ihrer Ahnung, dass Ihr Euch schon länger kennt." „Ja. Und was mach ich nun?" Christoph nahm einen weiteren Schluck Bier. Fasste dann zusammen: „Also erstens, hat Leevke sich auch nicht richtig verhalten. Sie hätte Dich informieren müssen. Euch jetzt gegenseitig die Schuld zuzuschieben, ist Unsinn. Und zweitens, wenn Du Finjas Vater bist, hast Du Rechte. Sprich mit Leevke. Auch wenn sie jetzt gebunden ist und Sven vielleicht sogar heiratet: Schließlich habt Ihr Euch mal geliebt." Henning nickte stumm. Behielt aber für sich, dass er sie noch immer liebte. Den Gedanken nicht ertragen konnte, nach all den Jahren zu spät gekommen zu sein.

Schweigend tranken sie aus und fuhren mit der U-Bahn zum Studentenwohnheim zurück.

17. Kapitel

Inga wartete auf Christoph. Vor vier Wochen war er das letzte Mal zu Hause gewesen. Sie hatten zwar oft telefoniert, aber sie hatte es tatsächlich geschafft, ihre Schwangerschaft nicht zu erwähnen. Nun platzte sie fast vor Aufregung, es ihm endlich erzählen zu können. Wollte das bei einem schönen Essen mit Kerzenschein tun. Kati war im Bett und Tido schlief an diesem Abend bei Finja. So konnte sie in Ruhe den Tisch decken und alles vorbereiten. Sie freute sich schon auf sein Gesicht, wenn er die Neuigkeit erfuhr. Als sie endlich hörte, wie er die Tür aufschloss, entzündete sie die Kerzen. Setzte sich erwartungsvoll an den Tisch. Christoph kam herein. Henning war in Hannover geblieben. Noch nicht bereit, den Kampf um sein Kind und die Frau seines Lebens aufzunehmen. Christoph fragte, wobei er die romantische Stimmung nichts ahnend, zerstörte. „Haben wir Stromausfall? Oder warum sitzt Du bei Kerzenlicht?" Seine Hand drückte den Lichtschalter. Inga schloss geblendet die Augen. Erst da sah er den gedeckten Tisch. Fügte mit schuldbewusstem Gesicht hinzu: „Hab ich etwas vergessen?" Sie schüttelte lächelnd mit glänzenden Augen den Kopf. „Nein. Ich habe eine Überraschung für Dich." Er küsste sie zärtlich, bevor er sich auf den Stuhl ihr gegenüber setzte. „Ich liebe Überraschungen. Und solange Du mir nicht erzählst, dass Du schwanger bist, kann ich alles verkraften." Er lachte, als habe er einen Witz gemacht. Sah nicht, wie das Lächeln in ihrem Gesicht erfror und der Glanz in ihren Augen erlosch. Er beugte sich über die gefüllten Schüsseln auf dem Tisch und rief erfreut: „Rouladen! Das ist wirklich eine Überraschung. Ich weiß zwar nicht, womit ich das hier verdient habe, aber ich danke Dir dafür." Er griff über den Tisch nach ihrer Hand und drückte sie liebevoll. Fragte dann voll froher Erwartung: „Darf ich anfangen? Ich sterbe vor Hunger." Sie nickte zustimmend, doch ihr war der Appetit vergangen. Seine Antwort lag zu schwer in ihrem Magen. Erst nachdem sie seine Worte einigermaßen verdaut hatte, fragte sie. „Wäre es denn so schlimm, wenn ich schwanger wäre?" Er riss entsetzt die Augen auf. Öffnete den Mund, wirkte wie ein Fisch an Land, der nach Luft schnappte, bevor er hervorstieß: „Schlimm? Es wäre eine Katastrophe. Ich habe noch nicht einmal Arbeit. Wie sollen wir ein drittes Kind ernähren?" Inga saß wie festgewachsen auf ihrem Stuhl, während er den nächsten Bissen zum Mund führte. Mit dieser Reaktion hatte sie nicht gerechnet. Schließlich hatten sie doch trotz seines Studiums schon zwei Kinder bekommen. Wo war plötzlich das Problem? „Aber", begann sie schwach: „Wir wollten doch noch ein drittes." Christoph nickte kauend. Nahm sich eine zweite Roulade. Kartoffeln und Soße. „Klar, aber doch nicht jetzt. Was machen wir, wenn ich keine Arbeit finde? Sollen wir dann auch nach Norwegen oder Schweden ziehen?"

Verdutzt, doch kurz von ihren eigenen Sorgen abgelenkt, fragte sie: „Wer geht dort hin?" Christoph nahm sich Rotkohl. „Henning sprach davon." Er zögerte. Überlegte, ob er Inga erzählen sollte, was dieser ihm anvertraut hatte. Doch dann sagte er sich, dass er dem Freund versprechen musste, sein Wissen vorerst für sich zu behalten. Mit ähnlichen Gedanken trug sich Inga. Auch diese hatte Leevke ihr Versprechen gegeben. Trotzdem interessierte sie, warum Finjas Vater fort wollte. „Henning will nach Schweden?" Christoph schluckte. Schloss dabei genießerisch die Augen. „Das waren die besten Rouladen meines Lebens." Trotz ihres Kummers über seine Reaktion, ihre Schwangerschaft betreffend, musste sie schmunzeln: „Das sagst Du jedes Mal. Aber warum will Henning ins Ausland?" „Er hat Probleme." Sie horchte auf. „Was für Probleme?" Christoph antwortete, damit weiteren Fragen aus dem Weg gehend: „Solche, die er nur allein lösen kann." Er wischte seinen Teller mit einer letzten Kartoffel sauber und damit gleichzeitig die Gedanken an den Freund zur Seite.

Sagte dann, wobei er Inga glücklich ansah: „Ich bin so froh, dass ich Dich und die Kinder habe. Aber mit einem dritten Kind müssen wir einfach noch warten. Und ich will Dir auch sagen warum." Er stand auf. Kniete neben ihr nieder und während er seine Arme um ihre Hüften schlang, fuhr er in ihre Augen sehend fort: „All die Jahre hast Du für mich und die Kinder gearbeitet. Ich will Dir endlich etwas davon zurückgeben. Das kann ich nur, wenn ich Arbeit habe. Ich wünsche mir so sehr, dass Du beim dritten Kind mal eine Weile zu Hause bleiben kannst. Endlich mal ohne Stress Mutter sein darfst." Inga war einerseits froh über seine Einstellung, doch andererseits ... Sie unterdrückte einen Seufzer. Fragte ein letztes Mal: „Aber wenn es doch vorher passiert?" Christoph machte ein bedenkliches Gesicht, während er abschließend sagte: „Das wollen wir nicht hoffen." Und so beschloss Inga schweren Herzens, ihre Schwangerschaft erst einmal für sich zu behalten.

Leevke, nichts ahnend von Hennings Gedanken und Gefühlen, war erleichtert, dass er endlich Bescheid wusste. Nun lag es an ihm, ob er zu der Vaterschaft stand oder sie in Frage stellte. Sie hatte ihre Pflicht erfüllt. Mit diesen heroischen Gedanken stürzte sie sich in ihre Beziehung zu Sven. Tat so, als wäre das Kapitel Henning damit endgültig erledigt. Dabei war das Gegenteil der Fall. Denn Hennings Kuss und seine leidenschaftliche Umarmung hatten genügt, um die jahrelang verdrängte Liebe und Leidenschaft für ihn wieder zu wecken. Und so sehr sie sich dagegen wehrte, wünschte sie sich immer öfter, dass es nicht Svens Mund war sondern Hennings, den sie küsste. Es seine Hände waren, die über ihren Körper glitten und Gefühle in ihr freisetzten, deren Vorhandensein Sven nicht einmal ahnte. So flüchtete sie sich in Tagträume. Wobei es passierte, dass sie leise, vor innerer Erregung stöhnte, und Sven sie dann fragte, ob ihr etwas weh täte. Doch diese Tagträume förderten ihr schlechtes Gewissen. Denn schließlich war er es, der an ihrem realen Leben teilnahm. Und das immer intensiver. Seine Mutter hatte sich von ihrer Krankheit erholt und so konnte er ihnen wieder mehr Zeit widmen. Aber nicht nur diese schenkte er ihnen, nein, er überschüttete sie auch zunehmend mit materiellen Dingen. Leevke, gewohnt mit wenig Geld auszukommen, hatte Probleme mit seiner Großzügigkeit. Mal einen Strauß Blumen oder ein Spielzeug für Finja hatte sie akzeptiert, doch nun begann er, ihr Schmuck zu schenken. Einfach so, ohne Anlass. Als sie sagte: „Das möchte ich aber nicht", winkte er ab. Meinte erklärend: „Ich fand, dass er Dir gut stehen müsste." Als die Reifen ihres Autos abgefahren waren, ließ er sie, ohne Leevke zu fragen, auf seine Kosten wechseln. Wieder sagte sie: „Das will ich nicht, hörst Du?" Ihre Reaktion konnte er nicht verstehen. „Aber ich meine es nur gut. Ich weiß doch, dass Du nicht viel Geld hast. Und ich kann es mir leisten. Wenn wir erst verheiratet sind ..."
Als sie die Hand hob, verstummte er. Sie sah ihm ernst in die Augen. In seinem Blick war Liebe und das Bemühen, ihr alles recht zu

machen. „Sven", begann sie ihr Verhalten zu erklären: „ich mag Dich wirklich gern, aber ich möchte kein Geld von Dir und keine teuren Geschenke. Auch Finja habe ich so erzogen, dass man sich nur etwas kaufen kann, wenn man das Geld dafür hat." Doch auch wenn er nickte, wusste sie, dass er sie nicht verstand. Er liebte sie und er wollte ihr das beweisen. Notfalls mit Geschenken. Und sie merkte es auch daran, dass er immer öfter davon sprach, dass sie ihre Wohnung aufgeben und zu ihm ziehen sollte. „Du würdest die Miete sparen und ich habe genug Platz für uns alle", versuchte er sie zu überzeugen und fügte verlockend hinzu: „Stell Dir vor, dann hat Finja einen eigenen Garten, in dem sie spielen und Freunde einladen kann, so viele wie sie will. Auch müsstest Du nicht mehr am Abend arbeiten und hättest mehr Zeit für Deine Tochter." Leevke hörte seine Worte. Sie klangen nach Sicherheit, aber ... Leise seufzend sagte sie nun: „Lass mir Zeit."

Er akzeptierte es, weil er die Hoffnung nicht aufgeben konnte, dass sie ihn eines Tages genauso lieben würde wie er sie.

18. Kapitel

Inga hatte ihren Chef über ihre erneute Schwangerschaft informieren müssen. „Herzlichen Glückwunsch", hatte der mehrfache Vater gesagt und hinzugefügt: „Röteln und die anderen Geschichten haben Sie ja schon hinter sich. Dann steht Ihrer Arbeit bis zum Mutterschutz ja nichts im Wege." Sie hatte zustimmend genickt. Doch nach Feierabend hatte er sie nochmals in sein Büro gerufen. „Sie halten sich an die Pausen. Heben nichts Schweres und werden die nächsten Monate an der Anmeldung verbringen." Inga hatte unwillig das Gesicht verzogen. „Wieso das denn? Ich bin doch nicht krank." Dr. Hinz hatte gegrinst: „Ich kenne Sie schließlich nicht erst seit gestern und weiß, dass Sie gerne mit anpacken. Außerdem verhindern wir so, dass einer unserer unwilligen Patienten Ihnen bei einer Untersuchung in den Bauch tritt."

Er schlüpfte aus seinem Kittel. Warf ihn in die Wäschetonne hinter der Tür und fragte interessiert: „Hat Ihr Mann denn inzwischen Arbeit? Oder wollen Sie mit drei Kindern weiterarbeiten?" Inga hob die Schultern: „Nein, aber er ist ja auch noch nicht fertig." Doktor Hinz seufzte übertrieben: „Ja, ja. So ist das heute. Die Frauen arbeiten, um den Männern das Studium zu finanzieren und anschließend suchen die sich eine knusprige, junge Frau mit der sie ihr neu verdientes Geld dann verjuchzen." Sie schüttelte rügend den Kopf. „Aber, Herr Doktor. Sie wissen genau, dass Christoph zuerst eine Ausbildung gemacht hat und heilfroh ist, wenn er endlich selbst für uns sorgen kann. Außerdem", fügte sie provozierend hinzu, „bleibe ich dann vielleicht mal eine Weile zu Hause." Er lachte. „Sie als Hausfrau? Das will ich sehen. Aber mal Spaß beiseite: Wie sollen wir dann ohne Sie klar kommen?" Er hob grüßend die Hand, sagte beim Hinausgehen: „Obwohl ich Ihnen eine Auszeit von Herzen gönne." Damit verschwand er in seine wohlverdiente Mittagsstunde.

Für einen Moment legte Inga ihre Hand auf ihren Bauch. Sagte leise: „Wir beide schaffen das schon." Dabei überlegte sie, wie und wann sie Christoph von ihrer Schwangerschaft erzählen sollte. Dass er es ihr ansehen könnte, war recht unwahrscheinlich. Denn Inga war rundlich gebaut und da fielen ein paar Kilo mehr nicht gleich auf. Trotzdem würde sie es all zu lange nicht mehr verheimlichen können.

Finjas Geburtstag stand bevor und Sven hatte vorgeschlagen die Feier bei ihm zu Hause zu veranstalten. Mit der Bemerkung: „Dort ist mehr Platz" seinen Vorschlag begründet. Aber Leevke war dagegen. „Wir feiern am Wochenende hier bei uns. Wie all die Jahre vorher. Samstag mit den Kindern aus ihrer Klasse und Sonntag mit den Erwachsenen."

Finja hatte ihre Großeltern eingeladen. Jade hatte gefragt, ob nur der Geburtstag ihrer Enkeltochter oder noch etwas anderes zu feiern sein würde. Leevke wusste, was ihre Mutter hören wollte. Hatte ausweichend geantwortet: „Alles hat seine Zeit." Doch Jade konnte ihr Zögern nicht verstehen. „Worauf wartest Du denn noch? Der Mann will Dich. Er hat ein Haus, akzeptiert Dein Kind und er liebt Dich. Was willst Du denn mehr?" Auch ihr Vater wirkte, als würde er ihre Beziehung gut heißen.

Doch an einem Abend kam er allein zu Besuch. Jade musste länger arbeiten und Leevke hatte einen ihrer freien Abende. Sich eigentlich vorgenommen, ihn mit einem Herz-Schmerz-Film auf dem Sofa zu verbringen, doch als Ole sich anmeldete, verschob sie das Vorhaben. Schon länger hatte ihr Vater geplant, in ihrem Wohnzimmer den Tisch mit einer größeren Platte zu versehen. Mit seiner Werkzeugtasche und einer Kiefernholzplatte versehen stand er am Abend vor der Tür. Schon nach kurzer Zeit war er damit fertig und Leevke freute sich über die zusätzliche Fläche. Als sie ihm anbot: „Soll ich Tee machen?", nickte er zustimmend. „Ja, das ist eine gute Idee." Wenig später saßen sie sich an ihrem renovierten Tisch gegenüber. Leevke strich mit der Hand über die makellose Holzfläche. „Danke, Papa. Sieht super aus. Was bekommst Du für das Holz?" Er winkte ab. Meinte großzügig: „Das schenk' ich Dir." Während er an dem heißen aromatischen Tee mit Kandiszucker und Sahne nippte, machte er ein Gesicht, als wollte er unbedingt etwas fragen oder loswerden. Sie lächelte ihm aufmunternd zu. „Was ist los, Papa? Dir brennt doch etwas auf der Zunge. Möchtest Du mir nicht sagen, was es ist?" Ole grinste, sich ertappt fühlend: „Kennst Deinen alten Vater schon ganz gut." Sie nickte. „Stimmt, also raus mit der Sprache." „Nun gut. Willst Du Sven wirklich heiraten?"

Dass ihr Vater sich darüber Gedanken machte, hatte Leevke bisher nicht bemerkt. Erstaunt meinte sie nun: „Warum fragst Du? Hast Du etwas gegen ihn?" Ole wehrte ab: „Nein, nein, absolut nicht. Er ist ein netter Mann. Scheint Dich zu lieben. Und zu Finja hat er ja wohl auch einen guten Draht." Leevke konnte ihm in allen Punkten zustimmen. Trotzdem wurde sie das Gefühl nicht los, dass er noch mehr sagen wollte. Und so war es. „Nun", begann er: „das ist ja alles sehr schön. Aber was ist mit Dir?" „Mit mir?" Sie rutschte etwas tiefer in ihren Sessel. Ihr Vater hatte schon früher gespürt, wenn etwas nicht stimmte. Sie Sorgen hatte, oder sie etwas bedrückte. Meistens war sie auch mit ihren Problemen zu ihm und nicht zu ihrer Mutter gegangen. Leise antwortete sie nun: „Ich mag ihn sehr. Er ist in Ordnung."

Ole stellte seine Tasse auf die Untertasse zurück. Stemmte sich aus dem schon reichlich durchgesessenen Sessel hoch und sagte empört: „Mögen? In Ordnung? Ist das alles? Und darauf hast Du so lange gewartet? Das hättest Du doch sicher schon eher haben können." Leevke hob die Schultern. „Das ist doch schon recht viel." Ole schüttelte heftig den Kopf. „Recht viel! Weißt Du, was ich glaube? Du machst das nur, damit Deine Mutter endlich ihren Willen bekommt und Finja einen Vater." Bevor sie antworten konnte, setzte er hinzu: „Wer ist eigentlich Henning?" Diese Frage traf sie wie der Tritt eines Pferdes vor die Brust. Sie schnappte nach Luft, während verlegene Röte sich auf ihrer hellen Haut ausbreitete. Mühsam nach Luft ringend stieß sie hervor: „Wer soll das sein?" „Finja erwähnte neulich den Namen. Was mich dabei so wunderte war, dass sie geradezu von ihm schwärmte. Weißt Du, was sie sagte?" Leevke schüttelte stumm den Kopf. „Sie sagte ‚Ich hätte am liebsten einen Vater, der so lustig ist wie Henning'."

Er sah sie eindringlich an, bevor er fragte. „Du fährst aber nicht zweigleisig, oder?" Diese Unterstellung wies sie empört von sich: „Traust Du mir das zu?" Ole schaute schuldbewusst. „Nein. Aber man weiß ja nie." Leevke schenkte eine weitere Tasse Tee ein. Überlegte sich dabei ihre Antwort sorgfältig. „Henning ist ein Studienkollege von Christoph, dem Mann meiner Freundin. Finja hat ihn dort kennengelernt. Er macht viel Unsinn mit den Kindern und ich denke, dass Ihr das gefällt." Ole schien ihr nicht zu glauben. „Sieh mich mal an." Zögernd sah sie ihm in die Augen. Fühlte sich plötzlich wieder wie als Kind, wenn sie etwas ausgefressen hatte. Ihm hatte sie nie etwas vormachen können. „Warum lügst Du?" „Ich lüge nicht." Das tat sie ja wirklich nicht. Schließlich war er ein Studienkollege von Christoph. Sie hielt Oles Blick stand. Der wandte ihn zuerst ab. Murmelte dabei: „Du bist noch genauso stur wie früher. Aber andererseits bist Du alt genug um zu wissen, was Du tust." Sie nickte erleichtert. Froh, dass er nicht weiter auf diesem Thema herumritt. Küsste ihn auf die Wange und meinte: „Stimmt. Ich bin alt genug." Ihr Vater war noch nicht zufrieden: „Ich weiß ja, dass es Deine Sache ist, aber eine Frage möchte ich noch geklärt haben. War das mit Finjas Vater wirklich nur eine einmalige Sache oder hast Du ihn geliebt?" Leevke warf ihm einen kurzen Blick zu, bevor sie kaum hörbar antwortete: „Wir waren länger zusammen und ich habe ihn geliebt. Aber ich kann nicht darüber sprechen. Noch nicht." Ole stand auf. Nahm seine Tochter in den Arm und sagte: „Wenn Du eines Tages darüber reden willst: Deine Mutter und ich haben immer Verständnis für Dich." Als er gegangen war, räumte sie ihre Küche auf. Dachte dabei an Finja, die ihrem Opa gegenüber Henning erwähnt hatte. Leevke kamen Worte in den Kopf wie „Die Stimme des Blutes." Unsinn, sagte sie sich gleich darauf. So etwas gab es nicht. Oder, dachte sie erschrocken, hatte Henning seiner Tochter gegenüber eine Bemerkung gemacht? Da sie es im Moment nicht herausfinden konnte, schließlich war er in Hannover und Finja im Bett, richtete sie ihre Gedanken auf den Geburtstag ihrer Tochter. Und zwar welche ihrer Wünsche sie ihr erfüllen konnte. Finja wünschte sich Inlineskates. Knapp vierzig Euro sollten sie kosten. Dazu eine neue CD und ein Buch von Bibi Blocksberg. Ein paar Süßigkeiten und das von Leevke vorgesehene Budget war ausgeschöpft. Sie hatte hin und her gerechnet, aber mehr Geld stand eben nicht zur Verfügung. Denn sie hatte begonnen, Sven das Geld für die Autoreifen zurückzuzahlen. „Das will ich nicht", hatte er sich dagegen gewehrt, „sie sind ein Geschenk." Aber Leevke hatte darauf bestanden. Auch was Finjas Geschenk von ihm anbetraf, waren sie nicht einer Meinung gewesen. Er wollte dem Kind einen Fernseher kaufen. Entsetzt hatte sie gesagt: „Ein eigenes Gerät mit acht Jahren? Das ist zu früh", und begründend hinzugefügt, „sie kann doch im Wohnzimmer fernsehen." Sven hatte schließlich nachgegeben, und nun hoffte sie, dass er sich daran hielt.

19. Kapitel

Nach seinem Gespräch mit Christoph grübelte Henning darüber nach, wie er am besten mit Leevke ins Gespräch kommen konnte. Seit dem Grillabend hatte er die Wochenenden, verbittert über die Ungerechtigkeit des Schicksals, in Hannover verbracht. Doch wusste er auch, dass er den Anfang machen musste, um endlich klare Verhältnisse zu schaffen. Sein Schweigen war weder Finja noch Leevke gegenüber fair. Zwar war er zutiefst verletzt, weil sie ihn nicht informiert hatte, aber wenn er ehrlich zu sich war, konnte er ihr Verhalten verstehen. Er hatte sie ja tatsächlich verlassen. Mit einem Zettel auf dem stand: „Verzeih mir, aber ich muss gehen", einfach abgelegt. Heute schämte er sich dafür, aber damals hatte er geglaubt, das Richtige zu tun. Da all das Grübeln ihn nicht weiterbrachte beschloss er, am kommenden Wochenende mit nach Ostfriesland zu fahren und zu versuchen, mit Leevke zu sprechen.

Es waren nur noch zwei Tage bis zu Finjas Geburtstag. Alle geladenen Gäste hatten zugesagt. Drei Kinder aus ihrer Klasse und Tido als ihr bester Freund.

„Fünf Kinder passen gerade um unseren Küchentisch, und dann müssen wir auch nicht so viel Geld für das Essen ausgeben," hatte sie ihre Auswahl begründet. Leevke hatte sie beruhigt. „So teuer wird das schon nicht. Und wenn Du mehr Gäste einladen möchtest, könnt Ihr auch im Wohnzimmer feiern. Der Tisch ist ja jetzt größer." Doch Finja war mit einer Feier in der Küche zufrieden. „Nein, wir bleiben in der Küche." Und praktisch denkend hatte sie hinzugefügt: „Wenn da einer etwas umwirft, ist das nicht so schlimm." Damit hatte sie Recht, denn der Boden war mit Fliesen ausgelegt. Ihre Schulfreunde hatten wissen wollen, wo Finja an ihrem Geburtstag feiern würde. „Wo gehen wir denn hin?" Finja hatte erstaunt geguckt. „Hin? Wir feiern natürlich bei mir zu Hause." Das konnten die Kinder kaum glauben, denn inzwischen war es sehr verbreitet, dass die Eltern mit ihren Kindern außer Haus feierten. Bei McDonald's oder in irgendwelchen anderen Einrichtungen, die Geburtstagsfeiern für Kinder ausrichteten. Da Finja aber wusste, dass ihre Mutter wenig Geld hatte, wäre sie gar nicht auf die Idee gekommen, darum zu bitten. Nun saß die Kleine am Küchentisch und schrieb in ihrer etwas ungelenken Schrift und fehlerhaften Worten den Einkaufszettel. Safft und Kiendercoola stand schon darauf. Nun schrieb sie: Schihpps, dazu. Leevke war ganz gerührt, als sie die bescheidenen Wünsche las. Als sie fragte: „Wollen wir zum Abendbrot Spaghetti mit Bolognese-Sauce machen?", stimmte Finja begeistert zu. „Ja, und zum Nachtisch Wackelpudding. Grün und rot mit Vanillesauce." Leevke schrieb es mit auf die Liste. „Okay, dann lass uns jetzt einkaufen fahren."

Sie nahmen ausnahmsweise das Auto. Parkten beim Discounter. Plötzlich rief Finja: „Da ist Henning." Der stellte gerade sein Fahrrad in den Ständer vor dem Geschäft. Er sah hoch, um zu sehen, wer ihn da rief. Dass er tatsächlich das Wochenende hier verbrachte, hatte er Christoph zu verdanken. Denn als er schon wieder einen Rückzieher machen wollte, hatte Christoph ihm ins Gewissen geredet: „Mein lieber Freund", hatte er begonnen, „seit Wochen muss ich Dein verzweifeltes Gesicht ertragen. Willst Du nicht endlich mit Leevke sprechen? Finja wird immer älter. Sie hat ein Recht auf ihren leiblichen Vater und Du auf sie." So war er mitgefahren. Hatte bisher aber noch nicht den Mut gefunden, sich bei Leevke zu melden. Nun kam ihm der Zufall zu Hilfe.

Er hatte gerade erkannt, wer da auf ihn zugerannt kam, da stand Finja schon vor ihm. Schaute zu ihm auf und sprudelte hervor: „Ich hab morgen Geburtstag und darum kaufen wir jetzt ganz viele Sachen ein." Spontan, bevor Leevke es auch nur ahnen konnte, rief sie: „Dich lad' ich auch ein. Aber", schränkte sie gleich darauf ein, „erst zu Sonntag, denn morgen kommen meine Freunde." Er sah Leevke an. Als sie zustimmend nickte, antwortete er: „Danke. Ich komme sehr gern."

Am Abend stand Leevke im Hotel an der Rezeption, als Henning hereinkam. Wie immer, wenn sie ihn sah, konnte sie es kaum glauben, dass der Mann, den sie all die Jahre nicht hatte vergessen können, wieder in ihrer Nähe war. Ohne dass sie es verhindern konnte, begann ihr Herz heftig zu schlagen. Zog sich ihre Kehle vor Liebe zusammen. Als er zu ihr trat und sagte: „Wir müssen miteinander reden. Ich kann nicht zu Finjas Geburtstag kommen, ohne dass die Fakten geklärt sind", nickte Leevke. Er hatte Recht. Sie mussten sich endlich der Vergangenheit stellen. „Ich bin hier um zweiundzwanzig Uhr fertig" sagte sie. Mit der Hand zum Frühstücksraum zeigend, fügte sie hinzu: „Du kannst dort auf mich warten." Nachdem er gegangen war, rief sie Okka an und teilte ihr mit, dass es später werden würde. „Das macht nichts!", sagte ihre Nachbarin vergnügt: „Ich habe ein spannendes Buch, das kann ich auch hier zu Ende lesen." Leevke lächelte, als sie den Hörer auflegte. Okka war wie ausgewechselt, seit sie sich als Ersatzoma betätigte. Immer öfter kam es vor, dass sie ihr und Sven anbot doch auszugehen. Sie würde auf Finja achtgeben. Darüber hinaus nahm sie Finja mit zum Einkaufen in die Stadt. Oft kam die Kleine dann mit einer neuen Haarspange oder einem spannenden Buch zurück. Leevke sagte nichts dazu. Bedankte sich und ließ der Älteren die Freude am Schenken und der neuen Aufgabe. Zu Weihnachten wollte sie Okka jedoch ein Theaterabo schenken. Die Niedersächsische Landesbühne kam mehrmals im Jahr in die Aula der Norder Realschule um dort Stücke aufzuführen. Vielleicht würde Okka dort Leute ihres Alters oder sogar einen neuen Partner kennenlernen. Denn Leevke fand es sehr schade, dass Okka die Liebe zu einem Mann abgehakt hatte.

Pünklich um zehn beendete Leevke ihren Dienst. Henning wartete schon auf sie. Leevke holte aus der Teeküche zwei Becher Cappuccino und stellte ihm einen hin. Dann setzte sie sich ihm gegenüber. Es war fast wie damals, als sie auf Langeoog im „Sonnenhof" ostfriesischen Tee getrunken und dazu Mürbeteigkekse geknabbert hatten. Mit ineinanderverschlungenen Händen endlose Gespräche über die Zukunft geführt und voller Liebe und Begehren im Blick des anderen versunken waren.
Jetzt saßen sie sich erneut gegenüber. Die Anziehungskraft war so stark wie damals, doch nun stand nicht nur die Vergangenheit, sondern auch die Gegenwart zwischen ihnen. Henning begann das Gespräch: „Es tut mir alles so leid." Leevke rührte in ihrer Tasse. Sah zu ihm hin und sagte, ihr wild pochendes Herz ignorierend: „Mir auch, aber es ist nicht mehr zu ändern. Doch Du bist Finjas Vater und wenn Du dazu stehst, fände ich es schön, wenn Du Dich um sie kümmern würdest. Auch", fügte sie nach einigen Sekunden

fest hinzu: „wenn ich mit Sven verheiratet bin." Henning fühlte sich von dieser Nachricht so ernüchtert, als habe sie gerade einen Eimer Wasser über ihn ausgeschüttet. Er musste sich mehrmals räuspern, bevor er gegen seine wahren Gefühle herausbrachte. „Ich werde das akzeptieren. Aber ich möchte gerne wissen, wen Du damals als Vater angegeben hast." Sie hob die Schultern. „Niemanden. So habe ich zwar keinen Anspruch auf einen Unterhaltsvorschuss gehabt, aber", fuhr sie mit Stolz in der Stimme fort, „ich habe es auch so geschafft, Finja großzuziehen." Henning starrte sie entsetzt an: „Du hast all die Jahre unsere Tochter allein finanziert?" „Ja. Nur Kindergeld habe ich für sie bekommen. Außerdem waren meine Eltern immer für mich da." Tief betroffen sah er sie an. „Ab sofort werde ich Unterhalt zahlen. Und auch für die vergangenen Jahre." Er meinte es ernst, das wusste sie. Sie lächelte, es war ein unbewusst liebevolles Lächeln, als sie antwortete: „Das musst Du nicht. Es genügt mir, wenn Du uns in Zukunft unterstützt." Es war ihr nie um Geld gegangen. Nein, damals wie heute ging es ihr um ihn. Um seine Liebe. Doch das würde sie ihm nicht sagen. Erstens hatte er es gewusst und zweitens war es nun zu spät.

Henning sah ihr in die Augen. „Was hast Du Finja denn erzählt? Oder hat sie nie nach mir gefragt?" „Natürlich hat sie gefragt, aber ich habe gesagt, dass ich Deine Adresse nicht gehabt hätte und Dir so nicht erzählen konnte, dass Du ein Kind hast." Er atmete erleichtert aus, bevor er fragte: „Also wird sie nicht enttäuscht sein, wenn sie erfährt, dass ich ihr Vater bin?" An die Bemerkung denkend, die Finja Ole gegenüber gemacht hatte, konnte sie mit gutem Gewissen sagen: „Nein, bestimmt nicht. Nur für Sven wird es ein Schlag sein. Er ist ein wunderbarer Mann. Ich kann mich immer auf ihn verlassen und es widerstrebt mir, ihm weh zu tun. Doch Finja hat ein Recht auf die Wahrheit."

Henning sah auf den Tisch vor sich. Seufzte leise, bevor er murmelte: „Verzeih mir, aber ich konnte damals nicht anders handeln. Ich musste ..." Sie unterbrach ihn. Wollte nicht hören, dass die andere ihm wichtiger gewesen war. Dass er sie mehr geliebt hatte und wahrscheinlich noch liebte. Schnell sagte sie: „Da gibt es nichts zu verzeihen. Es ist Vergangenheit. Wir sollten nun das Beste daraus machen, dass wir ein gesundes Kind haben." Als er den Mund öffnete, um endlich zu erklären, wie es wirklich gewesen war, legte sie, ohne darüber nachzudenken, ihre Hand auf seinen Arm. Spürte die Wärme, die von ihm ausging, wie einen Sog, der sie zu ihm hinzog. Hastig nahm sie ihre Hand zurück und stieß hervor: „Sei ihr ein guter Vater. Mehr erwarte ich nicht." Dann stand sie auf. Brachte die leeren Becher in die Küche zurück. Dort lehnte sie sich für einen Moment schweratmend von innen an die Tür. Holte ein paar Mal tief Luft und ging dann, wieder gefasster, zu ihm zurück. Er saß noch am Tisch und als sie sagte: „Ich werde, bevor Du am Sonntag kommst, mit Finja sprechen und alles richtigstellen", nickte er stumm. Folgte ihr hinaus. Draußen standen sie für einen Moment an ihrem Wagen. Er sah ihr in die Augen. Hob die Arme, als wollte er sie an sich ziehen, doch sie trat hastig einen Schritt zurück. Sie brauchte kein Mitleid. Er hatte sich vor langer Zeit gegen sie entschieden und das musste sie endlich akzeptieren. Mühsam beherrscht stieß sie hervor: „Dann bis Sonntag." Auf dem Heimweg fiel ihr Sven wieder ein und sie sagte sich, dass sie vorher unbedingt mit ihm sprechen musste. Das war sie ihm schuldig.

20. KAPITEL

Leevke hatte die Feier mit den geladenen Kindern hinter sich gebracht und war nun dabei, die Küche aufzuräumen. Während sie das klebrige Geschirr spülte und die Reste vom Tisch und dem Boden wischte, war sie dankbar, dass Finja auf einer Feier in der Küche bestanden hatte. Ihre Tochter betrachtete währenddessen die von den Freunden mitgebrachten Geschenke nochmal in aller Ruhe. Zwei von ihnen hatten ihr Geld und Schokolade mitgebracht. Von Tido hatte sie einen Kinogutschein mit allem Drum und Dran, Popcorn, Kindercola und so weiter und ein weiteres Kind hatte ihr ein T-Shirt mit „Bibi Blocksberg"-Aufdruck überreicht. Nun drapierte sie die Sachen auf Leevkes Schubladenschrank. Dort standen schon die Dinge, die sie ihr geschenkt hatte. Während Finja sie betrachtete murmelte sie: „Ich bin gespannt, was ich morgen noch bekomme." Leevke legte das Besteck in die Schublade zurück. Stellte die gereinigten Töpfe und das Geschirr in den Schrank. Trat dann zu ihrer Tochter und fragte: „Morgen? Du meinst von Oma und Opa? Was hast Du Dir denn gewünscht?" Das Kind antwortete so leise, dass sie es kaum verstehen konnte: „Nicht von Oma und Opa. Etwas ganz anderes. Was das ist, sag ich aber nicht." Leevke wunderte sich zwar darüber, denn sonst teilte Finja ihre Wünsche sehr offen mit, aber sie hakte nicht nach. Meinte nur: „Da bin ich ja gespannt." Als Sven kurz darauf kam, brachte er statt des Fernsehers einen mit Kopfhörern versehenen, nagelneuen CD-Player mit. Dagegen konnte Leevke nichts einwenden, denn Finjas altes Gerät funktionierte nicht mehr richtig. Das Kind fiel ihm vor Freude um den Hals. „Danke, Sven. Dann kann ich endlich, wenn Mama sonntags länger schlafen will, wieder ‚Bibi Blocksberg' hören." Leevke küsste ihn auf die Wange. Sah ihn liebevoll an, woraufhin er zu strahlen begann. Auch seine Mutter hatte ein Geschenk für Finja mitgegeben. Ein Sweatshirt mit einem Aufdruck von Walt Disneys „Arielle". Leevke war gerührt, zeigte es ihr doch, dass die alte Dame an sie dachte. Aber Leevke erinnerte diese Feststellung auch an das Gespräch, das sie unbedingt mit Sven führen musste. Das wollte sie aber erst in Angriff nehmen, wenn Finja im Bett war. In der Küche aßen sie mit

Sven zusammen ein Stück von der Geburtstagstorte und tranken Tee dazu. Als Finja herzhaft gähnte und sich die Augen rieb, brachte sie ihre wunschlos glückliche Tochter ins Bett.

Wenig später saß Leevke neben Sven auf dem Sofa im Wohnzimmer. Er bot an, ihr nach dem anstrengenden Tag die Füße zu massieren und sie lehnte sich aufseufzend zurück. Schloss die Augen und überlegte, womit sie das Gespräch am besten begann. Sven half ihr unbewusst mit der Frage: „Wer kommt denn morgen zum Geburtstag?" Sie begann aufzuzählen. Hoffte dabei, dass er bei der Erwähnung von Hennings Namen stutzen würde und sie so einen Aufhänger für ihre Beichte hätte. „Also, meine Eltern. Okka, Inga und Christoph mit den Kindern. Und Henning." Ihre Rechnung ging auf. „Wieso kommt Henning?" Er unterbrach die Fußmassage. Leevke öffnete widerwillig die Augen und sah ihm ins Gesicht. Seine Stirn war gekraust und in seinem Blick war ein wachsamer Ausdruck, als er fragte: „Gibt es etwas, das Du mir erzählen möchtest?" Leevke zog langsam ihren Fuß aus seiner Hand. Ordnete ihren über die Schenkel nach oben gerutschten Rock. Suchte dabei nach den richtigen Worten. „Sven", begann sie, „Finja weiß es noch nicht, aber ich werde es ihr erzählen, bevor die Gäste kommen." Sie hielt seinem Blick stand, während sie hervorstieß: „Henning ist Finjas Vater."

An seinen Augen konnte sie sehen, wie sehr ihn diese Tatsache traf. Rechnete nun damit, dass er aufspringen und sie auf der Stelle verlassen würde. Doch Sven sagte erst einmal gar nichts. Setzte sich nur aufrechter hin. Umklammerte in einer für ihn typischen Geste seine Schenkel und sah auf die gegenüberliegende Wand, an der ein aktuelles Foto von Finja hing. Er schloss einen Moment die Augen. Holte tief Luft, bevor er sagte: „Seltsam, aber ich habe das schon an dem Grillabend bei Inga irgendwie geahnt. Zwischen Dir und Henning war so eine Spannung." Und sich ihr zuwendend, fügte er hinzu: „Aber was bedeutet das für unsere Beziehung?" Leevke, über seine ruhige Reaktion zutiefst erleichtert, drehte sich ihm eifrig zu. Sagte schnell: „Zwischen uns ändert sich nichts. Du bist mein Freund und Henning ist Finjas Vater." Sven sah ihr eindringlich in die Augen. „Bist Du sicher?" Sie nickte heftig. Sich selber überzeugend. „Ja, das bin ich. Zwischen ihm und mir ist es schon lange vorbei. Das musst Du mir glauben." Sie nahm seine Hand. Hielt sie fest, während er sich behutsam erkundigte: „Dann hat er Dich damals sitzen lassen?" Leevke senkte den Kopf. Schloss einen Moment die Augen und gestand dann: „Nein, nicht sitzen gelassen. Wir hatten uns schon vorher getrennt. Er wusste nicht, dass ich schwanger war." Sven verkniff sich die Frage, warum sie nicht auf seiner Vaterschaft bestanden hatte. Henning nicht darüber informiert hatte. Er wollte gar nichts mehr wissen. Sie nur nicht verlieren. So zog er ihre Hand an seine Lippen. Fragte mit plötzlich belegter Stimme: „Bist Du sehr müde?" Obwohl sie der anstrengende Tag und die Beichte zutiefst erschöpft hatten und ihr die Augen fast zufielen, verneinte sie. Als er sie näher an sich zog und sie küsste, schloss sie die Augen.

Am Sonntagmorgen ging Sven gleich nach dem Frühstück nach Hause. „Ich möchte nicht dabei sein, wenn Finja erfährt, wer ihr leiblicher Vater ist. Es ist eine Sache zwischen Euch beiden." Wieder war sie ihm dankbar für sein Einfühlungsvermögen. Küsste ihn zum Abschied leicht auf die Wange. Dann weckte sie Finja mit einem Frühstückstablett und den Worten: „Ich möchte Dir etwas erzählen. Es ist ganz wichtig und wird unser Leben verändern." Erschrocken fragte die Kleine: „Willst Du Sven nicht mehr heiraten? Habt Ihr Euch getrennt? Wird er nun nicht mehr mein Vater?" Leevke beruhigte sie: „Wir haben uns nicht getrennt. Es geht um etwas anderes."

Aufmerksam sah das Kind zu, wie Leevke nach den richtigen Worten suchend ihr Kakao einschenkte. Eine Scheibe Toast mit Leberwurst bestrich und ihr reichte. Erst als Finja mit Appetit zu essen begann, setzte sie sich zu ihr. Nahm ihren Kaffeebecher in die Hand. Umfasste ihn so fest, als könne er ihr Kraft geben zu sagen, was zu sagen war. „Du weißt ja, dass ich Deinem richtigen Vater damals nicht erzählen konnte, dass es Dich gibt." Finja nickte eifrig. „Ja, weil Du nicht wusstest, wo er wohnt." Leevke nahm einen Schluck aus ihrem Becher. Zwang ihn mühsam, weil ihr die Kehle schon wieder eng wurde, herunter, bevor sie weitersprach: „Nun, vor kurzem habe ich ihn wiedergetroffen und ihm erzählt, dass er eine Tochter hat." Finja sah sie überrascht an. „Du hast ihn getroffen? Wo denn?" Fast ängstlich hakte sie nach: „Und was hat er gesagt?" Leevke lächelte, froh, dass die Ausflüchte und Notlügen ein Ende hatten. „Es hat ihn sehr glücklich gemacht, dass es Dich gibt." Erleichtert atmete Finja aus. Meinte plötzlich besorgt: „Und

Sven?" Sie schwieg, denn sie wusste nicht, wie sie damit umgehen sollte. Leevke half ihr. „Weiß Du, auch wenn Du jetzt Deinen richtigen Vater kennenlernen wirst, werde ich ja trotzdem mit Sven zusammen bleiben. Vielleicht werde ich ihn sogar heiraten." Finja nickte heftig und mit kindlicher Logik beschloss sie: „Dann hab ich eben zwei Väter. Aber wer ist denn nun mein richtiger Vater?" Die Antwort zauberte ein ungläubiges Lächeln auf ihr Gesicht. „Henning ist mein Vater? Das ist ja toll. Wissen Oma und Opa schon davon?" Leevke schüttelte den Kopf. Ihr Vater hatte zwar schon so etwas geahnt, aber ihre Mutter wusste noch nichts. „Nein", sagte sie nun, „aber wir werden es ihnen noch heute erzählen." Denn auch diese hatten ein Recht darauf endlich die Wahrheit zu erfahren.

Jade und Ole waren überrascht, als die beiden vor der Tür standen. „Was macht Ihr denn hier? Ist etwas passiert?" Leevke nickte. Finja warf Leevke einen Blick zu. Denn die hatte ihr eingeschärft, solange den Mund zu halten, bis sie mit ihren Eltern gesprochen hatte. Erst als sie bei einer Tasse Kaffee in der Küche saßen, begann Leevke: „Ich muss Euch etwas erzählen, bevor Ihr heute Nachmittag zu uns kommt." Jade beugte sich, plötzlich aufgeregt in ihrem Stuhl vor und Ole lehnte sich entspannt zurück. Da seine Tochter und seine Enkelin unverletzt waren, konnten ihre Neuigkeiten nicht so schlimm sein. Er sorgte sich nie eher, als bis er den Grund kannte. Und auch dann wägte er ab, ob sich die Sorge überhaupt lohnte.

Leevke sah zuerst ihrer Mutter in die geweiteten Augen und dann ihrem Vater, dessen ruhiger Blick ihr den Mut gab zu sagen: „Also, ich will es kurz machen. Heute Nachmittag werdet Ihr Finjas leiblichen Vater kennenlernen." Ole hob kurz die Augenbrauen, schwieg aber weiterhin. Jade, die mit etwas ganz anderem gerechnet hatte, glaubte sich verhört zu haben. Sich vorbeugend hakte sie nach: „Wen lernen wir kennen?" Leevke holte tief Luft und wiederholte: „Henning. Finjas Vater." Jade öffnete den Mund. Schloss ihn wieder und stieß dann hervor: „Aber Sven wird doch ihr Vater." Nun sah Finja ihre Stunde gekommen. „Jetzt nicht mehr, Oma", sagte sie, „aber wenn Mama und Sven heiraten, dann kann er ja mein zweiter Papa werden." Jade wurde blass. „Moment", sagte sie. Fuhr sich mit den Händen über das Gesicht. Seufzte tief auf und bat dann: „Nun noch einmal von vorn."

Am Nachmittag erwartete Finja ungeduldig ihre Gäste. Als erstes kamen ihre Großeltern. Sie hatten mit Leevkes Einverständnis für ihr Enkelkind ein zwar gebrauchtes, aber sehr gut erhaltenes Fahrrad besorgt. Finja freute sich sehr darüber. Nacheinander erschienen nun die anderen Gäste. Mit einer Blume für Leevke klingelte Sven an der Tür. Christoph und Inga kamen mit den Kindern. Da Tido schon ein Geschenk übergeben hatte, brachten sie nur noch einen Beutel mit einigen Überraschungseiern mit. Übergaben ihn mit den mahnenden Worten: „Aber nicht alle auf einmal essen." Nun fehlten nur noch Okka und Henning. Okka kam mit einem dicken Märchenbuch. Sagte zu Finjas Freude: „Daraus kann ich Dir ja dann abends vor-lesen", und setzte sich nach allgemeiner Begrüßung und Vorstellung auf einen Sessel. Jade war entgegen ihrem Naturell ungewöhnlich still. Sie wartete auf den Moment an dem Henning hereinkommen würde. Sie hatte in den letzten Stunden gedanklich immer wieder die Geschichte durchgekaut, die Leevke ihnen erzählt hatte. Wie sollte sie sich Henning gegenüber verhalten? Sie hatte Leevke versprechen müssen, ihm die Chance zu geben sich vorzustellen, aber in Jade gärte es. Was fiel diesem Mann ein, nach all den Jahren seiner Ab-wesenheit einfach wieder aufzutauchen? Sie hatte für vieles Ver-ständnis. Doch nun sah sie die gesicherte Zukunft ihrer Tochter in Gefahr. Und zwar durch einen fünfunddreißigjährigen Studenten. Aber er war nun mal Finjas Vater und sie hatte Ole versprechen müssen, den Mund zu halten.

Als es klingelte, rannte die Kleine zur Tür und kam mit Henning, der ein Geschenk bei sich trug, zurück. Sie strahlte in die Runde und verkündete: „Das ist mein Papa." Christoph und Inga wechselten einen Blick, schließlich wussten sie das schon lange. Als Leevke ihm ihre Eltern und Okka vorstellte, reichte er ihnen die Hand und sagte: „Moin. Ich bin Henning. Finjas Vater." Auch für ihn war diese Situation alles andere als angenehm. Ole stand auf. Nahm Hennings Hand und sagte ruhig: „Ich bin Ole. Finjas Opa." Jade neigte nur stumm ihren Kopf. Henning verunsicherte ihre ablehnende Haltung. Verlegen sah er um sich und überlegte, wo er sich hinsetzen sollte. Sven half ihm, indem er neben sich aufs Sofa klopfte: „Hier ist noch Platz." Es war ein Friedensangebot, und Henning nahm es erleichtert an. Svens Reaktion auf seinen Nebenbuhler irritierte Jade. War er denn gar nicht eifersüchtig oder machte er sich keine Sorgen, dass dieser ihm Leevke wieder wegnehmen könnte? Finja setzte sich zwischen Henning und Sven aufs Sofa. Während sie Kaffee tranken, beobachtete Jade den Mann, der ihre Tochter geschwängert hatte und dann verschwunden war. Obwohl sie sich vorgenommen hatte, ihn unsympathisch zu finden, wollte es ihr nicht gelingen. Die liebevolle Art, in der er mit seiner Tochter umging und auch sein Äußeres gefielen ihr. Hätte sie ihn unter anderen Umständen kennengelernt, hätte sie ihn bestimmt als potentiellen Schwiegersohn angesehen. Doch jetzt war es eine andere Situation. Leevke hatte versucht sie ihnen zu erklären. Obwohl sie noch immer nicht wusste, warum Henning damals gegangen war, hatte sie zu ihren Eltern gesagt: „Es war meine Schuld. Ich hätte ihn informieren müssen. Aber dass er nun da ist, ändert nichts an meiner Beziehung zu Sven." Diese Aussage hatte Jade zwar beruhigt. Trotzdem wurde sie das Gefühl nicht los, dass Henning Unruhe in das Leben ihrer Tochter bringen würde.

Die Gäste waren fort. Es war eine seltsame Feier gewesen. Jade hatte jede Bewegung, die Henning machte und alles was er sagte, genau beobachtet. Gehofft, irgendetwas zu finden, das ihren Argwohn bestätigte. Okka hatte aufmerksam alles aufgesogen, als wohne sie einem spannenden Theaterstück bei. Bemüht, nicht das kleinste Detail zu verpassen. Denn gleich, als Henning hereingekommen war, war ihr die Ähnlichkeit zwischen Vater und Tochter aufgefallen. Finja hatte gestrahlt, während die übrigen versuchten, die Stimmung durch lustige Erzählungen zu entspannen. Nun saßen nur noch Henning, Sven und Finja im Wohnzimmer. Das Kind noch immer zwischen den beiden Männern. Ihre Hände besitzergreifend auf deren Schenkeln. Leevke fühlte sich mit der Situation überfordert. Drei Augenpaare, die sie ansahen und von ihr eine Erklärung erwarteten. Aber was sollte sie sagen? Zwei Männer, von denen der eine der Vater ihres Kindes war. Den sie darüber hinaus noch immer liebte, aber dieser Liebe nicht nachgeben konnte, da er ihr vor langer Zeit das Herz gebrochen hatte und damit das Vertrauen zu ihm. Und dem zweiten Mann, dem sie sich verpflichtet fühlte, weil er sie liebte und für sie da war. Den sie, nach all den Jahren der unerfüllten Sehnsucht, in ihr Leben gelassen hatte. Sven spürte, wie sie nach Worten suchte. Löste Finjas Hand von seinem Bein und sagte: „Komm,

meine Kleine. Wir gehen ein bisschen spazieren. Dann kann Deine Mama mit Henning alles Weitere besprechen." Das Wort Papa für diesen zu benutzen, fiel ihm noch schwer. Leevke sah ihm dankbar nach und wandte sich mit den Worten: „Möchtest Du noch etwas trinken?" Henning zu. Dieser schüttelte den Kopf, denn was er wirklich wollte, konnte er nicht verlangen. Er hatte es verspielt. Seine Gefühle für sie außen vorlassend, meinte er: „Ich danke Dir, dass ich jetzt offiziell Finjas Vater sein darf." Leevke hatte sich Kaffee eingeschenkt und setzte sich wieder auf ihren Platz. „Es war ihr Wunsch, und ich möchte Dich bitten, sie nicht zu enttäuschen." Nicht so wie mich, fügte sie in Gedanken hinzu. Doch er verstand ihre unterschwellige Warnung. Henning reckte seine Schultern. Antwortete ernst: „Ich bin mir der Verantwortung sehr wohl bewusst. Wenn es Dir recht ist, werde ich sie an den Wochenenden, an denen ich hier bin, abholen. Da ich während der Zeit wieder bei meinen Eltern wohne, lernt sie so auch ihre anderen Großeltern kennen. Ich habe ihnen schon von ihr erzählt." Nun war Leevke beeindruckt. Sie hatte nicht damit gerechnet, dass er seiner Familie gegenüber sofort von seiner Tochter berichten würde. Interessiert fragte sie: „Und wie haben sie reagiert?" „Sie haben sich sehr für mich gefreut. Hoffen aber, dass ich ..." Leevke unterbrach ihn hastig. Sie wollte nicht wissen, welche Hoffnungen seine Eltern hegten. Schnell sagte sie: „Gut, dann ist ja alles gesagt."
Bevor er ging, fiel ihm das Päckchen für Finja ein, das noch ungeöffnet auf dem Tisch lag. Er reichte es Leevke. „Darin ist ein Handy. Wenn Du damit einverstanden bist, möchte ich, dass Finja es bekommt, damit sie mich jederzeit erreichen kann. Es entstehen für Dich keine Kosten. Ich werde die Karte bei Bedarf für sie aufladen lassen." Leevke zögerte kurz. Denn eigentlich war sie dagegen, dass Kinder mit acht Jahren ein Handy besaßen. Erlaubte ihm aber dann, es Finja zu geben. Als Sven mit der Kleinen zurückkam, freute sie sich sehr darüber. Henning verabschiedete sich gleich darauf und versprach, das Kind am nächsten Wochenende abzuholen. Sven, Finja und Leevke brachten ihn zur Tür und winkten ihm nach. Er drehte sich um und winkte mit schwerem Herzen der kleinen Familie, in der er in Zukunft nur ein geduldeter Gast sein durfte, zurück.

21. Kapitel

Leevkes Eröffnung, dass Henning Finjas Vater war, hatte Ingas schlechtes Gewissen wachgerufen, denn noch immer wusste Christoph nicht, dass sie wieder schwanger war. Dabei hatte sie ihm noch vor einigen Monaten beteuert, dass sie so etwas nicht für sich behalten könnte. Doch die Männer waren wieder nach Hannover gefahren, ohne dass sich eine Gelegenheit ergeben hatte. Aber sie hatte sich fest vorgenommen es ihm zu erzählen, wenn er wieder heimkam.

Wie immer war sie am Morgen zur Arbeit gefahren, doch es ging ihr heute nicht so gut wie sonst. Ihr war schwindlig und auch ihr Appetit ließ zu wünschen übrig. Ihr Pausenbrot, das sie sonst immer restlos verspeiste, lag unberührt in einer Dose in ihrer Tasche. Doch nicht nur der Schwindel machte ihr zu schaffen. In ihrem Rücken saß ein Schmerz, der ins Bein ausstrahlte. Aber, beruhigte sie sich, er musste ja nicht unbedingt mit ihrer Schwangerschaft zusammenhängen. Sie erklärte sich ihn damit, dass sie Kati am Morgen in einer unbedachten Bewegung aus dem Bett gehoben hatte. Aber sie musste sich auch ehrlich eingestehen, dass diese Schwangerschaft anders war. Wesentlich beschwerlicher. Ständig war sie müde und fühlte sich schlapp. Morgens musste sie sich regelrecht aufraffen um zur Arbeit zu gehen.

Mit leichtem Schrecken dachte sie immer öfter darüber nach, dass es bis zur Entbindung noch ein weiter Weg war. Sie war inzwischen im fünften Monat und ihr Bauch rundete sich. Es wunderte sie, dass Christoph das noch nicht aufgefallen war, aber andererseits war er so mit seinen Klausuren beschäftigt, dass ihm auch andere Sachen entgingen. Am Nachmittag kam Leevke zu ihr. Sorgloser als sie sich fühlte, erzählte sie: „Finja ist ganz aus dem Häuschen, dass sie nun bald zwei Väter haben wird. Sven, der immer da ist und Henning, der sich regelmäßig um sie kümmern will. Ich weiß nur nicht", fuhr sie seufzend fort: „wie er das seiner Frau erklären will." Normalerweise hätte Inga jetzt nachgehakt und gefragt: „Wieso Frau?", aber sie war so mit ihren eigenen Gedanken beschäftigt, dass sie Leevkes Worte gar nicht aufnahm. Während sie Kaffee ansetzte und dann

Becher aus dem Schrank nahm, sagte sie leise: „Christoph weiß noch immer nicht, dass er wieder Vater wird." Leevke nahm die Becher entgegen. Stellte sie auf dem Tisch ab. „Wie meinst Du das?" „Genauso, wie ich es sage. Ich wollte es ihm schon vor Wochen erzählen, aber als er dann sagte: ‚Hauptsache, Du erzählst mir nicht, dass Du schwanger bist', konnte ich es nicht mehr. Und seitdem gab es dazu keine Gelegenheit mehr." Leevke betrachtete sie mitfühlend. Verkniff sich aber ein: „Dann weißt Du ja jetzt, wie es mir damals ging." Das zu sagen, war auch nicht nötig, denn Inga fuhr mit den Worten fort: „Ich hab inzwischen oft daran denken müssen, wie schrecklich das für Dich gewesen sein muss. Man fühlt sich so allein gelassen." Leevke lächelte ihr zu. Sagte: „Schon vergessen." Inga stand auf, um die Kaffeekanne zu holen. Sie hatte sich gerade erhoben, als Leevke sah, wie sie blass wurde, schmerzerfüllt das Gesicht verzog und sich für einen Moment zusammenkrümmte. Erschrocken sprang Leevke auf. „Was ist los? Hast Du Schmerzen?" Inga atmete tief durch. Ließ sich vorsichtig auf einen Stuhl sinken. Sagte nach einem Moment: „Fühlte sich an wie eine Wehe. Aber dafür ist es doch noch viel zu früh. Vielleicht sollte ich ..." Sie brach ab. Leevke griff resolut zum Telefon, das auf dem Küchenschrank lag. Sagte bestimmt: „Ich rufe einen Krankenwagen. Du gehörst in die Klinik."

Christoph saß am Schreibtisch in seinem Zimmer im Studentenwohnheim und schrieb Bewerbungen. Vor ihm stand ein Foto seiner kleinen Familie. Er nahm es in die Hand. Fuhr sanft mit seinem Finger über die Gesichter. Flüsterte leise: „Bald bin ich wieder zu Hause." Vorsichtig stellte er es zurück. Dann legte er seine Hände auf die Tastatur seines Computers und schrieb. „Sehr geehrte Damen und Herren ..." Es war sein fünfundzwanzigstes Bewerbungsschreiben. Zwischen Leer, Emden, Aurich und sogar bis nach Oldenburg und Bremen hatte er sie verschickt. Bisher waren fünf Absagen gekommen. Fünf Firmen hatten gar nicht reagiert. Die übrigen standen noch aus. Im Stillen hoffte er noch immer auf eine Zusage des Windkraftanlagenherstellers aus Aurich. Das wäre der Idealfall, denn dann konnte er Ingas Wunsch, in Ostfriesland zu bleiben, entsprechen. Und dann wollte er ihr auch endlich einen Heiratsantrag machen. Ihre Beziehung besiegeln. Gestern hatten sie die

letzten Klausuren für ihre Abschlussprüfung geschrieben. Die Zeit zerrann ihm zwischen den Fingern und das machte ihn zunehmend nervös. Hätte er jedoch gewusst, dass seine Freundin bereits das dritte Kind in ihrem Bauch trug, hätte er keine ruhige Minute mehr gehabt. Er schrieb gerade: „Ich würde mich freuen bald von Ihnen zu hören", als sein Handy klingelte und eine aufgeregte Stimme sagte: „Hallo, Christoph. Hier ist Leevke. Ich habe Inga gerade ins Krankenhaus bringen lassen. Sie hatte starke Schmerzen. Der Arzt meint ..." bevor sie den Satz beenden konnte, unterbrach er sie. „Ich komme so schnell wie möglich. Kannst Du solange die Kinder mit zu Dir nehmen?" „Natürlich." Sie legte auf und er rannte zu Hennings Zimmer hinüber. Trat ohne anzuklopfen ein und rief: „Ich muss sofort nach Hause. Kannst Du mir Deinen Wagen leihen?" In wenigen Worten erzählte er, was passiert war. Henning klappte seinen Laptop zu. Stand auf. Sagte ruhig, ohne unnötige Fragen zu stellen: „Du bist viel zu aufgeregt zum Fahren. Ich komme mit Dir."
Während der Fahrt sprach Christoph kein Wort. Er war mit den Gedanken bei Inga. Henning warf ihm immer wieder besorgte Blicke zu. Sagte tröstend: „Mach Dich nicht verrückt. In zwei Stunden sind wir zu Hause. Dann weißt Du mehr."
Christoph seufzte schwer: „Ja, ich weiß. Aber wenn ihr etwas passiert ..." Er brach ab, denn den Gedanken konnte er nicht ertragen. Nach zwei Stunden, die ihm endlos erschienen waren, fuhren sie auf den Parkplatz der Ubbo-Emmius-Klinik in Aurich. Christoph lief hastig zur Anmeldung. Stieß hervor: „Wo liegt Inga de Groot?" Der Pförtner sah in seinen Computer. „Gynäkologie. Zimmer drei." Christoph wurde blass. Inzwischen war Henning, der erst einen Parkplatz hatte suchen müssen, zu ihm getreten. „Was ist los?" „Sie liegt auf der Gyn." Und in einer plötzlichen Erleuchtung fügte er hinzu: „O Gott, hoffentlich komme ich nicht zu spät." Henning verstand nichts von dem, was sein Freund sagte. Konnte er auch nicht, weil dem gerade der Abend, an dem es die Rouladen gegeben hatte, durch den Kopf geschossen war.
Hatte Inga ihm da etwas mitteilen wollen? Was, wenn sie ... Zwei Stufen auf einmal nehmend, rannte er die Treppe zur Station hinauf. Henning folgte ihm langsamer. Am Zimmer mit der Nummer drei blieb Christoph stehen. Atmete erst ein paar Mal tief durch, bevor er die Tür öffnete.

Inga lag in dem Bett am Fenster. Sah ihm erfreut, aber gleichzeitig mit einem schlechtem Gewissen entgegen. Wie sollte sie ihm diese Situation erklären? Christoph setzte sich vorsichtig auf die Bettkante. Nahm ihre Hand. Henning war an der Tür stehengeblieben. Die Situation erinnerte ihn an die damalige Situation mit seinem Sohn. Erinnerungen stiegen in ihm auf, die auch nach all den Jahren noch schmerzten. Er sah Juline dort liegen, die vor Verzweiflung, ihr Kind verloren zu haben, von heftigen Weinkrämpfen geschüttelt worden war. Er hatte sich so hilflos gefühlt. Nach Worten gesucht, mit denen er ihren Kummer lindern konnte. Aber die Worte waren in seiner Kehle steckengeblieben. Auch den Anblick seines Sohnes, der nicht hatte leben dürfen, würde er nie vergessen. Darum hatte ihn die Tatsache, dass er seit vielen Jahren Vater eines lebenden Kindes war, besonders getroffen. Für einen Moment stand er nun wie gelähmt. Doch dann schüttelte er den Kopf, vertrieb damit die Erinnerungen und quetschte hervor: „Hallo, Inga. Alles Gute. Ich warte solange draußen." Als er fort war, sah sie Christoph in die Augen und flüsterte, damit die beiden Frauen in den anderen Betten es nicht mitbekamen: „Es tut mir leid, aber ich wollte es Dir schon lange erzählen. Weißt Du noch, der Abend an dem ich ..." Er unterbrach sie in dem er einen Finger auf ihre Lippen legte. „Ich weiß. Verzeih mir, dass ich es nicht gleich kapiert hab." Nun brach sie erleichtert in Tränen aus. War so froh, dass Christoph endlich Bescheid wusste. Er nahm sie in den Arm. Fragte leise: „Was sagt denn der Arzt?" Inga zögerte. Denn der Arzt hatte sehr ernst mit ihr gesprochen. „Wenn Sie das Kind behalten wollen, müssen Sie sich schonen. Ich werde Sie arbeitsunfähig schreiben." Sie hatte entsetzt Einspruch erhoben: „Das geht nicht. Ich bin der Ernährer in unserer Familie. Das Krankengeld wird sicher weniger sein als mein Gehalt." Doch der Arzt war hart geblieben. „Das mag sein, aber Sie müssen kürzer treten. Sonst kann ich für nichts garantieren." Als sie nun leise sagte: „Ich darf nicht mehr arbeiten gehen. Muss bis zum Mutterschutz zu Hause rumhocken", stieß Christoph erleichtert den vor Anspannung angehaltenen Atem aus. Reckte die Schultern und sagte: „Das werden wir auch noch hinkriegen. Hauptsache ist doch, dass unser Kind gesund zur Welt kommt."
Aber für ihn war der Druck, möglichst schnell Arbeit zu finden, nun noch größer geworden.

22. Kapitel

Leevke hatte die Kinder mit zu sich nach Hause genommen. Es war schon spät am Abend und während Sven mit Kati im Wohnzimmer spielte, deckte sie den Abendbrottisch. Die Stimmung zwischen Sven und ihr war seit Finjas Geburtstag anders. Bedrückt und belastet von der neuen Situation. Immer öfter spürte sie, wie er sie ansah. Prüfend, fragend und traurig. In der vergangenen Woche war er sogar jeden Abend zu ihnen gekommen. Schien Leevke nicht mehr aus den Augen lassen zu wollen. Ihrer Versicherung, dass zwischen ihr und Henning alles vorbei sei, hätte er gerne Glauben geschenkt. Aber Hennings Blicke an Finjas Geburtstag sprachen eine andere Sprache. In ihnen stand Liebe und der Wille, sie für sich zu gewinnen. An diesem Abend schienen sich Svens Befürchtungen zu bestätigen.

Als es klingelte, öffnete Leevke die Tür im Glauben, dass Christoph seine Kinder abholen wollte. Doch nicht er stand im Treppenhaus, sondern Henning. Für einen Moment war sie unfähig, etwas zu sagen oder zu tun. Denn ihr wurde schmerzhaft bewusst, dass sie jahrelang diesen Moment ersehnt hatte. Die Hoffnung nie hatte aufgeben können, dass er eines Tages vor ihrer Tür stehen würde, um zu ihr zurückzukommen. Jetzt war der Wunsch in Erfüllung gegangen. Ganz anders, als sie erhofft hatte, denn er kam nicht zu ihr, sondern nur, um seine Tochter zu sehen. Diese Feststellung tat ihr so weh, dass auf einmal ein Kloß in ihrem Hals saß und sie am Sprechen hinderte. Sich räuspernd, konnte sie erst nach einer Weile mit krächzender Stimme sagen: „Komm herein." Bevor er über die Schwelle trat glitt sein Blick über ihr Gesicht, blieb an ihren Augen hängen. Wie jedes Mal, seitdem er sie wiedergetroffen hatte, hoffte er darin ein Zeichen ihrer früheren Zuneigung zu entdecken. Aber Leevke wich auch heute seinem Blick aus. Trat mit den Worten: „Du kommst sicher wegen Finja. Sie ist in ihrem Zimmer", zur Seite. Während sie ihm durch den nur von einer Wandlampe erhellten Flur voraus zum Kinderzimmer lief, spürte sie ihn mit jeder Faser ihres Körpers. Die Sehnsucht nach ihm, die sie in der Nacht und inzwischen auch am Tag verfolgte, und die sie immer erfolgloser zu ver-

drängen versuchte, bemächtigte sich ihrer. Als er leise rief: „Leevke, bitte warte", blieb sie schweratmend vor der geschlossenen Kinderzimmertür stehen. Drehte sich ihm langsam zu. Er blieb so dicht vor ihr stehen, dass sie den schnellen Schlag seines Pulses am Hals sehen konnte. Wie hypnotisiert starrte sie darauf. Denn auf die Stelle hatte sie damals, nachdem sie sich geliebt hatten, immer ihre Finger gelegt. Sich ihm dann so nahe gefühlt, als hätten sie einen gemeinsamen Herzschlag. Als ihre Blicke sich nun trafen, erfasste sie ein Gefühl der Schwäche. Halt suchend lehnte sie sich an ihn. Er schlang einen Arm um sie, während sie sich in die Augen sahen. Wie unter Zwang näherte er sich ihren Lippen. Wollte sie küssen, schmecken, spüren, wie sie sich unter seinem Kuss öffneten. Mit seinen verschmolzen. Er sehnte sich so sehr nach ihr, dass es weh tat. Bevor er sie erreichte, wurde plötzlich die Tür des Kinderzimmers geöffnet. Erschrocken zuckten sie zusammen. Doch nicht Finja, sondern Sven sah sie an. Registrierte den Ausdruck in Leevkes Augen und Hennings Arm, der sie hielt. Und obwohl der Anblick seine Befürchtungen bestätigte und seine Hoffnungen zerstörte, sagte er ruhig: „Hallo, Henning. Auch wieder im Lande?" Während er dem Nebenbuhler die Hand reichte, schlüpfte Leevke beschämt und mit gesenktem Blick an ihm vorbei ins Zimmer.
Die Kinder saßen auf dem Fußboden und spielten mit Barbiepuppen. Zwei besaß Finja davon. Einen Ken und eine Barbie mit langem blonden Haar und einem rosafarbenem silberdurchwirkten Kleid mit Spaghettiträgern. Finja liebte das Kleid und sagte nun: „Mama, wenn Du Sven heiratest, musst Du auch sowas tragen." Leevke lächelte verkrampft, den Blicken der beiden Männer ausweichend. Doch Finja plante fröhlich weiter. „Aber heute heiraten erst einmal Ken und Barbie." Zusammen mit Tido hatte sie einen kleinen Altar aus großen Legosteinen gebaut und die Puppen davorgestellt. Zu Leevke gewandt, fragte sie nun: „Willst Du der Pastor sein?" Ihre Mutter schüttelte den Kopf. Räusperte sich und antwortete mit rauer Stimme: „Ein anderes Mal gerne, aber jetzt müsst ihr erst einmal mit dem Spielen aufhören. Du hast Besuch." Begeistert sprang Finja mit den Worten: „Papa!", auf. Er ging in die Hocke. Zog sie an sich und erklärte dabei: „Christoph musste nach Hause und so bin ich mitgefahren." Und sich zu Leevke drehend, fuhr er fort: „Ich soll übrigens die beiden auf meinem Heimweg vorbeibringen. Christoph musste

noch einkaufen." Schon begann Tido seine Jacke anzuziehen und stand wenig später wartend an der Tür. Er wollte zu seinem Vater und wissen, wie es Inga ging. Sven trat langsam zu ihnen. Fragte interessiert: „Bleibst Du länger?" Henning schüttelte bedauernd den Kopf. „Nur bis Montag früh. Inga kann morgen wieder nach Hause. Sie muss sich aber schonen und darf nicht mehr arbeiten gehen." Er wandte sich Leevke zu, bemühte Neutralität im Blick, bevor er hinzufügte: „Christoph wird sich noch bei Dir melden." Als sie nickte, brachte er sein eigentliches Anliegen vor: „Ich wollte Dich fragen, da ich ja nun schon mal hier bin, ob ich Finja morgen abholen darf. Meine Eltern würden sich sehr freuen, sie kennenzulernen. Ich habe ihnen schon so viel von ihr erzählt." Finja war sofort damit einverstanden: „Bitte, bitte, Mami!", bat sie: „Ich möchte so gerne mit." Leevke wusste, dass sie die Situation nur unnötig erschwerte, wenn sie dagegen war. „Also, gut", antwortete sie: „Papa kann Dich morgen Nachmittag abholen."

Am nächsten Tag packte sie den Übernachtungsrucksack für ihre Tochter. Finja war sehr aufgeregt. Rief, voll freudiger Erwartung: „Ich hab ja jetzt noch einen Opa und noch eine Oma. Die haben einen Bauernhof. Mit ganz vielen Tieren. Auch Pferde haben sie. Da darf ich drauf reiten." Als Henning sie abholte, schärfte Leevke ihm ein, gut auf ihre Tochter aufzupassen. „Setz sie bloß nicht allein auf ein Pferd. Sie hat noch nie auf einem gesessen." Er beruhigte sie: „Mach Dir keine Sorgen. Ich werde an ihrer Seite sein." Sven war aus der Küche gekommen, um Finja ebenfalls zu verabschieden. Gemeinsam winkten sie Vater und Tochter nach, die Hand in Hand davon gingen. Leevke malte sich aus, wie er jetzt ihr Kind seinen Eltern und vielleicht sogar seiner Partnerin vorstellte, denn sie konnte sich nicht denken, dass er solo war. Woraufhin alle glücklich waren. Ohne sie. Ihr Gesicht trug bei dieser Vorstellung einen Ausdruck, der Sven erneut bewusst machte, was er seit Beginn ihrer Beziehung nicht hatte sehen wollen. Nämlich, dass etwas zwischen ihnen stand.

Als sie die Tür schloss und betont fröhlich, doch mit Tränen in den Augen, fragte: „Und was machen wir mit dem freien Abend?", zog er sie an sich. Umschlang sie so fest mit seinen Armen, dass es ihr weh tat. Sie barg ihr Gesicht an seiner Schulter, schluckte die Tränen herunter, während er sanft und noch nicht bereit zu verzichten, vorschlug: „Wir beide könnten doch den freien Abend für uns nutzen. Essen gehen und anschließend ins Kino in die Spätvorstellung." Leevke stimmte erleichtert zu. So würde sie abgelenkt sein und nicht immer darüber nachdenken müssen, warum sie erlaubt hatte, dass Henning ihre Tochter einfach mitnahm. Zu Menschen, die sie nicht einmal kannte. Aber dann sagte sie sich, dass er der Vater ihrer Tochter war und seine Eltern Finjas Großeltern.

Sven ging mit ihr in die Pizzeria, in der sie bei ihrer ersten Verabredung gegessen hatten. Doch Leevke konnte sich nicht auf ihn konzentrieren. Immer wieder glitten ihre Gedanken zu ihrer Tochter und Henning. Sven bemühte sich den ganzen Abend, sie zu unterhalten, konnte ihr jedoch kein Lächeln abgewinnen. Im Kino wollte er sie küssen, aber sie drehte ihren Kopf zur Seite. Verwies dabei auf die spannenden Szenen im Film, die sie unbedingt mitbekommen wollte. Später zu Hause wollte er unbedingt mit ihr schlafen. Wollte ihr beweisen, dass er der Mann war, der zu ihr gehörte. Und obwohl er sonst immer rücksichtsvoll und zärtlich beim Liebesspiel gewesen war, überkam ihn nun Verzweiflung. Er hatte Leevkes Gesichtsausdruck vor Augen, mit dem sie Henning am Tag zuvor im Flur angesehen hatte. So hatte sie ihn noch nie angesehen. So voller Hingabe, Verlangen und Liebe. Schon im Wohnzimmer versuchte er ihre Bluse aufzuknöpfen. Ihr den Rock von den Hüften zu ziehen. Doch sie hielt seine Hände fest. „Nicht hier. Lass uns ins Bett gehen." Aber er wollte sie plötzlich auf dem Teppich lieben. „Warum nicht hier?", fragte er erregt, sie mit sanfter Gewalt zu Boden drückend. Doch sie wehrte sich. Hatte plötzlich den Abend vor Augen, an dem Henning sie nach Hause gebracht und geküsst hatte. Hätte es nicht ertragen sich im selben Raum von Sven nehmen zu lassen. Dieser ließ plötzlich von ihr ab. Fragte, noch immer hoffend, dass er sich irrte: „Was hast Du? Was ist los mit Dir? Nicht erst seit heute bist Du so verändert."

Leevke richtete sich auf. Zupfte ihre Kleidung zurecht und meinte ausweichend: „Nichts, mir ist nur ein wenig schwindelig." Sie sah an seinem Blick, dass er ihr nicht glaubte. Bevor sie nach einer glaubwürdigeren Ausrede suchen konnte, bat er sie mit belegter Stimme sich zu setzen. „Wir müssen miteinander reden."

Er hatte dieses Gespräch vor sich hergeschoben. Hatte Angst vor den Antworten, die er bekommen würde. Doch nachdem er sich die letzten Nächte schlaflos herumgewälzt hatte, wollte er sich der Wahrheit stellen. Er musste endlich wissen, was in Leevkes Kopf vor sich ging. Musste erfahren, was er in Zukunft für eine Rolle spielen sollte. Während sie sich aufs Sofa setzte, fragte er ruhig: „Möchtest Du ein Glas Wein?" Als sie stumm nickte, öffnete er eine Flasche. Schenkte ihnen ein. Setzte sich Leevke gegenüber in einen Sessel und fragte ohne weitere Einleitung: „Was ist los mit Dir?"

Leevke wich aus: „Nichts! Alles ist gut." Sven nahm einen Schluck von seinem Wein. Stellte das Glas zurück auf den Tisch und lehnte sich in den Sessel zurück. Sein Blick glitt so intensiv über ihr Gesicht, als habe er zum letzten Mal die Gelegenheit dazu, bevor er fragte: „Willst Du mich heiraten?" Sie griff hastig zu ihrem Glas. Nahm einen langen Schluck. Suchte fast panisch nach einer Antwort. Ihr fiel keine ein. Sven seufzte leise, bevor er sagte: „Keine Antwort ist auch eine Antwort. Ich liebe Dich, Leevke, aber ich spüre, dass Du nicht ehrlich zu mir bist." Sie fühlte sich von seinen Worten angegriffen. Fügte mit weit aufgerissenen Augen zu ihrer Verteidigung an: „Nur, weil ich gerade nicht mit Dir schlafen wollte? Aber mir ist wirklich nicht gut." Sven lächelte wehmütig. „Es geht nicht um heute Abend. Ich wusste von Anfang an, dass etwas zwischen uns steht. Du warst nie ganz bei mir. Ich habe versucht es zu ignorieren, weil ich Dich liebe. Aber das kann ich nicht mehr, denn ich kenne jetzt den Grund. Es ist Henning, der zwischen uns steht. Ich weiß zwar nicht, warum Ihr Euch damals getrennt habt, aber ..." Er trank sein Glas aus. Erhob sich und fügte mit mühsam beherrschter Stimme hinzu: „Aber ich mache mir etwas vor, wenn ich mir einbilde, dass Du mich jemals so ansehen wirst wie ihn." Entsetzt sprang sie auf. Wollte sagen, dass er sich irrte, dass sie Henning nicht mehr ... Als er die Hand hob und sagte: „Ich will nicht nur der Zweitvater für Finja sein. Ich will auch Dich. Ganz. Sei endlich Dir und den Menschen, die Dich lieben, gegenüber ehrlich und kläre Deine Vergangenheit. Vielleicht", er zögerte, bevor er leise, mit einem Rest Hoffnung hinzusetzte: „vielleicht stellst Du ja dann fest, dass nur die Vergangenheit und die Tatsache, dass er Finjas leiblicher Vater ist, Dich an ihn bindet. Denn Du darfst nicht vergessen, dass Ihr beide Euch weiterentwickelt habt."

Leevke hatte ihm voller Anspannung zugehört und ließ sich, als er verstummte, erschöpft in ihren Sessel zurückfallen. Schloss einen Moment die Augen, bevor sie stammelnd einen letzten schwachen Versuch machte, ihm das Gegenteil zu beweisen. „Aber ... Aber ... Aber zwischen ihm und mir ist es doch schon lange vorbei." Sven warf ihr einen schnellen Blick zu. Wollte ihr so gerne glauben. Doch dann sah er wieder die Szene im Flur vor sich. Die Sehnsucht, mit der sie Henning angesehen hatte. Trotzdem war die Versuchung groß, ihr zu glauben. Gerade wollte er Hoffnung schöpfen, als sie hinzufügte: „Außerdem will er mich gar nicht mehr." Da stieß er den angehaltenen Atem aus. Setzte sich zu ihr. Nahm ihre Hand und sagte mit einem versteinerten Lächeln: „Siehst Du? Genau das meine ich. Ich will kein Ersatz sein für etwas, das Du nicht haben kannst. Und ich will auch nicht, dass Du nur bei mir bleibst, weil ich Dich liebe. Das wäre Mitleid und hätte keine Zukunft. Aber was Henning betrifft: Ich habe die Befürchtung, dass es zwischen Euch nie vorbei sein wird." Er ließ ihre Hand los und wenig später hörte sie die Tür ins Schloss fallen.

23. KAPITEL

Seit Inga nicht mehr arbeiten gehen durfte und sich schonen musste, nahm Leevke Kati morgens mit in den Kinderhort und brachte sie am Mittag zu ihr zurück. Darüber hinaus hatte sie Christoph versprochen, sich während seiner Abwesenheit um Inga zu kümmern. Die hatte sich inzwischen damit abgefunden, die Zeit bis zur Entbindung zu Hause bleiben zu müssen. Einerseits genoss sie diesen Umstand, doch andererseits machte sie sich Sorgen um die Zukunft. Fragte sich, ob sie nicht besser hätte aufpassen können, um eine Schwangerschaft zu verhindern. Etwas beruhigt war sie jedoch, als nach sechs Wochen der Bescheid über das Krankengeld höher ausfiel als erwartet. Christophs Mutter hatte sie zu Anfang für verrückt erklärt, weil sie in so einer unsicheren Zeit ein drittes Kind in die Welt setzen wollten. Sich später dafür entschuldigt und ihre Hilfe angeboten. Inga jedoch war froh, dass sie in Leevke eine Freundin hatte, die ihr zur Seite stand.

Christoph und Henning hatten den Termin für ihre mündlichen Prüfungen erhalten. Die vorlesungsfreie Zeit nutzten sie zum Lernen und um sich intensiver auf die Arbeitssuche zu machen. Ohne dass Inga es erfuhr, stellte Christoph sich von Hannover aus bei verschiedenen Firmen vor. Doch ohne Erfolg. Auch Henning setzte sich unter Druck. Bewarb sich ebenfalls bei allen großen Firmen an der ostfriesischen Küste und darüber hinaus, die Verwendung für Maschinenbauingenieure haben könnten. Christoph war in seiner Verzweiflung sogar bereit, sich als Ingenieur auf einem Schiff anheuern zu lassen. Doch davon hielt Henning ihn ab. „Das kannst Du nicht tun. Inga braucht Dich jetzt. Wir finden schon Arbeit. Mach Dich nicht verrückt." Christoph raufte sich die blonden Haare. Stöhnte: „Du bist ja ein Optimist. In einer Zeit in der immer mehr Firmen schließen, sollen gerade wir beiden Neulinge einen Job bekommen? Und das auch noch möglichst hier an der Küste? Außerdem bin ich fast sechsunddreißig. Die nehmen doch lieber Jüngere." Doch Henning glaubte fest daran. Genauso fest, wie er an eine gemeinsame Zukunft mit Leevke glaubte. Auch wenn sie mit einem anderen zusammen war. Er sagte sich, dass die Zeit kommen würde, in der er sie wieder in die Arme schließen durfte. Zu Christoph sagte er: „Du wirst sehen. Alles kommt in Ordnung, wenn die Zeit da ist."

Eine Woche später kamen sie aus der Uni. Die mündlichen Prüfungen lagen hinter ihnen. Sie hatten sie bestanden. Waren mit den Ergebnissen zufrieden und hofften, mit ihrem guten Abschluss Arbeit zu bekommen. Am nächsten Morgen wollten sie nach Hause fahren. Erst später würden sie zur Diplomübergabe noch einmal herkommen. Während sie nun über das Hochschulgelände zum Studentenwohnheim liefen, um sich eine Tasse Kaffee zu machen, sahen sie besorgt zum Himmel hinauf. Dunkle Wolken jagten darüber hin. Im Radio hatte es eine Sturmwarnung für die ostfriesische Küste gegeben. Auch Schnee war gemeldet. Nun hofften sie, bevor das Wetter umschlug zu Hause zu sein. Ihre Zimmer im Wohnheim waren zum nächsten Ersten schon anderweitig vermietet. Und auch, wenn sie noch nicht wussten, wo sie beruflich Fuß fassen würden, sahen sie optimistisch in die Zukunft.

Leevke hatte Svens Rückzug bisher vor den Freunden verschwiegen. Finja, die sich zu ihrer Erleichterung recht schnell mit der veränderten Situation abgefunden hatte, verriet es. Zwar hatte sie sehr besorgt gefragt, ob Sven denn nun traurig wäre, weil er nicht ihr Vater werden sollte. Aber Leevke hatte sie beruhigt und gesagt, dass Sven sie bestimmt weiterhin lieb hätte. Inga erfuhr eines Nachmittags von ihrer Trennung. Auf ihre Frage: „Wie geht es denn eigentlich Sven? Ihr sprecht ja gar nicht mehr von ihm", antwortete die Kleine, bevor Leevke es verhindern konnte: „Sven kommt nicht mehr zu uns. Mama und er haben sich getrennt." Sie hatte die Schultern gezuckt und altklug hinzugefügt: „Mama hat ihn nicht so lieb, wie er sie." Bevor Leevke auf Ingas erstauntes: „Ach, wirklich?", reagierte, schickte sie ihre vorlaute Tochter in Tidos Zimmer zum Spielen. Ziemlich verlegen erzählte sie dann: „Tut mir leid, dass Du es auf diese Weise erfährst, aber Sven hat sich tatsächlich von mir getrennt." In ihrer direkten Art fragte Inga sofort: „Wegen Henning?" Leevke gab Zucker in ihren Kaffee, rührte ihn um und antwortete leise: „Ja. Er glaubt, dass Henning zwischen uns steht." Inga betrachtete sie. Sagte dann: „Das ist durchaus möglich. Zumindest könnt Ihr die Spannung, die zwischen Euch besteht, nicht leugnen. Wenn ich das gespürt habe, wird es Sven, der Dich liebt, erst recht gespürt haben." Leevke wurde verlegen: „Das hast Du bemerkt?"

Inga nickte. „Ja, sonst wäre mir der Gedanke, dass Ihr Euch schon länger kennt, sicher nicht gekommen. Allein wie Ihr Euch anseht oder bewusst ausweicht." Leevke sah in ihren Becher. Doch außer einer Spur Kaffeesatz, der nicht einmal ausreichte, um aus ihm die Zukunft zu lesen, fand sie nichts darin. Sie hielt Inga den Becher zum Nachfüllen hin, bevor sie fragte: „Aber er hat doch eine Beziehung." Inga krauste die Stirn. Fragte erstaunt: „Henning? Nein, soviel ich weiß, ist er allein. Aber wenn Du es genau wissen willst, solltest Du ihn fragen." Leevke nickte langsam. Henning war allein? Wo war Juline? Hatte er sich von ihr getrennt? Inga betrachtete sie nachdenklich, bevor sie trocken sagte: „Vielleicht solltet Ihr endlich mal miteinander reden."

24. Kapitel

Christoph saß auf dem Flur der Arbeitsagentur. Er musste sich nach seiner Zeit als Student arbeitssuchend melden. Henning hatte das schon hinter sich. Ziemlich frustriert erzählt, dass es sehr schwer werden würde, über die Agentur Arbeit zu bekommen. Sie würden sich gedulden müssen, bis sie Antworten auf ihre Bewerbungen erhielten. Christoph hatte schon aus lauter Verzweiflung in Emden, in seinem ehemaligen Ausbildungsbetrieb, nach Arbeit gefragt. War bereit, erst einmal wieder als Maschinenbauer zu arbeiten. Hauptsache war ja, dass er endlich Geld ins Haus brachte. Doch auch sein damaliger Chef musste ihm eine Absage erteilen: „Miese Auftragslage. Wir kämpfen selber ums Überleben. Du wirst Dir wohl außerhalb Ostfrieslands etwas suchen müssen. In München oder am besten noch weiter weg. Aber", hatte er nach einem Moment in Christophs enttäuschtes Gesicht hinzugefügt: „wenn ich doch jemanden brauche, melde ich mich bei Dir."

Daran musste er nun denken und dieser Gedanke war alles andere als tröstlich. Als seine Nummer endlich auf dem Display der Anzeige erschien, erhob er sich hastig von dem roten Kunststoffsitz des Stuhls und betrat das Büro des Sachbearbeiters. Dieser sah ihm aufmerksam entgegen. „Moin, Herr Meyer. Was kann ich für Sie tun?" Christoph warf einen Blick auf das Namensschild, das auf dem Schreibtisch stand und antwortete: „Moin, Herr Sanders. Ich hab mein Studium beendet und möchte mich arbeitsuchend melden." Während der Mann alles das, was Christoph ihm erzählte, in seinen Computer eingab, wurde sein Gesicht ernst. „Sie wollen tatsächlich in Ostfriesland als Ingenieur Arbeit finden?" „Ja, das will ich." Ein mitleidiger Blick traf ihn, bevor Herr Sanders sagte: „Na, dann viel Erfolg. Ich habe im Moment nichts Passendes für Sie." Und schon stand Christoph mit einem Antrag auf finanzielle Unterstützung wieder draußen auf dem Flur.

Als die beiden Freunde sich am Nachmittag bei Christoph trafen, waren ihre Erwartungen kräftig geschrumpft. „Hast Du schon etwas auf Deine Bewerbungen gehört?" Henning schüttelte den Kopf.

„Nein, noch nicht. Du denn?" „Nein, auch nicht. Aber wahrscheinlich müssen wir etwas mehr Geduld haben." Henning streckte sich
und meinte optimistischer als er sich fühlte: „Wir dürfen die Hoffnung nicht aufgeben" Wenig später kam Inga herein. Sie hatte mit
Kati einen Spaziergang gemacht und freute sich nun auf eine Tasse
Tee. Den konnte sie wieder vertragen. Sie trug ihren riesigen Bauch
vor sich her und sehnte das Ende ihrer Schwangerschaft herbei.
„Hallo, Ihr zwei", sagte sie leise schnaufend, „möchtet Ihr mit mir
Tee trinken? Ich habe auch Kuchen gebacken."
Denn seit sie nicht mehr arbeiten ging, hatte sie ihre Freude an haus-
fraulichen Tätigkeiten entdeckt. Die Wohnung blitzte und fast jeden
Nachmittag stand ein anderer Kuchen auf dem Tisch, da sie
sämtliche Rezepte, die sie im Laufe der Jahre gesammelt hatte, nun
ausprobierte. Brot backte und neulich sogar Marmelade eingemacht
hatte. Christoph sah ihre Ambitionen mit Erstaunen und gemischten
Gefühlen. War sie doch sonst eher der Typ berufstätige Mutter gewesen, die zu Hause schon mal über etwas hinwegsah. Er vermutete
aber auch, dass ihre Aktivität sie von der Angst vor der Zukunft
ablenken sollte. Während sie sich wenig später ihren Tee und den
leckeren Apfelkuchen schmecken ließen, erzählte Henning von dem
Wochenende mit seiner Tochter: „Wir waren bei meinen Eltern auf
dem Hof. Finja ist geritten und fühlte sich dort richtig wohl. Wir
haben im Stall im Heu geschlafen. Das fand sie toll." Er lächelte
zufrieden. Fuhr dann fort: „Ich finde es so schön, dass wir uns immer besser kennenlernen. Aber trotzdem mache ich mir dauernd Sorgen, ob ich alles richtig mache. In der Erziehung möchte ich
unbedingt mit Leevke an einem Strang ziehen. Schließlich ist sie
jahrelang mit Finja allein gewesen. Und darauf muss ich Rücksicht
nehmen." Er sah die Freunde interessiert an, bevor er fortfuhr: „Wie
ist das denn eigentlich bei Euch? Wer hat da das letzte Wort oder
besser gesagt, auf wen hören die Kinder mehr?" Christoph leerte
seine Tasse, stellte sie bedächtig auf die Untertasse zurück und
antwortete langsam: „Auf wen sie mehr hören?" Er warf Inga einen
leicht fragenden Blick zu, den sie mit einem schelmischen Lächeln
erwiderte, bevor sie sagte: „Eigentlich auf mich. Schließlich bin ich
ja die letzten Jahre immer da gewesen. Trotzdem fragt Tido
Christoph oft um Rat. So bestimmte Sachen, bei denen er mich für
nicht kompetent genug hält." Christoph grinste zustimmend: „Du

154

meinst, wenn es um Fußball oder Boxen geht." Inga nickte: „Ja, das auch, aber generell finde ich, dass man die Vaterrolle nicht unterschätzen sollte." Christoph beugte sich vor, küsste Inga leicht auf den Mund. Verschränkte seine Hand mit ihrer, die auf ihrem Bauch lag. Als sie einen liebevollen Blick tauschten, wünschte Henning sich, die Verbundenheit, die die beiden ausstrahlten, wieder mit Leevke zu spüren. So wie damals auf Langeoog, wo alles begonnen hatte. Von Anfang an hatte ein Blick zwischen ihnen genügt, um zu wissen, was der andere dachte. Einer von ihnen hatte es dann ausgesprochen und es war meistens zutreffend gewesen. Auch ihre Grundeinstellung zum Leben war gleich. Bodenständig, heimatverbunden, mit dem Ziel, eines Tages eine Familie und ein festes Einkommen zu haben und in Frieden zu leben. Ohne großartigen Luxus wie Reisen oder teure Autos, der vielen anderen Menschen inzwischen wichtiger als eine intakte Familie war.

Inga spürte seinen Blick und meinte leise: „Ich glaube, Du machst alles richtig. Und wenn nicht", fügte sie mit einem Augenzwinkern hinzu, „wird Leevke es Dir bestimmt mitteilen." Auch Henning musste lächeln. Meinte aber dann wieder ernst werdend: „Ja, das hoffe ich. Schließlich haben wir viel nachzuholen." Er sagte nicht, ob er Leevke oder Finja oder beide damit meinte. Doch Inga lauschte zwischen den Worten und brachte das Gespräch auf Leevke. „Weißt Du eigentlich, dass sie nicht mehr mit Sven zusammen ist?" Henning klang ehrlich erstaunt, als er sagte: „Nein, das wusste ich nicht." Denn weder Finja hatte etwas erzählt noch Leevke sich etwas anmerken lassen, als er seine Tochter am letzten Wochenende abgeholt hatte. Nun warf die Nachricht, dass seine große Liebe wieder allein war, ein anderes Bild auf ihre Beziehung. Gab ihm die Hoffnung, dass doch noch nicht alles verloren war. Inga beobachtete ihn. Sein Gesicht war wie ein offenes Buch. Sie konnte lesen, dass ihn diese Nachricht berührte und so fuhr sie, die Gelegenheit nutzend, fort: „Aber warum, weiß ich nicht. Das muss sie Dir schon selbst erzählen."

25. Kapitel

Am folgenden Wochenende hatte Henning keine Zeit für seine Tochter. Das war für Leevke, die langsam wieder Vertrauen zu ihm entwickelte, der Anlass zu dem Gedanken, dass er schon das Interesse an seiner Vaterrolle zu verlieren begann. Aber als er bedauernd erklärte: „Es tut mir sehr leid, aber ich muss meinem Vater beim Pflügen helfen", schämte sie sich für ihre Unterstellung. Mit einem Lächeln fügte er hinzu: „Sie könnte zwar mitkommen, aber sie würde sich langweilen, weil ich die ganze Zeit auf dem Traktor sitze."

Sie betrachtete ihn aufmerksam. Eigentlich hatte sie geglaubt, ihn zu kennen. Aber es waren so viele Jahre vergangen und ihr wurde plötzlich klar, dass er all die Jahre ein Leben geführt hatte, von dem sie nichts wusste. Finja fand es nicht so dramatisch, dass ihr Vater keine Zeit für sie hatte. Sie beschloss spontan, mal wieder bei ihren Großeltern in Greetsiel zu übernachten. Da Leevke den Wochenenddienst ihrer Kollegin übernommen hatte, kam auch ihr diese Lösung sehr gelegen. Während sie am Freitagabend mit Finja nach Greetsiel fuhr, überlegte sie, wie sie ihren Eltern die Trennung von Sven am einfachsten erklären konnte.

In Greetsiel angekommen machte Finja sich auf die Suche nach ihrem Großvater, der im Garten Holz hackte. Leevke half ihrer Mutter beim Vorbereiten des Abendbrots. Nachdem Jade sich wie immer nach Sven und der geplanten Hochzeit erkundigt hatte, antwortete Leevke ungeschönt: „Es gibt keine Hochzeit. Wir haben uns getrennt." Jade hoffte sich verhört zu haben. „Was hast Du gesagt?" Leevke wiederholte ihre Worte: „Es gibt keine Hochzeit. Tut mir leid." Jade ließ sich zutiefst enttäuscht auf einen Stuhl sinken. „Aber Kind! Wie kannst Du in Deinem Alter so einen Mann laufen lassen? Du tust gerade so, als wäre die Straße mit potenziellen Ehemännern gepflastert. Oder", wandte sie mit kritisch gerunzelter Stirn ein: „bist Du wieder mit Henning zusammen?" „Nein, Mama, das bin ich nicht. Die Trennung ging von Sven aus. Er hat eine Frau verdient, die ihn genauso liebt wie er sie und das konnte ich ihm nicht geben."

Beim Abendessen erfuhr auch Ole von der veränderten Lage. Während er sich die Mahlzeit, im Gegensatz zu seiner Frau, der der Appetit vergangen war, schmecken ließ, war er keineswegs empört, sondern erleichtert. Denn er hatte befürchtet, dass seine Tochter nur Finja und seiner Frau zuliebe eine Ehe eingehen wollte.

Als Leevke am Samstagmittag ins Hotel kam, war auch Sven dort. Zu ihrer großen Erleichterung war er noch genauso freundlich zu ihr wie vor ihrer Beziehung. Sie ahnte zwar nicht einmal, wie viel Kraft ihn das kostete, war ihm aber dafür dankbar. Auch jetzt nickte sie ihm lächelnd zu und ging an ihre Arbeit. Am Abend kam sie in ihre leere Wohnung zurück. Normalerweise hasste sie es, wenn Finja nicht bei ihr war, doch heute genoss sie das Gefühl, mal wieder ganz allein zu sein. Sie ließ sich ein Bad ein und verbrachte eine halbe Stunde in der Wanne. Dann schlüpfte sie in eine bequeme Hose und eine weit ausgeschnittene, locker fallende Bluse. Empfand es als angenehm, sich ungestylt auf ihrem Sofa lümmeln zu können. Denn für Sven hatte sie sich auch zu Hause immer hübsch gekleidet und zurechtgemacht. Zum ersten Mal dachte sie darüber nach, ob ihm das überhaupt wichtig gewesen war. Dazu geäußert hatte er sich nie, sondern sie immer nur bewundernd angesehen. Im Nachhinein war sie ihm fast dankbar, dass er sich von ihr getrennt hatte. So musste sie kein schlechtes Gewissen mehr ihm gegenüber haben, weil sie seine Gefühle nicht im gleichen Maß erwidern konnte. Dass er aber noch hoffte, sie würde sich doch für ihn entscheiden, spürte sie an seinen Blicken. Ebenso wusste sie, dass er nur darauf wartete, dass sie ihm eröffnete, wieder mit Henning zusammen zu sein. Während sie eine Flasche Wein öffnete und den Fernseher einschaltete, in dem der Film „Stolz und Vorurteil" lief, nahm sie sich vor, an diesem Abend beide Männer aus ihren Gedanken zu verbannen. Aber das war nicht so einfach. Denn die beiden jungen Menschen in der Handlung, die durch ihren Stolz und die vorhandenen Vorurteile nicht zueinander finden konnten, erinnerten sie stark an Henning und sich. Leevke fragte sich erneut, was sie daran hinderte, zu Henning zu gehen und ihn endlich zur Rede zu stellen. War es Stolz? Oder das Vorurteil, dass, wer einmal enttäuscht hatte, wieder enttäuschen würde? Diese Gedanken beschäftigten sie so sehr, dass sie das Läuten an ihrer Tür fast überhört hätte. Sich fragend, wer zu dieser späten Stunde noch etwas von ihr wollte, sprang sie auf. Öffnete die Tür und presste nach dem ersten Überraschungsmoment mit heftig klopfendem Herzen hervor: „Was machst Du denn hier?" Henning betrachtete unverhohlen ihren lockeren Aufzug. Stellte fest, dass sie sich in der Beziehung nicht geändert hatte. Auch damals bevorzugte sie saloppe Freizeitbekleidung. „Ich wollte Finja eine Kleinigkeit vorbeibringen. Als Entschädigung dafür, dass ich heute keine Zeit für sie hatte." Leevke sah verlegen auf ihre Füße, die in Wollsocken steckten. Fuhr sich ordnend über das vom Bad noch feuchte Haar. Zog das Hemd über ihrer Brust zusammen. Sah zu ihm auf und sagte: „Finja schläft bei meinen Eltern. Sie kommt erst morgen Abend zurück. Aber", sie nahm das Päckchen entgegen, das er ihr hinhielt und fügte hinzu: „danke. Das kannst Du ruhig hierlassen." Da er keine Anstalten machte zu gehen, fragte sie nach einem Moment, schließlich wollte sie nicht unhöflich erscheinen: „Oder möchtest Du kurz hereinkommen?" Als habe er nur darauf gewartet, trat er an ihr vorbei in die Diele. Sie schloss die Tür und ging ihm voraus ins Wohnzimmer zurück. Er sah sich suchend um, bevor er meinte: „Ist Sven nicht da?" Leevke zögerte, doch dann entschloss sie sich ehrlich zu sein. „Nein, ist er nicht. Wir haben uns getrennt." Henning ließ sich nicht anmerken, dass er das schon wusste. Meinte nun: „Oh." Ein: „Das tut mir leid!", verkniff er sich, denn das wäre gelogen. Sie ging nicht weiter darauf ein. Sondern zeigte auf die Flasche Wein: „Möchtest Du ein Glas?" Als er nickte, nahm sie ein weiteres Glas aus dem Schrank. Schenkte ihm ein und stellte es vor ihn auf den Tisch. Dann setzte sie sich wieder aufs Sofa. Breitete ihre Decke wie einen Schutzwall um sich herum. Sah ihn an und fragte, nur um etwas zu sagen: „Was macht die Arbeitssuche?"

Sein Gesicht verdunkelte sich und schon bereute sie, das Thema angeschnitten zu haben. Sie wusste schließlich von Inga, dass die Männer bisher erfolglos gewesen waren. Als er antwortete: „Es ist im Moment schwierig. Zumal wir ja hier bleiben möchten", sagte sie hastig: „Ja, ja, ich weiß. Für Inga ist der Gedanke, ihr geliebtes Ostfriesland verlassen zu müssen, ja auch der reinste Horror. Aber andererseits muss man dorthin gehen, wo Arbeit ist." Nun lächelte er. Meinte dann mit leicht ironischem, doch liebevollen Unterton: „Das sagst gerade Du? Ich kann mich gut erinnern, dass Du damals einen

Umzug von der Küste ins Landesinnere weit von Dir geschoben hast."

Seine Worte entlockten auch ihr ein Lächeln und plötzlich schlug die Stimmung um. Über den Tisch hinweg sahen sie sich in die Augen, während die Vergangenheit sie in Besitz nahm. Beide dachten an ihre Tage und Nächte voller Zärtlichkeit und Leidenschaft. An die Gespräche, die sich um ihre gemeinsame Zukunft gedreht hatten. Um die Kinder, die sie gemeinsam großziehen wollten. Dessen Namen schon feststanden. Finja und Derk. Sie hatten sich nicht wieder trennen wollen. Nein, beide hatten sie an die ewige Liebe geglaubt. Doch das Leben hatte sie ihnen entrissen. Leevke wollte ihren Blick aus seinem lösen. Den Bann brechen, der sie gefangen hielt. Doch plötzlich wurde ihr bewusst, dass sie ganz allein waren. Niemand da war, der die Intimität der Situation hätte stören können. Auch Henning schien daran zu denken. Unter seinem Blick, in dem plötzlich Begehren aufloderte, wurde ihr heiß. Unbewusst schob sie die schützende Decke von sich. Wollte ihm entgegenkommen. Auch Henning erhob sich langsam, als das Telefon klingelte. Er ließ sich in den Sessel zurückfallen, während sie mit zitternder Hand zum Hörer griff und sich mit rauer Stimme meldete. Mit zusammengezogenen Augenbrauen lauschte und mit: „Danke! Bis gleich", den Hörer auf die Gabel zurücklegte. Dann wandte sie sich Henning zu. „Finja hat Halsschmerzen und Fieber und möchte nach Hause. Mein Vater bringt sie gleich." In sein besorgtes Gesicht fügte sie erklärend hinzu: „In der Schule geht Scharlach um. Ich hoffe nicht, dass sie sich angesteckt hat. Denn dann kann sie nicht in die Schule und ich hab ein Problem." „Wieso?" Und seine nächsten Worte ließen sie überrascht feststellen, dass er sehr gut über diese Dinge informiert war: „Für diese Fälle gibt es doch freie Tage von der Krankenkasse." „Ja, die gibt es. Aber für dieses Jahr habe ich sie schon verbraucht. Das bedeutet also, dass ich Urlaub nehmen muss, falls Finja länger krank ist. Und das wird mein Chef gar nicht gerne sehen. Ich glaube nämlich nicht, dass Okka die Verantwortung für ein krankes Kind übernehmen würde." Henning betrachtete sie mit schlechtem Gewissen. „Ich bedaure sehr, dass Du all die Jahre mit der Verantwortung für unser Kind allein gewesen bist. Ich möchte aber, dass Du meine Hilfe, und ich meine das Angebot sehr ernst, jetzt annimmst." Sie betrachtete ihn zögernd. Noch nicht ganz bereit, ihm wieder zu vertrauen. Doch dann beschloss sie, ihm eine Chance zu geben. „Okay. Wenn es Dir damit ernst ist, komme ich gern auf Dein Angebot zurück. Aber ich glaube, jetzt ist es besser, wenn Du gehst. Mein Vater könnte falsche Schlüsse ziehen, wenn er uns hier zusammen sieht." Sofort stand er auf, obwohl es ihm nichts ausgemacht hätte, von Ole hier angetroffen zu werden. Er verabschiedete sich mit den Worten: „Bitte grüß Finja und sag ihr, dass ich morgen vorbeikomme." Sie begleitete ihn zur Tür. „Danke, das werde ich ausrichten." Einen Moment standen sie unschlüssig voreinander. Dann seufzte er bedauernd. Drehte sich herum und ging davon.

Am nächsten Morgen war bei Finja zu dem Fieber und den Halsschmerzen Ausschlag hinzugekommen. Alles deutete auf Scharlach hin. Doch um ganz sicher zu sein, rief Leevke den sonntäglichen Notdienst, der ihren Verdacht bestätigte. „Ja, das ist Scharlach. Viele Kinder hat es dieses Jahr schon erwischt. Sie kann erst wieder in die Schule gehen, wenn der Ausschlag komplett abgeklungen ist. Sollte es Komplikationen geben, gehen Sie bitte zu Ihrem Kinderarzt." Er verschrieb ein Antibiotikum und Puder gegen den Ausschlag. Sie machte Finja Wadenwickel gegen das Fieber und sich Gedanken, wie sie die nächsten Tage überbrücken sollten.
Okka wollte, wie Leevke schon vermutet hatte, die Verantwortung für ein krankes Kind nicht übernehmen. „Das kann ich nicht", wehrte sie entsetzt ab. „Ich habe viel zu viel Angst, dass ich etwas übersehe und ihr etwas passiert." Das konnte Leevke verstehen, denn es war schon ein Unterschied, ob man auf ein schlafendes gesundes Kind achtgab oder die Verantwortung für ein hoch fieberndes übernahm.
Okkas Ablehnung hatte noch einen anderen Grund. Eigentlich zwei. Denn sie war erstens der Ansicht, dass Leevke nach ihrer Trennung von Sven endlich Henning eine Chance geben sollte. Sie hatte auf den ersten Blick gesehen und gespürt, dass die beiden mehr verband als das gemeinsame Kind. Und der zweite Grund war, dass er, indem er die Pflege für Finja übernahm, Leevke beweisen konnte, dass er in der Lage war, verantwortungsbewusst zu handeln.
So hatte sie nach einer wirkungsvollen Pause hinzugefügt: „Vielleicht könnte Henning das übernehmen? Schließlich hat er ja noch frei."

Leevke versprach darüber nachzudenken und kam zu dem Schluss, dass ihr keine andere Wahl blieb. Als Henning am Nachmittag kam, um seine Tochter zu besuchen, war seine erste Frage: „Wie hast Du das denn ab morgen vor? Willst Du Urlaub beantragen oder mein Angebot, während Deiner Abwesenheit auf Finja zu achten, annehmen?" Während Finja sofort mit krächzender Stimme verkündete: „Papa soll bei mir bleiben", nickte Leevke zustimmend. Es fiel ihr zwar schwer, die Verantwortung für ihr krankes Kind abzugeben, doch dann sagte sie sich, dass Henning als Vater in derselben Verantwortung stand.

Während er am Montagmorgen Finjas Pflege übernahm, fuhr Leevke nach einer weiteren durchwachten Nacht, in der Finja über Fieber und Halsschmerzen geklagt hatte, hin- und hergerissen zur Arbeit. Würde Henning die Aufgabe meistern? Schließlich hatte er mit Kindern keine Erfahrung. Im Hotel versuchte sie, nicht an zu Hause zu denken. Als Sven zu ihr an die Rezeption kam, lächelte sie ihm automatisch, aber recht verkrampft zu. Doch da er sie liebte, spürte er, dass es ihr nicht gut ging. „Was ist los? Hast Du Sorgen?" „Ja, Finja ist krank." Erstaunt krauste er die Stirn. „Und dann bist Du hier?" Leevke zögerte, ihm zu erzählen, dass Henning bei ihr war. Aber dann fand sie es albern, ein Geheimnis daraus zu machen. „Ihr Vater ist bei ihr." Er sah ihr enttäuscht in die Augen. „Oh, dann bist Du also wieder mit ihm zusammen?" Leevke wehrte die Unterstellung ab, in dem sie heftig den Kopf schüttelte. „Nein, wir sind nicht zusammen. Aber er hat es mir angeboten, weil Okka sich mit einem kranken Kind überfordert fühlte." Und weil er immer noch so wissend guckte, fügte sie hinzu: „Schließlich ist er doch ihr Vater." Sven betrachtete sie nachdenklich. „Weißt Du, was ich glaube?" Als sie ihn fragend ansah, sagte er, als würde er es erst jetzt begreifen: „Du hast all die Jahre nur darauf gewartet, dass Henning zurückkommt. Er ist nicht nur der Vater Deines Kindes. Du liebst ihn und zögerst nur, ihn in Dein Leben zu lassen, weil Du Angst davor hast, dass er Dich wieder verlassen könnte." Sie öffnete den Mund. „Das stimmt nicht." Sven konnte ihre Ausflüchte nicht mehr hören. Er winkte genervt ab: „Hör doch endlich auf, Dir etwas vorzumachen. Ich kann es nicht mehr hören." Damit drehte er sich um und ging hastig davon.

Als Leevke am Mittag nach Hause kam, saß Henning an Finjas Bett. Ein Buch aufgeschlagen auf seinem Schoß. Er hatte ihr anscheinend eine Geschichte vorgelesen, wobei sie eingeschlafen war. Das Bett war frisch bezogen und sie trug einen anderen Nachtanzug als am Morgen. Auf dem Schränkchen neben ihrem Bett stand eine Schüssel mit Wasser. Darin befand sich ein Waschlappen. Henning war ihrem Blick gefolgt. „Ich habe ihr feuchte Umschläge gemacht, damit das Fieber sinkt." Wieder erstaunte sie seine Kenntnis in solchen Dingen. Henning schloss das Buch. Gab ihr ein Zeichen und zusammen verließen sie das Zimmer. In der Küche erzählte er ihr, wie es den Vormittag über gewesen war. „Sie hat ziemlich hohes Fieber. Aber", fügte er mit einem liebevollem Lächeln hinzu, „sie ist ein tapferes kleines Mädchen." In der Küche roch es nach Essen. Als Leevke schnuppernd die Nase hob, meinte er: „Ich habe den Eintopf warm gemacht, der noch im Kühlschrank stand. Ich hoffe, es ist Dir recht. Wenn Du möchtest, kannst Du gleich essen." Sie verkniff sich ein: „Das wäre doch nicht nötig gewesen", sagte stattdessen: „Aber nur, wenn Du auch etwas isst." Henning füllte zwei Teller. Setzte sich zu ihr an den Tisch und fragte: „Wie war es im Hotel? Hattest Du viel zu tun?" Sie erzählte von der Abreise und der Aufnahme neuer Gäste. Unterdrückte dabei ein Gähnen, worauf Henning besorgt meinte: „Du siehst müde aus. Leg Dich doch ein Weilchen hin. Ich bleibe solange hier."

Wenig später lag sie unter ihrer Decke auf der Couch im Wohnzimmer. Schlief sofort ein und wurde erst zwei Stunden später wieder wach. Sah erschrocken um sich. Sprang auf und lief ins Kinderzimmer. Finja schlief noch. Henning saß auf einem Stuhl neben ihr. Auch ihm waren die Augen zugefallen. Leevke blieb stehen. Betrachtete ihn. Und während sie ihn ansah, öffnete sich der Ring, den sie vor vielen Jahren zum Schutz um ihr Herz gelegt hatte, ein winziges Stück. Und als habe er es gespürt, schlug Henning die Augen auf und sah direkt durch den entstandenen Spalt in ihr Herz. Ertappt wandte sie ihren Blick ab. Fragte hastig: „Möchtest Du Kaffee?" Lächelnd nickte er.

Tido und Kati hatten sich ebenfalls mit Scharlach angesteckt. Inga hatte alle Hände voll damit zu tun, den Wünschen ihrer Kinder nachzukommen. So empfand sie es als sehr angenehm, dass

Christoph sie dabei unterstützen konnte. Auch wenn er nun Beschäftigung hatte, wartete er jeden Morgen sehnsüchtig auf den Postboten. An diesem Tag waren drei Antwortschreiben auf seine Bewerbungen dabei. Heimlich trug er die Briefe in sein Arbeitszimmer. Legte sie vor sich auf den Schreibtisch. Sandte ein Stoßgebet zum Himmel und öffnete den ersten Umschlag. Darin stand: „Wir bedauern Ihnen mitteilen zu müssen, dass wir uns für einen anderen Bewerber entschieden haben." Enttäuscht legte er das Schreiben zur Seite. Griff zum nächsten. Er war von einer Firma in Braunschweig und er hoffte plötzlich, dass es eine Absage war. Denn wie sollte er Inga beibringen, dass sie Ostfriesland verlassen mussten? Seine Hoffnung wurde erfüllt. Der letzte Umschlag war von dem Auricher Windkraftanlagenhersteller. Vorsichtig, als handele es sich um eine Bombe, die er entschärfen musste, öffnete er ihn. Nachdem er ihn gelesen hatte, versteckte er ihn sorgfältig in seinem Schreibtisch. Setzte ein gleichmütiges Gesicht auf und ging zu Inga und seinen kranken Kindern zurück.

26. Kapitel

Auch Henning wartete und war erleichtert, als die Papenburger Werft, bei der er sich beworben hatte, ihn zu einem Vorstellungsgespräch einlud.

Finja war inzwischen fast wieder gesund. Sie hatte Hennings tägliche Anwesenheit genossen und dabei gehofft, dass ihre Eltern sich wieder näherkamen. Und da er auch an den Abenden, an denen Leevke im Hotel arbeitete, bei Finja gewesen war, hatte es sich einige Male ergeben, dass Leevke und er noch Tee zusammen tranken. Sich dabei, wie damals, unterhielten. Über alles und jedes, nur nicht darüber, warum er sie verlassen hatte. Als sie am Freitagmittag auf dem Heimweg war, fiel ihr Svens Rat: „Steh endlich zu Deinen Gefühlen" ein. Und sie dachte: Sven hat Recht. Mit diesem Vorsatz schloss sie die Wohnungstür auf. Aus der Küche hörte sie die Stimme ihrer Tochter. Gerade wollte sie eintreten, um sie zu begrüßen, als Finja sie daran hinderte, die in kindlicher Unbekümmertheit fragte: „Warum hast Du Mama damals eigentlich nicht Deine Adresse gegeben? Dann hättest Du schon viel eher gewusst, dass es mich gibt." Leevke hielt unwillkürlich den Atem an. Zu ihrer Überraschung suchte Henning nicht nach Ausreden, sondern nutzte die Gelegenheit um reinen Tisch zu machen. „Ich werde versuchen, es Dir zu erklären. Bevor ich Deine Mama kennengelernt habe, bin ich mit einer anderen Frau zusammen gewesen." Als Finja nichts sagte, fuhr er fort: „Ich wollte bei Deiner Mama bleiben, aber meine damalige Freundin wurde krank und da musste ich mich doch um sie kümmern." Er seufzte leise. Konnte seiner erst achtjährigen Tochter nicht erzählen, warum er damals gehen musste. Doch Finja zog eine kluge Parallele: „So wie Du jetzt auf mich aufgepasst hast?" Henning nickte zustimmend. „Ja, so ähnlich war das." Leise fügte er hinzu: „Später haben wir uns getrennt." Finja runzelte die Stirn. Sagte weise: „So wie Mama sich von Sven getrennt hat?" Und als wäre sie Fachmann in Sachen Liebe, fügte sie hinzu: „Den hat sie auch nicht so geliebt wie Dich."

Obwohl Leevke am liebsten die Küche betreten hätte, um zu verhindern, dass ihre Tochter noch mehr preisgab, blieb sie stehen. Henning stutzte. Hatte er seine Tochter richtig verstanden? Leevke liebte ihn noch? Bevor er nachhaken konnte, wollte Finja wissen, wie die Geschichte weiterging. „Und dann? Was hast Du dann gemacht?" Henning machte eine kurze Pause. Leevke hatte genug gehört. Rief: „Hallo?", als wäre sie soeben hereingekommen und trat in die Küche. Henning warf ihr einen unsicheren Blick zu. Fragte sich, ob sie wohl schon länger dort gestanden und seine Worte mitbekommen hatte. Bevor er etwas sagen konnte, sprang Finja auf. Zog Leevke zum Herd und rief: „Guck mal, Mama. Papa und ich haben gekocht. Spaghetti mit Soße." Noch während Leevke das Essen gebührend lobte, holte Henning seine Jacke und meinte: „Ich geh dann jetzt." Ihr Angebot: „Möchtest Du mit uns essen?", lehnte er ab. Als sie ihn zur Tür brachte und er wissen wollte: „Soll ich morgen vorbeikommen?", sagte sie, ihm dabei direkt in die Augen sehend und entschlossen endlich die störende Mauer zwischen ihnen niederzureißen: „Ja, aber erst am Abend. Ich lade Dich zu einem Glas Wein ein."

Christoph hatte bewusst das Schreiben des Windmühlenherstellers unterschlagen. Denn es war keine Absage gewesen, sondern die Einladung zu einem weiteren Vorstellungsgespräch. Doch bevor er Hoffnung in Inga schürte und sie dann enttäuschen musste, wollte er abwarten, was das Gespräch ergab. Es fiel ihm schwer, sich seine Nervosität nicht anmerken zu lassen, als er vierzehn Tage später vor dem Personalchef saß.
„Also, Herr Meyer." Bevor er weitersprach, nahm er Christophs Bewerbungsmappe in die Hand. Schaute ihn über seine dunkel gerahmte Brille hinweg prüfend an und teilte mit: „Wir haben uns entschlossen, Ihnen eine Chance zu geben." Er machte eine Pause, in der Christoph auf ein „Aber" ... wartete. Doch das kam nicht. Als sein Gegenüber mit: „Wenn Sie also damit einverstanden sind, können Sie am nächsten Ersten anfangen", schloss, wäre Christoph am liebsten vor Freude aufgesprungen. Er beherrschte sich, denn schließlich musste der Mann nicht merken, wie sehr er sich den Posten wünschte. Ruhig sagte er: „Ich bin einverstanden." Sie besprachen das Gehalt, dessen Höhe Christophs Vorstellungen nicht ganz entgegenkam. Aber das war ihm im Moment nicht das Wichtigste. Hauptsache, er hatte Arbeit. Mit dem Versprechen, dass

der Vertrag ihm in den nächsten Tagen zugehen würde, schüttelte der Personalchef ihm erneut die Hand. „Auf gute Zusammenarbeit." Wenig später stand Christoph wieder draußen. Die Freude darüber, dass er nun bald zum arbeitenden Volk gehörte, ließ ihn nun doch einen Luftsprung machen. Aber noch mehr freute er sich auf Ingas Gesicht, wenn sie es erfuhr. Doch damit wollte er warten, bis er den Arbeitsvertrag in den Händen hielt.

Henning freute sich über Leevkes Einladung. Andererseits dachte er darüber nach, was sie sagen, fragen oder tun könnte. Was wäre, wenn sie sich nur dafür bedanken wollte, dass er sich um die kranke Finja gekümmert hatte? Und was wäre, wenn sie nur erfahren wollte, warum er damals gegangen war. Oder was am schlimmsten wäre, wenn sie ihm mitteilen würde, dass er ihr gleichgültig war. Die Gedanken um was-wäre-wenn machten ihm aber auch seine momentane Situation stärker bewusst. Denn schließlich wusste er noch immer nicht, wo er beruflich Fuß fassen würde. Aber heute wollte er nicht daran denken. Stattdessen fieberte er dem Abend entgegen, denn dann würde er endlich Klarheit erhalten. So oder so.

Leevke hatte Finja unter der Bedingung ins Bett gebracht, dass Henning ihr noch gute Nacht sagen würde. Leevke traf, bevor er kam, keine großen Vorbereitungen. Sie hatte eine bequeme Hose an und darüber eine blau-grün gemusterte taillierte Bluse gezogen. Ihr helles Haar war frisch gewaschen und fiel locker auf ihre Schultern herab. Ein Hauch eines dezenten Parfüms umgab sie. Als er klingelte, versuchte sie ein möglichst unbefangenes Gesicht zu machen, was ihr nicht gelang. An ihrem Blick konnte er ihre innere Erregung sehen. Ihm erging es nicht anders. Auf dem ganzen Weg zu Leevke hatte sein Magen gekribbelt und seine Kehle war wie ausgetrocknet gewesen. Am liebsten hätte er sie in den Arm genommen und geküsst. Doch zuerst ging er in Finjas Zimmer. Wünschte ihr eine gute Nacht und lief dann ins Wohnzimmer hinüber. Leevke hatte die Deckenbeleuchtung ausgeschaltet. Nur eine kleine Tischlampe brannte. Warmes Licht spendeten Kerzen, die sie angezündet und auf dem Tisch und dem Sideboard verteilt hatte. Er konnte sich nicht verkneifen zu sagen: „Oh, wie romantisch." Sie warf ihm einen schrägen Blick zu. Nahm ihm den Wind aus den Segeln in dem sie

verschmitzt klarstellte: „Keine Romantik. Ich muss Strom sparen."
Henning grinste und schon war die Stimmung nicht mehr so angespannt. Sie blieb dicht vor ihm stehen, während sie fragte: „Wein?"
Leevke musste ihre Vorschläge wiederholen, denn Henning hatte sie
versunken angesehen, aber nicht auf ihre Worte geachtet. Nun sagte
er mit heiserer Stimme: „Du bist noch hübscher als damals." Sie
lachte: „Hübscher? Älter würde ich sagen." Er lächelte charmant.
„Das eine schließt das andere ja nicht aus." Sich räuspernd fügte er
hinzu: „Aber nun zu Deinem Angebot: Ein Glas Wein trinke ich
gern." Sie holte die Flasche. Drückte sie ihm in die Hand, damit er
sie öffnete. Hoffte dabei, dass sie nicht wieder gestört wurden. Er
schenkte ihnen ein. Leevke beobachtete ihn. Fragte sich, warum sie
ihn so sehr liebte. Nach all den Jahren mit derselben Intensität. Sie
musste sich beherrschen, ihn nicht zu berühren. Doch bevor sie das
tat, musste sie etwas klären. „Wie geht es Juline?" Sie sah wie Henning zusammenzuckte, als habe sie einen Nerv getroffen. Inga hatte
zwar angedeutet, dass er wieder allein war, trotzdem wollte sie es
aus seinem Munde hören. Vielleicht war es zickig, oder albern, aber
der Stachel saß zu tief, um ihn ignorieren zu können. Henning
zögerte. Wiederholte dann: „Juline?" Seine Hoffnung, dass Inga
oder Christoph Leevke schon von seinem Singledasein berichtet hatten, zerschlug sich. Scheinbar wusste Leevke noch nichts von
seinem bisherigen Leben. Leise sagte er nun: „Wir sind schon lange
nicht mehr zusammen." Sie hob erstaunt ihre Augenbrauen.
„Warum? Du hast mich doch wegen ihr verlassen. Oder etwa nicht?"
Es hatte provozierend und gleichzeitig verzweifelt geklungen, aber
sie musste es endlich wissen. Unwillkürlich hielt sie den Atem an.
Hielt die Spannung bis zu seiner Antwort kaum aus. Als er ohne
Ausflüchte hervorstieß: „Ich bin damals zu ihr gefahren, weil sie
schwanger war", ließ sie sich betroffen aufs Sofa sinken. Wiederholte leise: „Sie war schwanger?" Er nickte. Hatte gewusst, dass
Leevke entsetzt sein würde, aber das konnte er nicht ändern. Sie sah
ihn an. Ein Kind, dachte sie. Er hat noch ein Kind. Aber wo war es?
Und warum wusste Finja nichts davon? Henning sah in ihr Gesicht
und hätte viel darum gegeben zu erfahren, was sie dachte. Erklärend
fügte er leise hinzu: „Sie hatte am Ende des achten Monats eine
Frühgeburt. Es war ein Junge." Leevke schloss für einige Sekunden
die Augen, bevor sie flüsterte: „War?" Henning nickte. Als er

antwortete stand in seinen Augen Hilflosigkeit und Schmerz. „Ja. Der Kleine hat es nicht geschafft." Sein Schmerz war plötzlich ihr Schmerz. Sie konnte die Vorwürfe, mit denen er sie nach dem Grillabend überhäuft hatte, auf einmal verstehen. Sie stand auf. Wollte zu ihm gehen und ihn trösten. Seinen Kummer mit ihm teilen. Doch dann setzte sie sich wieder hin. Denn ihr drängte sich die Frage auf, was er getan hätte, wenn er von ihrer Schwangerschaft gewusst hätte. Wäre er zu ihr gekommen, der Frau, die ihm geglaubt hatte, sie sei seine große Liebe? Oder wäre er bei Juline geblieben, die er so viel länger gekannt hatte und die in derselben Situation gewesen war? Sie musste es wissen. „Was hättest Du denn getan, wenn ich Dich damals informiert hätte?" Er hielt ihrem Blick stand. Und es klang ehrlich, als er antwortete: „Ich wäre zu Dir gekommen. Juline wusste, dass ich Dich liebe. Aber ich musste mich doch um sie kümmern. Schließlich war es ja auch mein Kind, mit dem sie schwanger ging."

Er überlegte, bevor er fortfuhr: „Du musst mir glauben, wenn ich sage, dass ich mich zwar für das Kind verantwortlich gefühlt habe, aber unsere Beziehung beendet war." Um Verständnis bittend sah er sie an. Als sie schwieg, berichtete er weiter: „Nachdem sie sich erholt hatte, ist sie nach Aurich gezogen." Henning sah den Schatten, der sich über Leevkes Gesicht legte. Glaubte, dass er noch mit Juline zusammenhing und fügte schnell hinzu: „Wir haben kaum noch Kontakt." Leevke zwang sich zu einem Lächeln. Henning war erleichtert, dass Leevke nun alles wusste. Voller Erwartung sagte er: „Worauf trinken wir?" Sie betrachtete ihn. „Worauf möchtest Du denn anstoßen?" Er sah ihr in die Augen. „Auf unsere Zukunft." Sie erwiderte seinen Blick. „Warum?" „Weil ich Dich liebe und mein Leben mit Dir verbringen will."

Sie ließ ihr Glas sinken. Holte tief Luft und stieß nun all die Gefühle heraus, die sie jahrelang gequält und ihr Leben belastet hatten: „Du kommst nach all den Jahren zurück und sagst mir, dass Du mich liebst? Dass Du Deine Zukunft mit mir verbringen willst? Machst Du es Dir da nicht ein wenig einfach?" Sie stand auf und begann herumlaufend: „Hast Du eigentlich eine Vorstellung davon, wie sehr ich gelitten habe, nachdem Du fortgegangen warst? Wie viele Nächte ich darüber nachgegrübelt habe, warum Du mich verlassen hast? Wir haben uns doch geliebt. Haben uns vertraut! Warum hast

Du nicht mit mir darüber gesprochen?" Sie hob in einer verzweifelten Geste die Hände. Ließ sie wieder sinken und fügte traurig hinzu: „Einfach einen Zettel hinzulegen. Was hast Du Dir nur dabei gedacht?" Er suchte nach Worten, mit denen er sein damaliges Verhalten rechtfertigen konnte. Erklärte so, wie er zuvor schon Christoph sein Verhalten erklärt hatte: „Was hätte ich Dir denn sagen sollen? Schatz, ich muss mal eben weg. Juline bekommt ein Kind von mir? Wie hättest Du darauf reagiert?" Leevke überlegte. Sagte dann: „Ich weiß es nicht. All die Jahre habe ich geglaubt, dass Du zu ihr zurückgegangen bist, weil Du sie mehr geliebt hast als mich." Sie sah auf ihre Hand herunter, die unschlüssig das gefüllte Weinglas hielt. Hob dann den Blick. „Ich habe mir die Gedanken an Dich jahrelang verboten. Wollte Dich vergessen. Aber es ist mir nie gelungen. Sven war der erste Mann, den ich nach Dir in mein Leben gelassen habe."

Sie machte eine Pause, bevor sie fast tonlos fortfuhr: „Weißt Du, warum er sich von mir getrennt hat?" Als Henning den Kopf schüttelte, sagte sie leise: „Er hat gesagt, dass Du zwischen uns stehst. Und damit hat er Recht. Ich liebe Dich noch immer." Sie schwieg erschöpft. Er hatte ihr zunehmend bestürzt zugehört. Stand auf und trat zu ihr. Legte seine Hände auf ihre Schultern, bis sie ihm in die Augen sah. Meinte aufrichtig: „Wie gerne würde ich die Zeit zurückdrehen. Aber ich kann es nicht. Es tut mir leid, dass Du durch mein Verhalten so gelitten hast, aber für mich war es auch schrecklich." Leevke seufzte tief auf. Strich ihm leicht über die Wange und antwortete: „Das glaube ich Dir. Doch Du musst mir schon die Zeit geben, das alles zu verdauen." Henning nickte. „Gut! Die sollst Du haben. Dann werde ich jetzt gehen." Sie brachte ihn zur Tür und sagte leise: „Bis bald."

27. Kapitel

Inga lag wach neben Christoph, der gleichmäßig atmete. Draußen brauste ein heftiger Sturm über das flache Land hinter den Deichen. Rüttelte an den Rollläden. Inga kuschelte sich tiefer unter ihre Decke. Stellte sich vor, wie der Sturm die See aufpeitschte und in hohen Wellen an das Land drückte. Wenn der Sturm vorbei war, würde man zwischen den steinernen Wellenbrechern an der Seeseite allerlei Strandgut finden können. Alte Flaschen und Holzstücke. Oder Müll, der von den Schiffen ins Meer geworfen worden war. Inga hatte Angst, wenn es so stürmte. Angst, dass die Deiche brechen und die See das Binnenland überschwemmen könnte. Als Kind hatte sie sich bei Sturm zu ihrer Mutter ins Bett verkrochen, bis er vorbei war. Jetzt rückte sie näher an Christoph heran. Normalerweise beruhigte sie sein gleichmäßiger Atem, doch heute nicht. Denn es war nicht nur der Sturm, der sie nicht schlafen ließ. Sie machte sich Sorgen. Denn wenn Christoph nicht bald Arbeit fand, würde sie sechs Wochen nach der Entbindung wieder arbeiten gehen müssen. Sie hatte sich zwar schon darauf eingestellt, trotzdem blieb die Hoffnung, dass es sich noch anders ergab. Zu gern hätte sie mal einige Zeit zu Hause verbracht. Sich in Ruhe um die Kinder gekümmert.

Das Kind in ihrem Bauch bewegte sich heftig, als ob es die Gedanken seiner Mutter spürte. Die Tritte und Hiebe, die es austeilte, waren richtig schmerzhaft. Inga drehte sich vorsichtig auf die Seite. Das Kind protestiere heftig, als ihr Bauch zur Seite plumpste. Sie spürte plötzlich einen kleinen Fuß unter dem Rippenbogen und gleichzeitig einen Boxhieb in ihre Blase. Oder, dachte sie plötzlich erschrocken, war das unter ihrer Rippe eine Hand? Nein, beruhigte sie sich gleich darauf, dass konnte kurz vor der Geburt nicht sein. Beim letzten Untersuchungstermin hatte das Kind nämlich schon mit dem Kopf nach unten gelegen. Richtung Geburtskanal. Nun hoffte sie erneut, dass es gesund und ohne Probleme auf die Welt kommen würde. In der nächsten Woche war der Geburtstermin und sie sehnte diesen Tag inzwischen regelrecht herbei. Denn dann würde sie nicht mehr wie ein wandelndes Fass auf geschwollenen Beinen durch die Gegend laufen müssen. Seufzend versuchte sie, indem sie ihren Bauch mit den Händen stützte, sich zurück auf den Rücken zu rollen. Wieder bekam sie zum Dank einen heftigen Tritt. Er war so schmerzhaft, dass sie unwillkürlich laut aufstöhnte. Sofort spürte sie Christophs Hand, die sich auf ihrem Bauch mit ihrer vereinte. Hörte seine Stimme, die alarmiert fragte: „Alles in Ordnung mit Dir?" Sie erwiderte den Druck und flüsterte: „Ja, alles gut." Dann schloss sie die Augen, verdrängte für die nächsten Stunden die Sorgen und versuchte, trotz des brausenden Sturms noch ein wenig zu schlafen.

Henning war nach Papenburg gefahren, um sich bei der dort ansässigen Werft vorzustellen. Er hoffte, dass es klappte und er als Arbeitnehmer nach Norddeich zurückfahren konnte. Inzwischen war seine Arbeitslosigkeit aber gar nicht mehr seine größte Sorge. Seine Angst, Leevke für immer verloren zu haben, war viel größer. Denn nach dem Abend bei ihr war sie zwar freundlich, doch distanziert. Während er nun durch das Bürogebäude lief, das durch zahlreiche Fensterfronten lichtdurchflutet war, wünschte er sich brennend, dass Leevke ihm und auch sich selber endlich verzieh. Endlich die Vergangenheit ruhen lassen würde und die Gegenwart annahm und ihrer Liebe eine Chance gab. So war seine Freude, als der Personalchef der Firma sagte: „Sie können zum nächsten Ersten bei uns anfangen", nicht so groß, wie er es sich vorgestellt hatte. Jedoch sagte er sich, dass es ein Anfang war. Nun war er wenigstens in der Lage, eine Familie zu ernähren. Denn er würde nicht aufgeben, um Leevke zu kämpfen.

Christoph hatte die Post in Empfang genommen. Endlich war der ersehnte Arbeitsvertrag dabei und er nahm sich vor, Inga am Abend damit zu überraschen und gleichzeitig um ihre Hand zu bitten. Doch bevor es dazu kam, setzten ihre Wehen ein. Es passierte am Mittag, gerade als sie in Ruhe eine Tasse Kaffee trinken wollte. Christoph war unterwegs, um Kati aus dem Kinderhort zu holen und Tido war noch in der Schule. Der Schmerz, der ihr den Atem nahm, begann im Rücken und zog sich über ihren Bauch. Inga kannte das Ziehen noch von ihren früheren Geburten. Sie wartete eine nächste Wehe ab. Doch etwas war anders. Es waren nicht nur Wehen, sondern ein seltsam reißendes Gefühl in ihrem Bauch. Als Christoph zurückkam, sagte sie: „Irgendetwas stimmt nicht. Ich habe Wehen, aber es ist ganz anders als sonst." Christoph sah besorgt in ihr kreidebleiches, mit Schweißperlen übersätes Gesicht. „Was meinst Du damit?" Inga zuckte die Schultern. „Ich weiß nicht genau, aber ich glaube, es ist besser, wenn wir ins Krankenhaus fahren." Auf dem Weg nach Aurich, in die Ubbo-Emmius-Klinik, hielt sie es vor Schmerzen kaum noch aus. Sie war froh, als sie endlich im Kreißsaal lag und ein Arzt sich um sie kümmerte. Er war groß und kräftig. Strahlte eine wohltuende Ruhe aus und ihre Angst fiel von ihr ab. Er machte eine Ultraschalluntersuchung. Setzte sich dann zu ihr. Nahm ihre Hand in seine und sagte mit väterlicher Besorgnis: „Das Kind muss sich vor kurzem noch einmal gedreht haben. Es liegt nicht so, dass es auf normalem Weg kommen könnte." Er sah ihr ernst in die Augen und fügte hinzu: „Wir müssen einen Kaiserschnitt machen." Inga nickte, denn inzwischen war es ihr egal, wie das Kind kommen würde.

Ob unten heraus oder durch die Bauchdecke: Hauptsache, es kam unversehrt auf diese Welt. Sie warf Christoph einen flehenden Blick zu, worauf dieser zu dem Arzt sagte: „Bitte, machen Sie den Kaiserschnitt." Ohne weitere Zeit zu verlieren, wurde Inga für den Eingriff vorbereitet. Bekam eine Spritze ins Rückenmark. Wenig später wurde ihr Unterleib gefühllos. Sie spürte zwar, wie an ihrem Bauch herumgeruckelt wurde, es war unangenehm, aber nicht schmerzhaft, denn Christoph hielt ihre Hand.

Dann hörte sie den Schrei ihres Kindes, das das Licht der Welt erblickt hatte. Als ihr zweiter Sohn kurz darauf auf ihrem Bauch lag und sie ihn mit den Händen umfassen konnte, durchströmte sie Glück. Ein unendliches Glück, das nur noch durch das Leuchten in Christophs Augen gesteigert wurde. Er tupfte ihr die Tränen von den Wangen. Stieß, berührt von dem unvergesslichen Erlebnis, hervor: „Ich liebe Dich. Willst Du mich heiraten?" Als sie mit einem humorvollen Augenzwinkern einwandte: „Und wie willst Du mich ernähren?", da lachte er hell und glücklich und rief: „Indem ich dafür sorge, dass in unserem Land noch mehr Windkraftanlagen gebaut werden." Ungläubig sah sie ihm in die Augen. „Ist das Dein Ernst? Kann ich wirklich die nächsten Monate zu Hause bleiben?" Da nahm er sie und seinen neugeborenen Sohn in den Arm und sagte aus ganzem Herzen: „Ja, das kannst Du."

28. Kapitel

Leevke fiel es sehr schwer, Henning gegenüber distanziert zu bleiben. Sie liebte ihn, sehnte sich nach ihm und bekam Bauchkribbeln, wenn sie ihn nur von ferne sah. Wenn er vor ihr stand, hätte sie am liebsten ihre Arme um ihn geschlungen und nicht wieder losgelassen. Oft war sie nahe daran, ihm nachzulaufen, wenn er mit Finja an der Hand davonging. Doch sie hatte noch immer Angst, dass er plötzlich wieder verschwinden könnte. Und auch der Zweifel, ob er wegen ihr oder nur wegen des Kindes damals zu ihr zurückgekommen wäre, ließ sich nicht verdrängen. Dann sagte sie sich wieder, dass er sie noch immer liebte. Sie überlegte hin und her. Probierte gedanklich eine Version nach der anderen, ohne zu einem Schluss zu gelangen. Fragte sich immer wieder, warum das Schicksal so grausam gewesen war und zwei Kinder zur gleichen Zeit auf den Weg geschickt hatte. Sie hätte so gern mit jemandem darüber gesprochen. Aber mit wem? Inga lag noch immer im Krankenhaus und erholte sich von ihrem Kaiserschnitt. Leevke konnte sie nicht auch noch mit ihren Problemen belasten. Und sonst gab es niemanden, mit dem sie hätte reden können. Denn Okka hätte gesagt, sie solle nicht so empfindlich sein und endlich die Gelegenheit beim Schopfe packen. Jade war gegenüber Henning noch immer skeptisch. Hätte es am liebsten gesehen, wenn sie sich erneut Sven zugewandt hätte. Doch der traf sich inzwischen mit einer anderen. Die vor wenigen Wochen eingestellte Kollegin, Gerlinde, hatte sich in ihn verliebt. „Das ist ja ein Toller", schwärmte sie jeden Tag aufs Neue. „Gestern hat er mir schon wieder Blumen mitgebracht. Und demnächst wollen wir für ein Wochenende nach Hamburg fahren. Ins Musical „König der Löwen". Leevke wunderte sich zwar, dass Sven sich so schnell getröstet hatte. Aber andererseits freute es sie, dass er eine andere Freundin gefunden hatte. Als sie an diesem Morgen im Hotel an der Rezeption war, stand er plötzlich vor ihr. Noch immer tat es ihm weh, dass sie seine Liebe nicht erwiderte. Aber er würde es schaffen, sie zu vergessen. Er wollte nicht allein bleiben. In der Beziehung mit Leevke hatte er gemerkt, dass es zu zweit schöner war. Den Anfang zu einer neuen Beziehung hatte er gemacht. Zwar

war er in Gerlinde nicht verliebt, aber das konnte ja noch werden. Als Leevke nun fragte: „Hattest Du ein schönes Wochenende?" nickte er heftig. „Ja, sehr schön. Gerlinde und ich waren essen und anschließend im Kino." Leevke lächelte. „Gerlinde scheint sehr nett zu sein." Sven stimmte zu: „Ja, sehr nett. Demnächst werde ich sie meiner Mutter vorstellen." Doch dabei sah er nicht glücklich aus. Einen Moment sahen sie sich in die Augen. Dann wandte er seinen Blick ab und fragte: „Und wie ist es mit Henning und Dir?" Leevke zuckte die Schultern. „Ich weiß es nicht. Habe inzwischen einiges von ihm erfahren, über das ich mir erst klar werden muss." Bevor sie es verhindern konnte, fügte sie hinzu: „Vielleicht kannst Du mir ja einen Rat geben?" Sven starrte sie entsetzt an. Presste dann hervor: „Du willst von mir wissen, was Du tun sollst? Gerade von mir? Glaubst Du wirklich, dass ich Dir einen ehrlichen Rat geben würde?" Sie sah ihm in die Augen. Sah den Kummer darin. Es tat ihr weh, dass sie ihn nie so hatte lieben können, wie er sie. Sie hatte es wirklich versucht. Inzwischen war sie sich jedoch sicher, dass, auch wenn Henning nicht zurückgekommen wäre, es auf Dauer zwischen Sven und ihr nicht geklappt hätte. Sie hatten sich etwas vorgemacht. Aber wie war sie nur auf die Idee gekommen, gerade Sven in dieser Angelegenheit um Rat zu fragen? Der wahrscheinlich genauso unter der Trennung von ihr litt, wie sie seit damals unter der Trennung von Henning. Beschämt sagte sie: „Verzeih mir. Das war dumm von mir." Da griff er nach ihrer Hand. Für einen kurzen Moment geriet er in Versuchung, Henning vor ihr schlecht zu machen. Sie vor ihm zu warnen. Zu sagen, dass er sie einmal verlassen hatte und das bestimmt wieder tun würde. Aber ihm war auch plötzlich klar, dass er von Anfang an keine Chance gehabt hatte. Laut sagte er: „Ich danke Dir für Dein Vertrauen und werde versuchen neutral zu sein." In diesem Moment trat ein Gast an die Rezeption und Sven fügte leise hinzu: „Um elf im Frühstücksraum?" Sie nickte erleichtert und wandte sich den Wünschen des Gastes zu.

Leevke saß Sven gegenüber: „Also, leg los!", sagte er. Erst zögernd, dann immer flüssiger, begann sie zu erzählen. „Henning hat mich damals verlassen, weil seine ehemalige Freundin ein Kind von ihm bekam. Ich habe es nicht gewusst. Mich aber all die Jahre mit den Gedanken gequält, warum er mich verlassen hatte. Das Kind ist damals gestorben, aber nun denke ich immer, dass er vielleicht nur wegen Finja zu mir zurück will. Er sagt zwar, dass er mich liebt, aber ..." Sven unterbrach ihren Redefluss. Sagte, wobei ihre Augen vor Staunen immer größer wurden und ihr plötzlich bewusst wurde, was für ein feiner Mann er war. „Das ist nicht so einfach zu beurteilen. Aber ich werde es versuchen. Ich kenne Henning nicht gut, aber es spricht für ihn, dass er sich damals um die Mutter seines Kindes gekümmert hat. Nicht einfach behauptet hat, dass es nicht von ihm ist. Ich finde, dass das sehr verantwortungsbewusst war." In seine Augen trat ein Hauch von Zweifel, ob Leevke wirklich so fehlerlos war, wie er geglaubt hatte. Schließlich hatte sie einen Mann jahrelang um seine Vaterschaft betrogen. Und plötzlich wollte er sie verletzen. Sagte hart: „Du hast ihm ja nicht einmal eine Chance gegeben, sich zu seiner Vaterschaft zu bekennen. Ich wüsste nicht, ob ich das verzeihen könnte." Es war eine kleine Genugtuung, als er Unsicherheit in ihren Augen las. Ihren trotzigen Einwurf: „Aber er hat mich doch verlassen", überging er. „Trotzdem hast Du ihn um viele Jahre mit seinem Kind betrogen." Seine Stimme wurde wieder sanfter. Er hatte seinen Triumph gehabt. Die nächsten Worte fielen ihm sehr schwer, aber er würde sie sagen: „Doch wenn Du ihn liebst, musst Du Euch eine Chance geben. Auch auf die Gefahr hin, dass es vielleicht nicht gut geht." Leevke sah ihn an. Spürte, wie sehr er sich bemühte, seine Gefühle für sie zu unterdrücken. Sie legte ihre Hand auf seine und sagte aus ganzem Herzen: „Ich danke Dir für Deinen Rat und auch für Deine Liebe. Du hast mir sehr geholfen. Und ich hoffe, dass Gerlinde Dich liebt." Sie beugte sich über den Tisch und küsste ihn leicht auf die Wange. Sven seufzte leise und antwortete: „Wir werden sehen."

29. Kapitel

Inga war mit ihrem Sohn, er hieß Mathis, nach Hause zurückgekehrt und Christoph ging die ersten Tage zur Arbeit. Nach all den Jahren hatte er sein Ziel, seine Familie versorgen zu können, erreicht. Inga wunderte sich oft darüber, dass alles so gekommen war, wie sie es sich gewünscht hatten. Empfand es manchmal als unheimlich. Als zu perfekt. Und befürchtete, dass es nicht so bleiben würde. Dass etwas geschah, das ihr Glück zerstörte. Doch andererseits, sagte sie sich auch in solchen Momenten, hatten sie lange dafür gekämpft. Taten sie nun nichts anderes, als die Früchte, die sie über viele Jahre gesät hatten, endlich zu ernten. Zwar konnte sie sich nicht vorstellen, für immer zu Hause zu bleiben. Dazu war sie einfach zu sehr mit ihrem Beruf verbunden, aber das Jahr Erziehungszeit wollte sie ausnutzen. Oder vielleicht erst wieder in ihren Beruf einsteigen, wenn der Kleine in den Kindergarten konnte. Es war ein beruhigendes Gefühl, mit diesem Gedanken morgens aufzuwachen. Ein schönes Gefühl, abends in einer aufgeräumten Wohnung darauf zu warten, dass Christoph von der Arbeit nach Hause kam. Mit ihm zusammen den Tag ausklingen zu lassen. Während sie seine Oberhemden bügelte und Wäsche zusammenlegte, hatte sie Muße, darüber nachzudenken, wie sie ihre Hochzeit gestalten wollten. Sie sollte nur in einem kleinen Rahmen stattfinden. Mit ihren engsten Freunden und Verwandten. Denn erstens wollten sie sich dafür nicht verschulden und zweitens waren sie nun schon so lange zusammen, dass die Heirat eigentlich nur noch eine Formsache war. Doch sie freute sich darauf.

Kurz darauf klingelte Leevke an der Tür. Sie hatte Tido und Finja zum Turnunterricht des Norder Turnvereins gebracht, dem sie vor kurzem beigetreten waren. Wollte jetzt mit Inga eine Tasse Kaffee trinken. Doch zuerst trat sie an die Wiege, die tagsüber im Wohnzimmer stand. Mathis schlief und während sie ihn betrachtete sagte sie leise: „Ich möchte auch noch ein Kind." Inga schaltete das Bügeleisen aus. Hängte das nun glatte Hemd auf einen Bügel und sagte: „Das find ich gut. Sonst wird Finja auch zu alt für ein Geschwisterchen." Sie klappte das Bügelbrett zusammen und bevor sie es in den Abstellraum zurückbrachte, erkundigte sie sich: „Aber wie soll das funktionieren, wenn Ihr Euch aus dem Weg geht? Oder", fügte sie, als Leevkes Gesicht plötzlich aufleuchtete, interessiert hinzu, „möchtest Du mir etwas erzählen?" Leevke nickte heftig. „Ja, gleich." Sie trat zur Kaffeemaschine und füllte Pulver in den Filter. Wasser war noch genug darin und so drückte sie den Einschaltknopf. Inga kam aus dem Abstellraum zurück und meinte: „Wenn ich Dein strahlendes Gesicht betrachte, gehe ich mal davon aus, dass Ihr schon einen Schritt weiter seid." Leevke lehnte sich an die Arbeitsplatte der Küchenzeile. „Das sind wir. Und am Wochenende, also morgen, fahren wir zusammen nach Langeoog. Henning muss ja erst am Montag in Papenburg anfangen."

Henning hatte sie angerufen und zu einem Wochenende auf Langeoog eingeladen. Sie hatte ohne Zögern zugestimmt. Am Ende des Gesprächs gesagt: „Ich freue mich auf Dich." Auf der Insel würden sie auf den Spuren der Vergangenheit gehen und hoffentlich eine gemeinsame Zukunft finden. Inga staunte: „Wow! Ich hätte ja nie gedacht, dass Ihr Euch in diesem Leben noch mal einig werdet." Leevke lachte glücklich: „Ich auch nicht, aber nach meinem Gespräch mit Sven ..." Inga unterbrach sie erstaunt: „Mit wem? Mit Sven? Hast Du mit ihm über Deine Beziehung zu Henning gesprochen?" Als Leevke nickte und sagte: „Er hat mir geraten, Henning endlich eine Chance zu geben", fügte Inga bewundernd hinzu: „Alle Achtung, der Mann besitzt Größe. Ist doch schade, dass er sich in die falsche Frau verliebt hat." „Ja", sagte Leevke „aber er trifft sich inzwischen mit einer neuen Kollegin." Inga sagte nicht, dass er sich ja denn schnell getröstet habe, sondern hoffte, dass die Frau ihn wirklich liebte.

Während sie sich an den Tisch setzte, musste Leevke an den Tag denken, an dem sie zum ersten Mal hier gesessen hatte. Damals hatte die Angst um Finja sie hierher getrieben. Sie hatte sie hier nicht nur heil vorgefunden, sondern die Freundschaft zu Inga hatte ihr Leben verändert. Inga sah, wie sie lächelte. „Woran denkst Du?" „Ich denke gerade daran, als ich das erste Mal hier war." Sie grinste und fügte hinzu: „Damals konnte man nicht unbedingt von Deinem Fußboden essen. Und heute ..." Sie sah sich in der aufgeräumten und blitzsauberen Küche um. Inga lachte zufrieden: „Na, irgendwo muss ich meine überschüssige Kraft ja lassen. Ich sehe es schon kommen, dass ich später wahrscheinlich froh bin, wieder arbeiten gehen zu dürfen. Aber im Moment genieße ich mein Leben so, wie es ist." Sie setzte sich ihr gegenüber. „Und nun Themenwechsel. Hast Du Dir überlegt, ob Du meine Trauzeugin werden möchtest?" Leevke nickte. „Ja, das habe ich. Und ich würde das sehr gerne übernehmen." „Gut, dann ist das geklärt. Henning wird übrigens Christophs Trauzeuge. Inzwischen kann man zwar ohne Zeugen heiraten. Aber wir finden es auf die alte Weise schöner." Sie goss Milch in ihren Kaffee. Gab Zucker hinein und sagte in der Tasse rührend: „Eigentlich muss ich vorher noch fünf Kilo abnehmen. Mathis hat mich ziemlich dick zurückgelassen." Sie klopfte auf ihren noch hervorstehenden Bauch und fügte humorvoll hinzu: „Aber andererseits ist das auch egal. Ich war ja nie eine zierliche Elfe und Christoph liebt mich so, wie ich bin."

Und zu dem eigentlichen Thema zurückkehrend, fuhr sie fort: „Feiern werden wir hier. Im kleinsten Familien- und Freundeskreis. Das Essen wird bestellt und Christophs Eltern Rike und Heiko wollen es bezahlen." Leevke sagte beeindruckt: „Das finde ich sehr großzügig von ihnen." Inga hob ihre Tasse und sagte: „Ja, das finde ich auch. Deine Hilfe werde ich trotzdem brauchen. Schon was die Kinder betrifft." Leevke lachte: „Ich werde sie schon bändigen."

30. Kapitel

Leevke hatte Henning versprochen ihn am Freitag in Dornum abzuholen. Er hatte ihr erklärt, dass der Hof seiner Eltern etwas außerhalb stünde. „Du biegst an der Kreuzung beim „neukauf" links ab.
Fährst dann circa einen Kilometer geradeaus. In der nächsten Kurve
hältst Du Dich wieder links und dann siehst Du eine große Bio-
gasanlage. Den Weg fährst Du rein. Und dann ist es die nächste Einfahrt rechts." Leevke folgte seiner Beschreibung und fand den Hof
schneller als gedacht. Sie war gespannt, was sie erwarten würde.
Finja hatte erzählt, dass ihre Oma „Dornum" ganz cool wäre und
dass Hennings Großmutter auch auf dem Hof leben würde. Als sie in
die beschriebene Einfahrt bog, wurde sie als erstes von einer großen,
schwarzen Hündin begrüßt, die laut bellend um ihren Wagen herum-
sprang. Henning hatte ihr erzählt, dass Tessa zwar bellen würde, sie
aber keine Angst vor ihr zu haben brauchte. Trotzdem blieb sie im
Wagen sitzen und hoffte, dass jemand herauskommen würde.
Während sie wartete, sah sie um sich. Das große Haus, das laut
Henning vor einigen Jahren komplett renoviert worden war, sah
anheimelnd aus. Es war aus roten Klinkersteinen gebaut und hatte
hohe weiße, mit Bögen versehene Sprossenfenster. Auf dem mit
ebenfalls roten Ziegeln gedeckten Walmdach war eine Solaranlage
montiert. Vor dem Haus standen mit Herbstastern und Heide
bepflanzte Blumenkübel. Der Weg zum Haus war mit Rosenbüschen
bepflanzt. Etwas weiter entfernt konnte Leevke Stallgebäude erkennen. Alles war sauber und ordentlich. Als sich die Haustür öffnete,
sah sie hin. Doch nicht Henning trat aus dem Haus, sondern eine
Frau. Sie war groß und kräftig, aber auf eine sportliche Art, und trug
ihr dunkles Haar kurzgeschnitten. Leevke sah sofort, dass es seine
Mutter sein musste. Er sah ihr, auf männliche Weise, sehr ähnlich.
Leevke stieg aus. „Moin", sagte sie: „Ich bin Leevke." Die Frau gab
ihr mit festem Druck die Hand. Sagte, ihr dabei in die Augen sehend:
„Ich bin Bernhilde. Hennings Mutter." Sie unterzog Leevke einer
genauen Musterung. Dann glitt ein Lächeln über ihr Gesicht. In ihren
dunkelblauen Augen erschienen kleine Pünktchen, die wie Sterne
glitzerten. Leevke starrte sie an und stieß verblüfft hervor: „Sie

haben die gleichen Augen wie meine Tochter." Nun lachte Bernhilde fröhlich: „Ja, das stimmt. Darum habe ich meinem Sohn auch sofort geglaubt, dass Finja seine Tochter ist." Sehr direkt fügte sie hinzu: „Schließlich kann man ja nie wissen, ob ..." Sie beendete den Satz nicht, bat stattdessen: „Kommen Sie herein. Ich habe gerade Tee gemacht."

Kurz darauf betrat Leevke die große wohnliche Küche, von der Finja schon viel erzählt hatte. „Mama" hatte sie gesagt: „die haben einen ganz großen weißen Ofen in der Küche, da steht immer ein Kessel mit Wasser drauf. Und Stühle um einen riiiiesigen Tisch, die haben Sitze aus Stroh. Und die Lampe ist so groß, dass sie fast den ganzen Tisch hell macht." Bernhilde sah, dass Leevke lächelte und sah sie fragend an. „Warum lächeln Sie?" „Finja hat mir schon so viel von Ihrer Küche erzählt, dass es mir jetzt vorkommt, als wäre ich schon mal hier gewesen." Die Ältere lachte: „Sie haben eine ganz bezaubernde Tochter. So natürlich und gut erzogen. Das ist heutzutage nicht selbstverständlich." Dann zeigte sie auf einen Stuhl: „Ich habe Sie schon erwartet. Bitte, setzen Sie sich." Der Tisch war gedeckt. Das Teegeschirr aus der Serie „Ostfriesische Rose" stand auf einer Decke mit dem gleichen Muster. Diese schien gestärkt und war faltenfrei gebügelt. Leevke hoffte plötzlich, dass sie beim Trinken nicht kleckern würde. Teeflecke ließen sich schließlich schlecht entfernen. Fast zögernd nahm sie die inzwischen gefüllte Tasse in die Hand. Bernhilde schien zu ahnen, was in ihr vorging. Sie grinste und meinte locker: „Lassen Sie sich von der Sauberkeit der Tischdecke nicht einschüchtern. Meine Schwiegermutter lebt auf dem Altenteil unseres Hofes. Aber sie hilft viel mit. Stärkt und bügelt unter anderem unsere Wäsche mit Leidenschaft. Ich sehe das nicht so eng." Leevke nickte erleichtert und nahm einen Schluck Tee. Er war noch viel zu heiß und so stellte sie die Tasse zurück. „Ich bin ein bisschen zu früh", begann sie dann das Gespräch: „aber ich habe gedacht, falls ich mich verfahre ..." Bernhilde winkte ab: „Sie wissen es noch nicht, aber Sie haben Zeit genug. Ich habe Henning gebeten, ein Schiff später zu fahren." Leevke war überrascht. „Ach so. Na dann." „Ja", sagte Bernhilde, „ich wollte Sie gern näher kennenlernen. Verstehen Sie das?" Leevke lächelte: „Ja, ich Sie auch. Schließlich sind Sie Finjas Großmutter." Bernhilde schob ihr einen Teller mit Keksen zu. Meinte dabei: „Selbstgemacht." Leevke probierte. „Die schmecken klasse. Backen Sie immer selbst?" Bernhilde zählte auf: „Ja, Brot, Kuchen und Kleingebäck. Meistens nur für den Hausgebrauch. Doch zu bestimmten Zeiten auch mehr. Ich bin im Landfrauenverein tätig. Da verkaufen wir die Kekse in unseren Ständen oder auf den Basaren in der Oster-, Herbst- und Weihnachtszeit."

In diesem Moment ging die Tür auf und ein älterer Mann kam herein. Auch er war groß und kräftig. Er trug Stiefel und eine Mütze auf dem Kopf. Wischte sich die Hände an der Hose ab und trat an den Tisch. Bevor er Leevke die Hand reichte, nahm er die Mütze ab und legte sie auf das Tischtuch. Bernhilde seufzte leise und legte die Mütze auf einen Stuhl. Mit einer Stimme, die der von Henning zum Verwechseln ähnelte, sagte der Mann: „Du bist doch sicher Finjas Mutter?" Leevke erhob sich halb von ihrem Stuhl. Er winkte ab: „Bleib sitzen, Wicht. Ich bin Siemen."

Während Bernhilde eine weitere Tasse holte und einschenkte, nahm er sich einen Keks. Kaute, schluckte und fragte über seine Brille hinweg: „Wo hast Du denn nur solange gesteckt? Dass Finja seine Tochter ist, kann mein Sohn ja wohl nicht leugnen." Leevke sah verlegen auf das Tischtuch. Was sollte sie sagen? Bernhilde kam ihr zuvor. „Sie wird schon ihre Gründe gehabt haben", antwortete sie zu ihrem Mann gewandt. Sie wussten schließlich Bescheid. Henning hatte ihnen damals sofort von Leevke erzählt. „Ich liebe sie", hatte er gesagt: „und ich will mir mit ihr eine Zukunft aufbauen." Bernhilde und Siemen hatten sich mit ihm gefreut. Als dann Juline schwanger gewesen war, hatte es sie nicht überrascht, dass ihr Sohn sich dieser Verantwortung stellte, auch wenn dadurch sein eigenes Glück in den Hintergrund trat.

Um so mehr freute es sie, dass er die Frau wiedergefunden hatte, die er seit langem liebte. Dass diese angeblich ein Kind von ihm hatte, war für sie erst ein Grund zum Zweifel gewesen. Aber als er ihnen dann das Foto gezeigt hatte, waren sie überzeugt. Siemen hatte inzwischen den Teller mit den Keksen fast leergegessen, drei Tassen Tee getrunken und griff mit den Worten: „Ich muss wieder raus", zu seiner Mütze. „Tschüss", sagte er zu Leevke, „dann sehen wir uns ja nun hoffentlich öfter." Als er hinausgegangen war, murmelte Bernhilde: „Ja, das hoffe ich auch." Dabei lächelte sie Leevke zu. Sie lächelte zurück und sagte: „An mir soll es nicht scheitern." Bernhilde zögerte einen Moment, bevor sie sagte: „Henning liebt Dich wirklich. Aber die Geschichte mit Juline ...“ Sie nahm einen Schluck aus ihrer Tasse und fuhr dann fort: „Er hat sich verantwortlich gefühlt. Sie war so extrem und ich denke, er hatte Angst, dass sie das Kind einfach abtreiben lässt, wenn er sich nicht um sie kümmert. Nun“, fügte sie mit einem kleinen Seufzer hinzu: „so ist er nun mal.“ Leevke hatte still zugehört. Ja, sagte sie sich, so ist er. Verantwortungsbewusst, zuverlässig und liebevoll. Die Eigenschaften, die sie an ihm geliebt hatte und immer noch liebte. Und so beschloss sie, ihm nicht zu erzählen, dass sie ihn damals angerufen hatte. Sie wollte nicht, dass er sich noch mehr Vorwürfe machen würde. Erneut öffnete sich die Tür und Henning kam herein. Als er Leevke so einträchtig mit seiner Mutter an einem Tisch sitzen sah, war er zutiefst erleichtert. Er hatte sich Sorgen gemacht, dass Bernhilde Leevke Vorwürfe machen könnte. Aber nun sah es so aus, als würden die beiden sich gut verstehen. „Hallo!“ sagte er: „Seid Ihr fertig? Dann können wir ja jetzt fahren.“ Leevke stand auf. Bedankte sich für den Tee und sagte herzlich: „Bis bald.“

31. Kapitel

Leevke hatte auf dem Großparkplatz geparkt und Henning holte Karten für die Mittagsfähre, die „Langeoog III". Sie hatten im Dünenhotel „Strandeck" telefonisch zwei Zimmer gebucht. Ein Doppelzimmer wäre zwar günstiger gewesen, aber Leevke wollte erst einmal eine räumliche Trennung. In wessen Zimmer sie dann letztendlich die Nacht verbrachten, oder ob sie sie überhaupt zusammen verbrachten, würde sich zeigen. Es war Nachsaison und wesentlich ruhiger auf der Insel. Auch auf dem Schiff fanden die beiden ohne Probleme einen Platz. „Möchtest Du Kaffee?", fragte Henning. Sie schüttelte den Kopf. „Danke, ich habe bei Deiner Mutter Tee getrunken. Aber wenn Du möchtest ..." Er schüttelte den Kopf. Sie saß neben ihm und hatte das Gefühl, unter Strom zu stehen. Seine Gegenwart machte ihr bewusst, wie sehr sie ihn all die Jahre vermisst hatte. Der Wunsch, ihre Lippen auf seine zu pressen, war fast unerträglich.

Um sich abzulenken sagte sie: „Deine Mutter ist sehr nett." Henning lachte leise. Meinte dann: „Nett? Eine hübsche Beschreibung. Meine Mutter ist resolut, konsequent und nicht nachtragend. Wenn sie jemanden in ihr Herz lässt, ist das für immer. Was sie absolut nicht leiden kann, sind Falschheit und Feigheit. Ich habe damals von Dir erzählt. Sie hat mein Verhalten Dir gegenüber nicht gebilligt, aber sie hat auch verstanden, dass ich Juline nicht im Stich lassen konnte." Leevke sah ihn an und legte ihre Hand auf seine. „Hör auf, Dir Vorwürfe zu machen. Es ist vorbei."

Für einen Moment sahen sie sich tief in die Augen. Sein Blick verstärkte ihre Erregung. Als Möwen laut kreischend über sie hinwegflogen, zuckten sie zusammen. An der Reling neben ihnen stand ein Kind mit einem Brot in der Hand. Gerade wollte Leevke warnend sagen: „Pass auf, dass die Möwen es Dir nicht wegnehmen", da war es schon passiert. Ein Vogel hatte im Vorbeifliegen recht dreist das Brot mitgehen lassen. Verblüfft sah das Kind auf seine leere Hand. Henning und Leevke mussten lachen. Denn auch ihnen war das schon passiert. Damals, auf der Insel. Seitdem vermieden sie es, dort im Freien zu essen. Leevke spürte Hennings Körper neben sich, der sich leicht gegen ihren drückte und ihr Herz schneller klopfen ließ. Ihm schien es ebenso zu ergehen. Denn als er sie ansah und mit einem zärtlichen Lächeln in den Augen fragte: „Wollen wir nachher ins ‚Dörp' zum Essen gehen?", war seine Stimme rau. Als sie stumm nickte, legte er ihre Hand auf seinen Oberschenkel. Hielt sie mit seiner darauf fest und sagte ruhig: „Wir sind gleich da." Mit der Inselbahn fuhren sie in den Ort. Als Langeoogerfahrene kannten sie noch alle Schleichwege. Vom Bahnhof aus liefen sie über den Wiesenweg, ein Stück Am Wall entlang bis zur Gartenstraße. Dann Richtung Barkhausenstraße. Er drehte sich ihr zu. „Willst Du gleich zum Hotel?" Sie schüttelte den Kopf. „Nicht unbedingt. Inzwischen hätte ich gern einen Kaffee." Den hätten sie zwar auch im Hotel bekommen, aber Leevke wollte ins „Café Leiß". Dort setzten sie sich an einen Tisch und bestellten zwei Kännchen. Ihre Rucksäcke stellten sie solange auf den Boden. „Weißt Du noch?", begann sie, als der Kaffee gebracht worden war. „Damals haben wir auch hier gesessen. Erinnerst Du Dich an den Pflaumenkuchen? Mit der leckeren Schlagsahne?" Henning schmunzelte. „Nur zu gut. Einmal hast Du zwei Stücke davon gegessen. Anschließend war Dir schlecht und ich musste in die Apotheke und Dir Tropfen holen." Leevke wollte lachen. Doch es blieb ihr in der Kehle stecken. Denn plötzlich wurde ihr klar, warum ihr damals übel gewesen war. Sie erinnerte sich genau an den Tag. Es war ein Samstag gewesen. Als es unerwartet zu regnen begonnen hatte, waren sie Schutz suchend hier eingekehrt. Noch am Morgen hatte sie gedacht, dass ihre Regel mal wieder nicht pünktlich war. Und sich vorgenommen zum Frauenarzt zu gehen. „Ich war damals schon schwanger", dachte sie entsetzt. Darum war mir übel. Ja, genauso war es gewesen. Sie war sich plötzlich ganz sicher. Denn nur eine Woche später war er verschwunden und sie hatte in ihrem Kummer nicht mehr an den Arztbesuch gedacht. Erst als ihre Regel zum zweiten Mal nicht gekommen war, hatte sie einen Termin gemacht. Wäre sie eher zum Arzt gegangen, dann hätte Henning es gewusst. Dann wären sie schon damals ... Sie öffnete den Mund um Henning ihre Entdeckung mitzuteilen. Doch der liebevolle Blick mit dem er sie ansah, hinderte sie daran. Nein, dachte sie, ich werde es ihm nicht sagen. Darf nicht noch Salz in die Wunden streuen, denn dann werden wir nie zueinander finden. Auf sein besorgtes: „Was hast Du? Geht es Dir nicht gut?", schüttelte sie den Kopf. Henning zog ihre Hand an seine Lippen. Sie spürte seine Zunge, die sanft wie ein Schmetterling ihre Haut berührte. Die Berührung durchfuhr sie wie ein Blitzschlag. Als die Bedienung den Kaffee brachte, entzog Leevke ihm ihre Hand. Doch ihre Erregung blieb. Später schlenderten sie Hand in Hand zum Hotel. Als sie vor ihren Zimmertüren standen, bat Leevke: „Ich möchte, dass wir aus diesem Abend ein erstes Date machen. So, als hätten wir uns erst jetzt kennengelernt." Er küsste sie sanft auf die Wange und sagte lächelnd: „Neunzehn Uhr in der Hotelhalle?"

Schon während sie duschte, breitete sich ein erwartungsvolles Kribbeln in ihrem Bauch aus. Wie würde der Abend verlaufen? Ob er genauso fühlte wie sie? Ob er sich genauso nach ihr sehnte, wie sie sich nach ihm? Tief in Gedanken zog sie über ihre sportliche Unterwäsche eine dunkelblaue Pulloverjacke mit V-Ausschnitt und Knopfleiste und eine hellblaue Jeans. Um den Hals legte sie ein schmales Silberkettchen. Ihr blondes Haar hatte sie beim letzten Friseurbesuch kürzen lassen und nun fiel es in weichen Wellen bis knapp auf ihre Schultern. Auch Henning hatte geduscht und Jeans und Pullover angezogen. Beide hatten vorsichtshalber eine Jacke mitgenommen. Abends wurde es schon kühl, auch wenn die Septembersonne am Tag noch wärmte. Henning wartete schon, als Leevke in die Hotelhalle kam. Seine Pupillen weiteten sich, als er sie betrachtete. „Du siehst toll aus." Sie lächelte. „Du auch." Sie neigte sich zu ihm und fügte leise hinzu: „Und Du duftest so gut." Henning lachte rau: „Das ist nicht mein Verdienst. Da musst Du Dich bei Herrn Boss bedanken." Auch Leevke lachte. Sagte verschmitzt: „Na gut. Ich werde ihm eine Karte schreiben." Henning reichte ihr seinen Arm. „Junge Frau, darf ich Sie zum Essen begleiten?" Leevke nickte. Sagte keck: „Aber sicher doch."
Arm in Arm schlenderten sie zum „In't Dörp". Setzten sich an einen Fenstertisch. Das Restaurant war gut besucht. Der langgestreckte Raum war mit Holztischen und -stühlen gemütlich eingerichtet, an den Wänden hingen alte Bilder. Der rückwärtige Teil war wie eine kleine Bühne erhöht und von einem Geländer umrahmt. Den Mittelpunkt des Raumes bildete die lange geschwungene Theke. Noch bevor Henning den Arm heben konnte, hatte die Bedienung den hölzernen Tresen umrundet und stand am Tisch. „Guten Abend",

sagte die freundliche junge Frau und reichte ihnen zwei Speisekarten. „Wissen Sie schon, was Sie trinken möchten?" Henning und Leevke entschieden sich für einen Riesling und Mineralwasser. Beide studierten die zweisprachige Karte, die alle Gerichte auf Hoch- und Plattdeutsch aufführte. „Wollen wir die frischen Schollen nehmen?", fragte Henning. „Mit Sauce hollandaise, Salzkartoffeln und Salat? Schmeckt sicherlich gut zu dem Wein." Leevke lief das Wasser im Mund zusammen. Sie hatte inzwischen richtig Hunger. „Ich hätte lieber Pommes statt Kartoffeln", sagte sie. „Kein Problem", befand die Bedienung und ging davon. Als der Wein gebracht worden war, stießen sie an: „Auf uns!", sagte Henning und sah ihr tief in die Augen. „Ich habe Dich nie vergessen. Jeden Tag an Dich gedacht." Sie lächelte in seine Augen hinein. Antwortete: „Ich habe viel öfter an Dich gedacht." Er streckte seine Hand aus. Legte sie auf ihre und meinte, sie zärtlich streichelnd: „Wird das hier ein Wettstreit?" Sie schüttelte mit ernstem Gesicht den Kopf: „Nein, das wird es nicht. Ich möchte nur, dass Du weißt, was Du mir bedeutet hast und noch immer bedeutest." Er strich ihr sanft mit einem Finger über die Wange. Fuhr dann damit über ihre Lippen, die sich bereitwillig öffneten. Er sah auf ihren Mund und stellte sich vor, wie sie ihn küsste. Küsste und mehr. Ihn so sehr verzauberte, dass er alles um sich herum vergaß. Seine Kehle wurde eng, während er sie in Gedanken versunken betrachtete.

Erst als die Bedienung das Essen brachte, wandte er seinen Blick von ihr ab. Doch Leevke hatte das Begehren in seinen Augen gesehen. Am liebsten hätte sie ihn an die Hand genommen und wäre mit ihm hinausgelaufen. Ins Hotel zurück, um nachzuholen, was sie so lange vermisst hatte. Auch Henning war nahe daran. Als sie aber sagte: „Lass es Dir schmecken!", begann er zu essen. Doch das Feuer der Leidenschaft brannte. Das Essen war hervorragend. Der Fisch innen saftig und außen kross und die Pommes waren so lecker, dass Leevke sie restlos aß. Die Bedienung kam öfter an ihrem Tisch vorbei. Warf einen Blick zu ihnen rüber, ob alles in Ordnung war, wurde aber nicht aufdringlich. Als er nach dem Essen die Rechnung verlangte, sagte Leevke: „Ich geh mal eben für Damen." In dem blitzsauberen Toilettenvorraum wusch sie ihre Hände. Kämmte ihr Haar und biss sich auf die Lippen, damit sie ein wenig Farbe annahmen. In ihren Augen lag ein erwartungsvoller Glanz. Sie traten in die

Nacht hinaus. Atmeten durch und beschlossen, noch einen Spaziergang am Wasserturm vorbei zum Meer zu machen. Stumm, aber mit heftig klopfendem Herzen lief sie neben ihm in der Dunkelheit auf den Wegen zwischen den Dünen. Nur der Mond, der voll und rund am Himmel stand, spendete ihnen Licht. Es war still. Kein Mensch weit und breit zu sehen. „Denen ist es hier viel zu kalt", flüsterte Henning, während er seine Arme um sie legte und dicht an sich zog. Sie legte ihren Kopf in den Nacken und sah zu ihm auf. Er beugte sich vor und legte seine Lippen auf ihren Mund. Ganz still standen sie so eine Weile, bis er sagte: „Komm", und sie an der Hand in ein Dünental zog. Dort breitete er seine Jacke auf dem vom Tag noch warmen Sand aus. Sie stand vor ihm. Bleich im Licht des Mondes mit weit offenen ernstblickenden aber auch erwartungsvollen Augen. Er trat zu ihr. Öffnete langsam die Knöpfe ihrer Jacke. Als sie erschauderte fragte er besorgt. „Ist Dir kalt?" Sie schüttelte den Kopf. Stieß heiser hervor: „Nein, im Gegenteil." Er ging ein wenig in die Knie um auf Augenhöhe mit ihr zu sein und sagte, während er ihr tief in die Augen sah: „Ich habe nie eine Frau so sehr geliebt wie Dich." Sie legte ihre Hände auf seine Brust. Sah zu ihm auf und antwortete leise: „Auch für mich gibt es nur Dich." Sie sah wie der Mond sich in seinen Augen widerspiegelte, während ihre Lippen sich fanden. Es war Glück festzustellen, dass er noch genauso schmeckte wie damals. Dass ihre Hände seinen Körper wiedererkannten und seine Küsse ihr noch immer den Boden unter den Füßen fortzogen. Er fing sie in seinen Armen auf und legte sie auf seine Jacke in den Sand. Als er sie erneut küsste, schlang sie ihre Arme um ihn und verbannte alle Zweifel aus ihren Gedanken.

Leevke wurde wach. Einen Augenblick wusste sie nicht, wo sie war. Ein fremdes Zimmer. Fremde Möbel. Und dann fiel es ihr ein. Sie war im Hotel „Strandeck" auf Langeoog. Auf den Spuren ihrer Vergangenheit mit dem Mann, den sie liebte. Erleichtert streckte sie die Hand aus und fasste ins Leere. Sofort war sie hellwach. Wo war Henning? Hatte sie alles nur geträumt? Oder war er wieder verschwunden? So wie damals? Zögernd, mit wild klopfendem Herzen schob sie sich aus dem Bett. Öffnete vorsichtig die Tür zum Bad und atmete erleichtert aus. Er stand unter der Dusche und summte vergnügt vor sich hin. Vorsichtig schloss sie die Tür wieder und legte sich ins Bett zurück. Kurz darauf kam er herein. Ein Handtuch um die Hüften geschlungen sah er zum Bett. Leevke stellte sich schlafend. Er trat näher. Betrachtete sie und konnte kaum glauben, dass sie wirklich da war. Nach all den Jahren wieder bei ihm war. Er beugte sich vor, um ihre Lippen zu küssen. Da streckte sie die Arme aus. Zog ihm das Handtuch von den Hüften. Warf es zur Seite. Legte ihre Arme um seinen Hals und zog ihn zu sich heran. Sie sah ihm in die Augen. Küsste zart seine Wangen, seine Stirn. Fuhr mit dem Finger seine Mundwinkel entlang. Über seine Lippen und sagte leise: „Willst Du mich eigentlich verhungern lassen?" Henning legte sich zu ihr. Noch feucht von der Dusche. Er umfasste ihre Brust. Fuhr mit dem Daumen leicht über die sich ihm entgegenreckende Knospe und fragte mit belegter Stimme: „Frühstück? Oder erst den Nachtisch?" Leevke vergrub ihre Hände in seinem Haar. Zog ihn über sich und flüsterte: „Erst Nachtisch!"

Als sie wieder zu Atem gekommen waren, ging Leevke duschen. Wieder im Zimmer bettelte sie: „Gibt es nun Frühstück? Ich verhungere gleich." Ausgelassen liefen sie in den Frühstücksraum hinunter. Aßen sich durchs reichhaltige Büfett und liefen so gestärkt zum Strand. Es hatte in der Nacht geregnet. Eine frische Brise wehte und die Spaziergänger waren in Regenjacken oder sogenannte gelbe ‚Ostfriesennerze' gehüllt. Auch Leevke zog ihre Wetterjacke aus dem Rucksack. Schlüpfte hinein und meinte zu Henning: „Ist Dir nicht kalt?" Er schüttelte den Kopf. Sagte grinsend: „Mit Dir an meiner Seite kann ich gar nicht frieren."

Zur Teezeit liefen sie über die Höhenpromenade, bis zu Gerk-sin-Spoor, wo der „Sonnenhof" stand. Das reetgedeckte Haus war früher der Wohnsitz der Sängerin Lale Andersen gewesen. Erst nach ihrem Tod war ein Lokal daraus geworden. Fotos der Sängerin erinnerten die Besucher an die ehemalige Eigentümerin. Sie bestellten so wie damals Tee und Mürbeteigkekse. Leevke griff nach Hennings Hand. Betrachtete jeden seiner Finger ausgiebig und sagte melancholisch: „Warum haben wir uns erst jetzt wiedergefunden? Warum habe ich Dich nie in Norden getroffen? Oder sonstwo." Er sah ihr tief in die Augen und antwortete ernst: „Wie ich neulich schon sagte, bin ich nach Jonas' Tod nach Hannover gezogen. Hab dort in einer großen Firma wieder als Maschinenbauer gearbeitet. Dann hatte ich den Wunsch mich weiterzubilden und habe mit dem Studium begonnen." Henning überlegte, bevor er fortfuhr: „Aber Du hattest doch auch noch studieren wollen! Hotelmanagement. Was ist denn ..." Er brach ab, als ihm bewusst wurde, dass die Schwangerschaft und die Verantwortung für ein Kind ihr einen Strich durch ihre Pläne gemacht hatten. Leevke zuckte lächelnd die Schultern. „Wenn man ein Kind hat, wird alles andere unwichtig. Ich habe die ersten Jahre bei meinen Eltern in Greetsiel gewohnt. Nur Aushilfsjobs angenommen. Erst vor knapp fünf Jahren bin ich nach Norden gezogen." Inzwischen war die Sonne hinter den Wolken hervorgekommen. Henning sah nach draußen und fragte: „Wollen wir noch einmal zum Strand zurück?" Sie bezahlten den Tee und traten vor das reetgedeckte Haus. Während sie über die Höhenpromenade zum Hauptstrand zurückliefen, fuhr Henning mit dem Erzählen fort: „In den ersten Jahren war ich selten in Dornum. Ich brauchte Abstand. Aber das war nicht so einfach. Immer wieder tauchtest Du in meinen Gedanken auf. Ich konnte Dich einfach nicht vergessen. Du warst mir oft so nah, dass ich glaubte, Dich berühren zu können." Als sie ihn erstaunt ansah, fragte er: „Glaubst Du mir nicht?" „Doch, ich glaube Dir. Denn mir erging es genauso." Er drückte ihre Hand und fuhr dann fort: „Aber ich hatte Angst, dass Du nichts mehr mit mir zu tun haben wolltest. Ich hatte Dich verlassen. Enttäuscht. Konnte doch nicht erwarten, dass Du mich mit offenen Armen empfängst. Außerdem ..." Er zögerte. Sagte sich dann, dass sie es wissen musste. „Jonas' Tod hat mich in eine Krise gestürzt. Ich war wie betäubt. Sah immer das kleine Wesen vor mir, das nicht leben durfte." Sie sah ihm ernst in die Augen. „So etwas ist, glaube ich, das Schlimmste, das einem passieren kann." Henning nickte: „Ja, das ist es. Es heißt oft, die arme Frau, die so etwas erleben muss. Aber wir Männer haben genauso große Probleme, damit fertig zu werden."

Er seufzte leise, bevor er weitererzählte: „Später gab es die eine oder andere Frau. Nie etwas für länger. Es war schon im Vorfeld immer zum Scheitern verurteilt. Ich konnte ihnen nicht geben, was sie wollten." Er hatte sie sogar verstehen können. „Sie wollten heiraten. Kinder bekommen. Doch ..." Henning sah Leevke in die Augen und gestand: „du warst die Einzige, mit der ich mir eine Familie hatte vorstellen können. Die Einzige, die ich richtig geliebt habe." Es ist ihm ergangen wie mir, dachte sie. Auch Sven hatte nie eine richtige Chance. Inzwischen waren sie wieder am Strand angekommen. Standen Seite an Seite und sahen aufs Wasser hinaus. Auf die Wellen, die in regelmäßigen Abständen an den Strand rollten und von ein paar Surfern genutzt wurden. Henning sah zu ihr herunter und sagte: „Aber zu Deiner Frage, warum wir uns erst jetzt wiedergefunden haben. Inzwischen haben wir einiges erlebt und haben uns weiterentwickelt. Wissen nun, wie wichtig Ehrlichkeit und Vertrauen sind. Sie sind der Grundstein einer Liebe." Während er sie dicht an sich zog, fügte er hinzu: „Vielleicht ist jetzt die richtige Zeit."

32. Kapitel

Inga und Christoph heirateten an einem sonnigen Tag im Oktober. „Einen goldenen Oktober haben wir", stellte Heiko zufrieden fest, während er auf die Bäume im Garten zeigte, die inzwischen buntes Laub trugen. Er und Rike waren schon früh am Morgen gekommen, um bei den Vorbereitungen zu helfen. Sie hatten den Tisch im Wohnzimmer ausgezogen und alle vorhandenen Stühle darum herum verteilt. „So viele werden wir ja nicht", sagte Inga, während sie den Tisch mit einer Decke versah. Christophs Vater hatte ein Telegramm geschickt, dass er nicht kommen könnte. Es war zwar schade, aber nicht zu ändern. Christoph nahm es mit Gelassenheit. Tido und Kati waren sehr aufgeregt. „Mamiiiiii, mein Kleid", jammerte die Kleine, kurz bevor sie zum Standesamt fahren wollten. Sie hatte sich Saft darüber gegossen. Inga blieb ruhig. Tröstete ihre Tochter und holte ein sauberes Kleid aus dem Schrank. Tido trug ein weißes Hemd mit einer dunklen Weste und dunkler Jeans. Christoph war in seinen anthrazitfarbenen, einzigen Anzug geschlüpft. „Und wie sehe ich aus?", hatte er der kritisch schauenden Inga zugerufen. Sie war um ihn herumgelaufen. Hatte hier und da gezupft und dann gemeint: „Super, mein Schatz. Zum Verlieben." Sie hatte sich ein dunkelrotes Kleid gekauft. Es war etwas weiter und kaschierte die noch vorhandene Wölbung ihres Bauches. Um die Schultern trug sie einen Schal aus dem gleichen Stoff.

Kurze Zeit später hupte es vor dem Haus. Henning, der sie mit seinem Wagen zum Standesamt fahren wollte, war da. Leevke wollte mit den Kindern hinterherfahren. Rike und Heiko mit Mathis. Das Standesamt befand sich gegenüber vom Marktplatz. Auf der anderen Seite war die vor Jahren restaurierte Ludgerikirche zu sehen. Dazwischen der alte Glockenturm, dessen Uhr gerade zehn schlug. Henning setzte das Brautpaar direkt vor der Tür ab. Dann parkte er auf der gegenüberliegenden Seite. Leevke parkte neben seinem Wagen und löste dann erst einmal Parkscheine. Steckte sie hinter die Windschutzscheibe, denn sonst bekämen sie bestimmt ein Knöllchen. Sie nahm Kati auf den Arm und befahl den anderen beiden Kindern, an ihrer Seite über die Straße zu gehen. Hinter dem

Brautpaar betraten sie das Standesamt. Es war ein historisches Gebäude. Vor vielen Jahren war darin die Ackerbauschule für die Söhne der reichen Bauern gewesen. Auch die anderen Häuser am Markt hatten eine lange Vergangenheit. Sie durchquerten eine große Diele. Eine geschwungene Treppe führte zu weiteren Verwaltungsbüros hinauf. Doch Leevke steuerte die Kinder in den Verwaltungsraum, in dem der Standesbeamte schon wartete. „Alle vollzählig?", fragte er, nachdem Ruhe eingekehrt war und alle auf den Stühlen Platz genommen hatten. Christoph und Inga ließen ihren Blick über die Anwesenden gleiten. Rike und Heiko. Ingas Kolleginnen, die nur zur Trauung gekommen waren und die sie zu einem späteren Termin zum Kaffee einladen würde. Henning und Leevke und die Kinder. Mit Trauer stellte sie fest, dass nur ihre Eltern fehlten. Wie gern hätte sie ihre Mutter und ihren Vater dabei gehabt. Die beiden wären so froh über das Glück gewesen, das Inga an Christophs Seite gefunden hatte. Aber auch jetzt tröstete sie sich mit dem Gedanken, dass sie vom Himmel aus an ihrer Trauung teilnahmen. Sie warf einen Blick zu der stuckverzierten Decke hinauf. Sah dann den Standesbeamten an und sagte laut: „Ja, alle da." Leevke legte einen Finger auf ihre geschlossenen Lippen und zeigte damit den Kindern, dass sie still sein sollten. Aber das hätte sie sich sparen können. Tido, Kati und Finja waren so beeindruckt, dass sie von sich aus keinen Mucks von sich gaben. Leevke trat an Ingas Seite und Henning an Christophs. Der Standesbeamte begann mit den Trauungsformaliäten. Inga hielt in der einen Hand ihren Brautstrauß und ihre andere war mit Christophs rechter verschlungen. Mit einem leichten Lächeln auf den Lippen lauschte sie den Worten des Standesbeamten. Sagte ihr „Ja‘, genau wie Christoph, laut und deutlich. Henning und Leevke bezeugten das Formular. Anschließend wurde Sekt ausgeschenkt. Henning reichte Leevke ein Glas und sah ihr dabei tief in die Augen. Wischte ihr eine Träne von der Wange und sagte leise: „Ich liebe Dich."

Henning pendelte zwischen Norden und Papenburg. Obwohl es inzwischen Winter war, und auf den Straßen oft glatt, machte es ihm nichts aus. Sein Job auf der Werft gefiel ihm mit jedem Tag besser. Er wohnte bei Leevke und Finja. Doch war es ein recht provisorisches Wohnen. Die 56 Quadratmeter waren für drei Personen einfach zu klein. Seine Sachen aus Hannover waren deshalb noch immer bei seinen Eltern zwischengelagert. Doch eine größere Wohnung, oder vielleicht sogar ein Haus, wollten sie erst dann mieten, wenn sie ein wenig Geld gespart hatten. Inzwischen hatte er die Probezeit auf der Werft überstanden und verdiente recht gut. Da er abends immer da war, konnte er auf Finja aufpassen, wenn Leevke ins Hotel ging. Okka war deshalb nicht unglücklich, sondern verbrachte ihre Abende inzwischen mit einem Mann, den sie bei einer Theateraufführung kennengelernt hatte. „Das eins klar ist", hatte sie zu Leevke gesagt, „ich bin nicht in ihn verliebt. Aber es ist angenehm, ihn um sich zu haben." Leevke hatte sich ein Grinsen verkniffen, denn Okka machte sich etwas vor. Das Gesicht, das sie machte, wenn Edelt vor der Tür stand, sprach Bände.

Henning hätte es gern gesehen, wenn Leevke die abendlichen Stunden abgegeben hätte. „Dann hätten wir mehr Zeit für uns", sagte er eines Morgens beim Frühstück. Leevke hielt das, zumindest im Moment, für keine gute Idee. „Nein", sagte sie, „ich spare für ein neues Bett. Ein großes kuscheliges Schmusebett. Mein Bett gehört zur Vergangenheit und ist außerdem für uns beide zu klein." Sie küsste ihn zärtlich. Er zog sie auf seinen Schoß. „Was war das mit Bett und schmusen?" Sie zeigte auf die Uhr. Er seufzte. „Okay. Zu spät. Ich muss los. Aber heute Abend ..." Leevke stand auf und sagte: „Heute Abend muss ich arbeiten. Aber Du kannst ja auf mich warten." Henning zog sie an sich. Küsste sie voller Leidenschaft und flüsterte: „Darauf kannst Du wetten."

Als er fort war, weckte sie Finja, die ebenfalls am liebsten zu Hause geblieben wäre. „Es ist so kalt draußen und ich bin noch so müde!", quengelte sie. Draußen hatte es gefroren und es war bitterkalt. Leevke zog ihr sanft die Decke weg. Versprach: „Wenn Du Dich beeilst, bring ich Tido und Dich zur Schule." Später, auf dem Weg zum Hotel, dachte sie darüber nach, wie anders ihr Zusammenleben mit Henning gegenüber der Zeit mit Sven war. Henning und sie standen zusammen auf. Begannen den Tag mit einem gemeinsamen Frühstück. Sie vermisste ihn, sobald er zur Tür hinausgegangen war und ihm erging es genauso. Auch die Hausarbeit teilten sie. Wer zuerst zu Hause war, machte das Abendbrot. Wenn Leevke abends ins Hotel musste, war er sich nicht zu schade, die Wäsche zu bügeln oder aufzuhängen. Und wenn sie sich liebten, war es, weil sie beide

das Begehren danach hatten. Bei Sven hatte es ihr nichts ausgemacht, wenn er keine Zeit gehabt hatte. Oder nicht über Nacht
geblieben war. Aber, nannte sie sich selbst den Grund, sie hatte Sven
auch nicht geliebt. Als sie ins Hotel kam, traf sie Gerlinde mit ver-
heulten Augen in der Teeküche an. Leevke trat zu ihr. Fragte behutsam: „Was ist passiert?" Die Kollegin schniefte in ihr Taschentuch.
Stieß dann hervor: „Sven hat mit mir Schluss gemacht. Sagt, dass er
mich nicht liebt. Und seit Samstag hat er eine Andere." Leevke
staunte überrascht. „Eine Andere?" „Ja, im ‚Club' hat er sie kennengelernt. Während ich daneben stand, hat er sie angebaggert. Das ist
doch das Letzte, oder?" Das fand Leevke auch. Fragte sich aber, was
in Sven gefahren war. War er ein Wolf im Schafpelz? Hatte sie den
sanften, rücksichtsvollen Mann so unterschätzt?
Als sie ihn in der Frühstückspause traf, sagte sie: „Sven, ich hab
gerade die weinende Gerlinde getroffen. Was ist los mit Euch?"
Sven warf vier Stücke Zucker in seine Tasse, den er sonst immer
ungesüßt trank. Goss Milch hinein, die er eigentlich auch nicht
mochte und rührte heftig um. Er nahm einen Schluck. Verzog
angeekelt das Gesicht und stieß hervor: „Ich hab Schluss gemacht.
Es klappt nicht mit uns." Leevke sah ihm in die Augen. „Und nun?"
Sven zuckte die Schultern: „Ich hab Samstag eine Andere kennengelernt." Wieder hob er die Schultern: „Mal sehen, wie es mit der ist.
Gibt ja Frauen genug zum Ausprobieren." Leevke legte ihre Hand
auf seine. Hielt sie fest und sagte beschwörend: „Sven, was soll das?
Du tust Dir und den Frauen nur weh damit. Liebe kann man nicht
erzwingen. Das wissen wir beide doch genau. Irgenwann verliebst
Du Dich richtig." Er sah sie an. In seinen Augen stand sein ganzer
Kummer. „Und was nützt einem das, wenn die Richtige einen anderen liebt? Du hast gut reden. Hast schließlich den Mann bekom-
men, den Du liebst." Sie ließ seine Hand los und nickte. „Ja, das
stimmt. Aber es ist einfach so passiert. Ich habe es nicht erzwungen.
Und so wird es eines Tages auch bei Dir sein." Sven seufzte leise.
Denn so ganz konnte er nicht daran glauben.

Am Abend saß Leevke zusammen mit Henning auf ihrem alten Sofa.
Ihren Kopf an seiner Schulter. Er wandte sich ihr zu. „Ich muss Dir
etwas sagen." Alarmiert hob Leevke den Kopf und sah ihn an. „Was
denn? Etwas Schlimmes?" Henning hob die Schultern. „Schlimm?

Kommt darauf an, wie Du das siehst." Sie nahm seine Hand und sagte: „Solange Du mir nicht sagst, dass Du mich verlassen willst, kann es nicht so schlimm sein." Henning seufzte: „Ich werde Dich nie wieder verlassen. Soweit es in meiner Macht steht. Es ist etwas anderes." Als sie schwieg, fuhr er fort: „Am Montag ist Jonas' Todestag. Juline und ich gehen dann immer gemeinsam zum Friedhof. Ich weiß aber nicht, ob Du etwas dagegen hast." Leevke dachte an den Tag, als sie das erste Mal zusammen mit Henning vor dem kleinen Grab gestanden hatte. Sie hatte seinen Schmerz gespürt, als wäre es ihr eigener. Nun sagte sie sich, dass Juline die Mutter seines verstorbenen Kindes war. Und diese Tatsache sie eben verband. Genauso wie Kinder Eltern verbanden, die voneinander geschieden waren. „Nein", sagte sie nun: „Ich habe nichts dagegen. Schließlich weiß ich, dass Du mich liebst." Erleichtert zog Henning sie an sich. Bot an: „Du kannst ja mitkommen." Leevke schüttelte den Kopf. „Nein, das möchte ich nicht. Aber ich würde Juline gern irgendwann kennenlernen." Wenn ihn ihr Wunsch erstaunte, ließ er es sich nicht anmerken. „Das lässt sich einrichten", sagte er. „Wir treffen uns immer bei meinen Eltern und gehen dann gemeinsam zum Friedhof."
Leevke wusste von Bernhilde, dass sie gelegentlich Kontakt zu Juline hatten. „Aber das sollte Dich nicht stören", hatte sie sofort hinzugefügt. „Henning war zuvor noch nie so glücklich wie mit Dir." Daran musste sie nun denken. Der Gedanke gab ihr die Kraft, großzügig zu sein. Dann ließ sie ihren Blick durch den Raum schweifen. Nicht nur Henning hatte eine Vergangenheit. Auch sie. Fast fünf Jahre hatte sie mit Finja in dieser Wohnung verbracht. Zwar sehr bescheiden, aber es war ihre kleine Burg gewesen. Und die Zeit hatte sie nicht bitter, sondern stärker und toleranter werden lassen.
Sie richtete sich auf, damit sie Henning ansehen konnte. Legte ihre Arme um seinen Hals, und sagte: „Das ist unsere Vergangenheit. Aber sie steht unserer Zukunft nicht im Wege. Wir lieben uns und das ist das Wichtigste." Henning sah ihr in die Augen. Zog sie fest an sich und sagte: „Dann lass uns jetzt keine Zeit mehr verschwenden und uns endlich nach einer anderen Wohnung umsehen."

33. Kapitel

Der Zufall spielte ihnen ein Haus zu. Es gehörte einem Kollegen von
Ole. „Er zieht zu seiner Freundin nach Emden", hatte er erklärt.
„Darum will er es vermieten." Es war ein älteres Friesenhaus mit
fünf Zimmern und einem kleinen Garten. Oben waren drei Kinderzimmer und ein zweites Bad. Finja war begeistert. „Dann hab ich ein
Bad für mich", erzählte sie stolz. „Ja", sagte Henning: „und ich habe
ein Büro." „Und was hab ich?", fragte Leevke. „Du kannst Dir das
andere Kinderzimmer fertigmachen", schlug Henning vor: „Dann
hast Du wieder eine kleine Burg für Dich." Leevke lächelte ihn an.
„Meine Burg bist jetzt Du." Aber sie dachte bei sich, dass sie den
Raum erst für sich und vielleicht später für ein zweites Kind nutzen
könnte. Noch schöner fand sie es allerdings, dass das Haus in der
Nähe von Christophs und Ingas Haus stand. Sie kündigten Leevkes
Wohnung und begannen nach Feierabend ihr neues Zuhause zu re-
novieren. Sie tapezierten und strichen bis zur Erschöpfung. „Ich bin
so müde", sagte Leevke, nachdem der letzte Raum fertig war. „Morgen können endlich Inga und Okka kommen und mir beim Putzen
helfen." Da fiel ihr noch etwas anderes ein. „Hast Du eigentlich
schon mit unserem neuen Vermieter gesprochen? Wegen des kaput-
ten Garagendachs?" Henning nickte. „Ja, hab ich. Morgen kommt
jemand, der es repariert." Leevke wunderte sich, dass sie es inzwischen genoss, nicht mehr für alles allein zuständig zu sein. Auch das
war etwas, das bei Sven anders gewesen war. Bei ihm hatte sie immer das Gefühl gehabt, die Kontrolle behalten zu müssen. Wenn
Henning ihr Arbeit abnahm oder half Entscheidungen zu treffen,
freute sie sich darüber. Zum Beispiel hatte er das Einkaufen übernommen. Er tat es gern und sie war froh, davon befreit zu sein.
Für das Putzen des Hauses hatten sie den Freitag freigenommen.
Okka und Inga kamen am Nachmittag mit Putzeimer und Lappen
und wienerten zusammen mit Leevke die Fenster. Schrubbten die
Böden und die Einbauküche. Leevke räumte die Schränke anschließend ein. Denn jedesmal, wenn sie hergekommen waren, hatten sie schon Geschirr oder Dinge, die sie entbehren konnten, aus
ihrer Wohnung mit herübergebracht. Christoph hatte mittags Feier-

abend gemacht und passte auf die Kinder auf. Bevor sie sich am Abend verabschiedeten, sagte Henning zu Inga: „Den Umzugswagen hole ich morgen um acht. Sagst Du Christoph Bescheid?" „Klar. Er ist pünktlich."

Am Morgen holten sie zuerst Hennings Möbel aus Dornum. „Mein Gott", sagte Bernhilde, während sie half, die Kartons und Einrichtungsgegenstände zu verstauen: „Was sich so alles im Laufe der Zeit angesammelt hat! Willst Du das wirklich alles behalten?" Dabei hielt sie in der einen Hand eine vorsintflutliche Stehlampe und in der anderen einen altmodisch verschnörkelten Schirmständer hoch. Als Leevke heftig den Kopf schüttelte, ließ Bernhilde die Stücke wortlos verschwinden. Henning hatte es nicht mitbekommen. Sollte die Dinge allerdings auch nie vermissen. Danach räumten sie Leevkes Sachen aus ihrer Wohnung. Ihr altes Sofa, genauso wie ihr altes Bett, stellten sie zu den anderen aussortierten Sachen an die Straße. Die Sperrgutabfuhr würde sie an einem der nächsten Tage abholen. Dafür stand nun ein neues Sofa in ihrem Wohnzimmer und ein neues Bett im Schlafzimmer. Das Sofa hatte einen hellblauen Bezug und war lang genug, damit sie zusammen darauf liegen konnten. Und das Bett war aus massivem Kiefernholz und würde manchen Kuschelakt überstehen. Die weiße Einbauküche hatte der Vermieter ihnen überlassen. „Brauch ich nicht mehr", hatte er dazu gesagt. Nachdem die Helfer sich am Abend verabschiedet hatten und Finja in ihrem Kinderzimmer eingeschlafen war, fielen Henning und Leevke müde und erschöpft in ihr Bett. Plötzlich sagte er: „Wir wollten doch das Bett einweihen! Ich hab extra Sekt gekauft. Steht im Kühlschrank. Aber", fügte er heftig gähnend hinzu, „aber ich bin zu müde, um ihn zu holen." Auch Leevke gähnte ausgiebig. Kuschelte sich an ihn und murmelte: „Ich auch. Lass uns das Einweihen verschieben." Henning küsste sie aufs Haar und sie näher an sich ziehend, meinte er leise „Wir finden bestimmt einen Grund, um die Flasche zu öffnen."

Samstagmorgen nach dem Frühstücken sagte Finja: „Mama, ich geh zu Tido rüber. Bin heute Mittag wieder da." Leevke dachte sich nichts dabei. Schließlich spielten die Kinder am Wochenende oft zusammen. Außerdem hatten sie noch genug im Haus zu tun, und da würde Finja sich nur langweilen. „Dann grüß mal schön", rief sie, bevor die Tür hinter ihrer Tochter ins Schloss fiel. Henning kam angezogen in die Küche. Leevke sah ihn erstaunt an: „Willst Du weg?" Er küsste ihren Nacken und sagte leise: „Ja, mit Dir. Wir müssen etwas besorgen. Also sieh zu, dass Du in Deine Klamotten kommst." Auf ihre Frage: „Wo gehen wir denn hin?", schwieg er. Also zog sie sich an und mit dem Wagen fuhren sie in die Stadt. Henning hatte ihm Laufe der Zeit bemerkt, dass Leevke für romantischen Schnickschnack nicht viel übrig hatte. Sie wollte nicht auf Rosen gebettet oder auf Händen getragen werden. Sie wollte einfach nur, dass er sie liebte und dass sie sich auf ihn verlassen konnte. Mit allen Konsequenzen. Das tat er, aber er wollte es besiegeln. Leevke, nichts ahnend, folgte ihm durch die Osterstraße in ein Schmuckgeschäft. Da sie vor kurzem ihre Armbanduhr verloren hatte, dachte sie nun, dass er ihr eine neue kaufen wollte. Verblüfft hörte sie jedoch, wie er die Verkäuferin bat: „Würden Sie uns bitte Trauringe zeigen?" Leevke glaubte, sich verhört zu haben. Zog an seinem Ärmel und flüsterte: „Was soll sie?" Henning nahm sie in den Arm und sagte laut und deutlich, so dass einige Kunden interessiert zu ihnen herübersahen: „Uns Ringe zeigen." Leevke starrte ihn an. „Und dann? Was tun wir damit?" Henning beugte sich zu ihr herunter und antwortete: „Ganz altmodisch verloben und dann heiraten!" Dann verschloss er ihren Mund mit einem langen Kuss. Hinderte sie so daran, Einspruch zu erheben. Falls sie es vorgehabt haben sollte. Doch Leevke dachte gar nicht daran. Sie schlang ihre Arme um ihn und hauchte an seinen Lippen: „Ja, ja, ja!"

Auf dem Weg zurück zum Auto fragte sie: „Wann sagen wir es unseren Eltern?" Henning überlegte. „Wir könnten sie doch zu morgen zum Tee einladen. Es wird schließlich Zeit, dass sie sich kennenlernen. Gleichzeitig erzählen wir dann von unserer Verlobung."
Am nächsten Tag kamen ihre Eltern und Schwiegereltern zeitgleich. Henning stellte sie einander vor. Jade betrachtete Bernhilde mit Wohlwollen. Sie war ihr sympathisch. Zudem hatte sie nichts mehr gegen Henning als Schwiegersohn. Erzählte inzwischen jedem, dass ihre Tochter nun mit dem Vater ihres Kindes zusammen war. „Ach", hatte sie ihren Kolleginnen berichtet: „so eine dramatische Geschichte. Wie im Film. Aber nun gibt es bestimmt ein Happy End." Erwartungsvoll ließ sie sich neben Bernhilde auf das blaugraue Sofa sinken. Es passte zu den Sesseln, die Henning schon

gehabt hatte. Auch die Regale, die an den Wänden standen, waren von ihnen beiden. Henning ging in die Küche, um Tee anzusetzen. Während Ole und Siemen schnell in eine Unterhaltung über Sinn und Nutzen von Biogasanlagen vertieft waren, ließen Mutter und Schwiegermutter ihren Blick im Raum schweifen. Beide beanstandeten die fehlenden Gardinen an den Fenstern. „Da kann man ja von außen reingucken", sagte Jade kritisch. Bernhilde stimmte zu: „Ja, das kann man. Aber ich denke, dass die beiden sich auf Dauer Stores kaufen werden. Geht nun mal nicht alles auf einmal." Henning kam mit der Teekanne aus der Küche zurück. Stellte sie auf das Stövchen und sagte, nachdem er sich neben Leevke auf einen Sessel gesetzt hatte: „Wir möchten Euch etwas mitteilen." Jade hielt den Atem an, als er fortfuhr: „Leevke und ich haben uns gestern verlobt. Wir werden heiraten." Jade stieß die angehaltene Luft aus. Sprang auf. Fiel ihrer Tochter um den Hals und sagte: „Endlich." Auch Bernhilde drückte ihre Schwiegertochter an sich. Die Männer klopften sich auf die Schultern. Gerade hatten sich alle wieder gesetzt, da sagte Jade: „Aber in Weiß." Leevke seufzte. „Ja, aber kein richtiges Hochzeitskleid. Entweder ein Kostüm oder ein schlichteres Kleid." Doch Jade bestand darauf: „Ich wünsche mir, dass Dein Mädchentraum in Erfüllung geht. Außerdem möchte ich, dass ihr in Greetsiel heiratet. In der Dorfkirche." Daraufhin sagte Bernhilde pikiert: „Dann können sie auch in Dornum heiraten. Schließlich ist Henning von dort." Henning sah zu Leevke. Nahm ihre Hand und fragte leise, wobei er sie mit liebevollem Erstaunen ansah: „Du wolltest als junges Mädchen eine weiße Hochzeit?" Als Leevke errötete und verlegen nickte, sagte er: „Du bist ja doch eine kleine Romantikerin." Sie sahen sich zärtlich in die Augen. Dann sagte Leevke: „Wir wollen sowieso nur standesamtlich heiraten. Und auch eine große Feier wollen wir nicht. Vielleicht feiern wir bei uns im Garten." Jade war sehr enttäuscht. „Und wann wollt Ihr heiraten? Doch wohl nicht im Winter?" Henning und Leevke sahen sich an. „Nein, das nicht. Wir haben gedacht, dass es im Juni schön wäre."

Als sie das Aufgebot beim Standesamt in Norden bestellten, erwähnte Leevke, dass in Finjas Geburtsurkunde der Name des Vaters fehlen würde. Nun sei er aber da und stünde zu seiner Vaterschaft.

Auf ihre Frage: „Müssen wir da irgendetwas beantragen? Oder reicht es, wenn mein Verlobter es Ihnen sagt?", lächelte die zuständige Standesbeamtin. Dann erklärte sie: „Nein, das genügt nicht. Ich muss Ihren Personalausweis sehen. Aber den hab ich ja schon und dann", wandte sie sich an Henning, „unterschreiben Sie eine Erklärung, dass Sie der leibliche Vater sind. Und Ihre Verlobte muss das mit ihrer Unterschrift bestätigen. Im Fernsehen ist das immer ganz anders dargestellt", fuhr sie fort. „Dann glauben die Leute, dass es in der Realität auch so ist. Wir müssen hier aber sicherstellen, dass es sich dabei wirklich um den leiblichen Vater und die leibliche Mutter handelt." Finja konnte nun Hennings Namen annehmen. „Ich will Janssen heißen, wie mein Papa", sagte sie. Auch Leevke hatte sich entschlossen, nach der Trauung Hennings Nachnamen anzunehmen. Darüber hinaus hatten sie sich entschieden, nicht im Standesamt, sondern im Heimat- und Teemuseum in Norden, im sogenannten „Rummel" zu heiraten. In dem Raum hatten zu Zeiten des „Alten Rathauses" die Sitzungen der Ratsherren stattgefunden. Der Raum war erst seit kurzem für Trauungen freigegeben worden. Leevke hatte sich mit Henning zusammen die Räumlichkeit angesehen und fand es romantischer als im Standesamt. „Da wird meine Mutter zufrieden sein", hatte sie gesagt. „Weil wir doch nicht in der Kirche heiraten."
Inga half ihr eines Abends, bei einem Glas Wein, beim Schreiben der Einladungskarten. Leevke hatte sie selbst kreiert und an Hennings Drucker ausdrucken lassen. Nun lag ein kleiner Stapel Karten mit den zugehörigen Umschlägen auf dem Küchentisch. „Wen wollt Ihr denn einladen?" Auf Ingas Frage hin holte Leevke eine Liste aus dem Schrank und setzte sich ihr gegenüber. „Also. Da wären meine Eltern und meine Schwiegereltern. Du, Christoph und die Kinder. Mein Chef und seine Frau. Einige Kollegen aus dem Hotel." Erklärend warf sie ein: „Alle können schließlich nicht kommen, einige müssen ja die Stellung halten." Nach kurzem Überlegen fügte sie hinzu: „Dann Hennings Schwester mit Mann und Sohn. Okka und Edelt. Und Hennings neuer Kollege von der Werft kommt auch mit seiner Frau." Sie überlegte kurz, bevor sie fragte: „Ob Sven wohl kommt? Ich hab ihn eingeladen." Inga betrachtete sie aufmerksam. „Das weiß ich nicht. Abwarten. Ist Juline auch eingeladen?" Leevke wurde verlegen. „Ja, ist sie. Und irgendwie bin ich darüber er-

leichtert. Schließlich ist sie die Mutter seines Sohnes." Inga seufzte. „Und dass sie Dich damals am Telefon einfach abgewimmelt hat? Das nimmst Du so hin?" Leevke nickte: „Ja, denn Henning hat sich für mich entschieden. Ich zweifle nicht mehr an seiner Liebe."

Leevke und Henning hatten sich für eine Feier im Garten entschieden. Sie besprachen es bei einer Tasse Tee mit Jade und Ole. „Das Essen bestellen wir. Ebenso die Getränke. Tische und Stühle können wir auch ausleihen." „Und wenn es regnet?", gab Jade zu bedenken. Leevke zuckte die Schultern. „Dann gehen wir eben ins Haus." Jade wollte die Entscheidung ihrer Tochter, einfach bei sich zu feiern, nicht hinnehmen. „Ole", sagte sie auf dem Rückweg nach Greetsiel, „wir müssen nach Dornum fahren und mit Bernhilde und Siemen sprechen. Wie die das sehen." Ole mischte sich zwar nicht gern ein, aber auch er hätte die Hochzeitsfeier seiner Tochter lieber in einem anderen Rahmen gesehen. „Gut", stimmte er zu, „dann lass uns mit ihnen sprechen. Vielleicht haben sie ja eine Idee." Wenig später saßen sie sich in der gemütlichen Küche in Dornum gegenüber. Bernhilde und Siemen freuten sich, dass sie um Rat gefragt wurden. Auch finanziell wollten sie sich gern beteiligen. „Wir haben auch schon darüber nachgedacht", sagte Siemen, „unsere Kinder haben solange aufeinander gewartet. Da sollten sie ihre Hochzeit in einem unvergesslichen Rahmen feiern. Wir sind dabei." Gemeinsam besprachen sie bei einer Flasche Sekt, wie sie ihr Vorhaben in die Tat umsetzen könnten.

34. Kapitel

Leevke hatte sich zusammen mit ihrer Mutter und Inga in einem Auricher Brautmodengeschäft ein weißes Kleid mit Spaghettiträgern gekauft. Dieses war in der Taille eng und fiel in einem weiten Rock bis knapp über den Boden. Es sah nicht so aus wie das von Finjas Barbie, aber Leevke hatte es auf Anhieb gefallen. Statt eines Schleiers trug sie ihr blondes Haar hochgesteckt und hatte es an der Seite mit einer zwar künstlichen, aber täuschend echt wirkenden weißen Rosenblüte geschmückt. An ihren Ohrläppchen hatte sie Ohrringe mit einer kleinen Perle befestigt. Sonst trug sie keinen Schmuck. Aber ihr strahlendes Gesicht brauchte keinen zusätzlichen Glitzer. Henning trug einen dunkelblauen Anzug mit einem weißen Hemd und dunkler Fliege. Leevke musste ihn immer wieder ansehen, während sie neben ihm die mit Schnitzereien versehene Holztreppe im alten Rathaus zum „Rummel" hinaufstieg. Der Holzdielenboden des großen Raums, den sie kurz darauf betraten, knarrte leise, so, als wollte er sie begrüßen. Leevke und Henning mussten durch den ganzen Raum laufen. An den Wänden standen antike Schränke, die mit altem ostfriesischen Porzellan und kostbaren Silbergegenständen gefüllt waren. Vor einer Wand, die fast ganz mit Delfter Kacheln belegt war, stand ein Kamin, der ebenfalls mit den Kacheln geschmückt war. Am Tisch vor dem Kamin erwartete der Standesbeamte das Traupaar. Leevke und Henning setzten sich auf die bereitgestellten Stühle. Die Gäste nahmen an den langen Tischen, die mit blauen Decken und blau-weißem Geschirr eingedeckt waren, Platz. Leevke wandte sich auf ihrem Stuhl um und sah aufmerksam zu ihren Gästen hinüber. Sie kannte alle, bis auf eine Frau, die gerade hereinkam. Das musste Juline sein. Leevke wusste nicht, wie sie sich die Frau, mit der Henning einen Sohn gezeugt hatte, vorgestellt hatte. Juline war klein und kräftig und hatte rötlich-blonde Haare, die sie zu einem Pferdeschwanz gebunden trug. Ihre Augen waren von einem sehr hellen Blau und auf ihrer Stupsnase saßen Sommersprossen. Etwas verloren stand sie im Raum. Anscheinend wusste sie nicht, wohin sie sich setzen sollte. Leevke beobachtete, wie Inga, die direkt neben der stehenden Juline saß, flüsterte: „Hier ist noch Platz." Erleichtert rutschte die junge Frau auf den Stuhl. Nun fehlte nur noch Sven. Der Standesbeamte nahm die Papiere in die Hand, die vor ihm lagen. Es wurde still im Raum. Alle richteten ihre Blicke auf den Mann vor dem Kamin. Da hörten sie, dass noch jemand hereinkam. Die Dielen knarrten. Ruckartig sahen alle zu Sven. Der hob die Hände in einer entschuldigenden Geste und setzte sich schnell auf den einzigen freien Platz neben Juline. Leevke lächelte dem Standesbeamten zu. Dieser begann mit der Trauung. Sie hatte sich vorgenommen, jedes Wort davon in sich aufzusaugen, um es nie wieder zu vergessen. Doch sie spürte nur Henning neben sich. Seine warme, große Hand, die ihre hielt. Als der Standesbeamte sie ansah und fragte: „Sind Sie, Leevke Acker, bereit, den hier anwesenden Henning Janssen zum Ehemann zu nehmen, dann antworten sie mit: „Ja, ich will!" Leevke sah, bevor sie antwortete, Henning mit soviel Liebe im Blick an, dass einigen Gästen Tränen in die Augen traten. Dann sagte sie aus ganzem Herzen: „Ja, ich will." Auch Henning bejahte die Frage des Beamten aus vollem Herzen. Als sich das Brautpaar erhob, um die Ringe zu tauschen, sah Sven zur Seite, weil die Frau neben ihm leise schluchzte und ergebnislos in ihrer Tasche wühlte. Er holte ein sauberes Taschentuch aus der Brusttasche seines Jacketts und flüsterte. „Bitte, bedienen Sie sich." Juline sah ihn an. Trauer im Blick. Sven beugte sich zu ihr: „Finden Sie die Angelegenheit so traurig?" Juline schüttelte den Kopf: „Nein", schluchzte sie „Aber ich schäme mich so. Ich bin schuld, dass die beiden sich erst jetzt gefunden haben." Bevor Sven darüber nachdenken konnte, legte er seine Hand auf ihre. Sah ihr in die Augen und sagte: „Das müssen Sie mir mal ausführlich erzählen. Ich bin übrigens Sven." Als sie ihn durch ihre Tränen hindurch anlächelte, entzündete sich zu seinem Erstaunen ein kleiner Funke in seinem Herzen. Auch Juline spürte, dass ihr Herz plötzlich schneller schlug. Einen Moment sahen sie sich überrascht in die Augen. Dann wandten sie sich verlegen wieder zum Brautpaar. Leevke hatte gerade Henning seinen Ring angesteckt. Sie küssten sich zärtlich unter dem Beifall der Gäste. Nachdem alle gratuliert hatten, setzten sie sich zur Teezeremonie. So wie in früheren Zeiten, in denen die Menschen Tee zu allen Anlässen getrunken hatten. Die in eine ostfriesische Tracht gekleidete Teezubereiterin legte einen dicken Brocken Kandis in die Tassen. Goss kochend heißen Tee dazu, so dass der Kandis knisternd zerfiel und garnierte den Tee mit Sahne, die sie mit einem gebogenen Löffel als sogenannte Blume auf den Tee gab. Es war still im Raum, als die Gäste andächtig das heiße Getränk zum Mund führten. Das Ganze wurde noch einmal wiederholt. Dann war die Zeremonie beendet und das Brautpaar verließ, gefolgt von den Gästen, den „Rummel".

Vor dem Teemuseum fand die Hochzeitsgesellschaft wieder zusammen. „Und nun fahren wir zu Euch?", fragte Hennings Kollege. Gerade wollte der zustimmend nicken, da sagte Siemen: „Die Pläne haben sich geändert. Bitte folgen Sie uns." Henning und Leevke fühlten sich vorwärtsgeschoben. Die restliche Gesellschaft folgte, gespannt auf das was kam. Es ging quer über den Markplatz bis zum Taxistand. Dort warteten mehrere Kleinbusse. Ole und Siemen sorgten dafür, dass die Gäste alle Platz fanden. Das Brautpaar wurde in einem der Busse auf die vorderen Sitze gesetzt. Bernhilde trat zu ihnen. Sagte bedauernd: „Wir müssen Euch nun leider die Augen verbinden." Mit einem Grinsen fügte sie hinzu: „Tut aber nicht weh." Leevke und Henning sahen sich erstaunt an, hielten aber still, als ihnen ein breites Band über die Augen gelegt wurde. Die Wagen fuhren los. Es kam ihnen vor, als wären Stunden vergangen, als sie endlich hielten. „Alles aussteigen", rief eine gutgelaunte Jade. Leevke hörte die Stimme ihrer Mutter, die vor Freude vibrierte. Sie griff zu dem Tuch, das über ihre Augen gebunden war und bat: „Können wir endlich sehen, wo wie sind?" Die Gäste lachten. Leevke und Henning standen Hand in Hand, mit leicht gesenkten Köpfen. Sie hörten leises Getuschel, Gekicher und Schritte, die über Holz liefen. Dazu Möwengeschrei. Ein leises Plätschern drang an ihre Ohren und ein Geruch nach Wasser und Fisch in ihre Nasen. Am liebsten hätten sie sich die Tücher von den Augen gerissen. Doch sie wollten keine Spielverderber sein. Dann wurden sie erneut vorwärts geschoben. Es ging ein wenig steil hinab. Dann wurden sie auf Stühle oder Bänke gesetzt und das Tuch von ihren Augen entfernt. Vom hellen Sonnenlicht geblendet, schlossen sie für einen Moment die Augen. Rissen sie dann aber wieder auf und riefen: „Oh." Sie saßen auf einem Schiff im Bensersieler Hafen. Es war ein älteres Schiff. Braun gestrichen und trug den Namen „Helene" Außer einem Segelmast besaß es auch einen Motor. Ringsherum war es mit weiß-grünen Girlanden geschmückt. Der Kapitän ließ den Motor gerade an, als der erste Sektkorken knallte. Henning und Leevke erhielten ein Glas. „Was habt Ihr mit uns vor?", riefen sie. „Und woher habt Ihr das Schiff? Und was wird mit dem Essen und den Getränken, die wir zu Hause vorbereitet hatten?" Ole zeigte auf das kalte Büfett und auf die Flaschen, die auf einem ebenfalls mit Girlanden geschmückten Tisch in einer Ecke aufgebaut waren. Er lachte mit seiner tiefen Stimme und fügte hinzu: „Alles da! Und das Schiff? Beziehungen, mein Sohn. Alles andere geht Euch nichts an." Das Brautpaar ließ sich auf die Bank zurückfallen. Erklärend fügte Bernhilde hinzu: „Wir wollen Hochzeitsfotos machen." „Und wo?", brachte Leevke heraus. „Auf Langeoog. Wo alles begann."

Siemens Bekannter hatte sein Schiff im Hafen vertäut und die Gäste waren mit der Bahn in den Ort gefahren. In einem Bollerwagen die mitgebrachten Getränke und Snacks transportierend. Bernhilde hatte einen CD-Spieler mitgebracht und nun tanzten sie, an einem Strandstück das wenig besucht war, nach den Klängen von Peter Maffays gefühlvollem Lied: „Du". Barfuß und ausgelassen zum Vergnügen der Kinder. Inga fotografierte. „Hier herüber", rief sie, oder: „Guckt doch nicht so doof in die Kamera!" oder: „Bitte lächeln!" Leevke und Henning posierten in den Dünen, an den Sandfangzäunen. Küssten sich vor dem Hintergrund des Meeres und blödelten auf Kommando herum. Inga war begeistert. „Das werden tolle Bilder", rief sie ihnen zu. Auch die Gäste wurden abgelichtet. Dabei fiel auf, das Sven und Juline ständig miteinander sprachen. Kaum die anderen wahrnahmen. Auch sie wurden fotografiert. Leevke sah, wie die Gäste kurz darauf miteinander tuschelten. Dann musste sich das Brautpaar auf eine große Decke in den Sand setzen und bekam ein Geschenk überreicht. Es war ein Umschlag. Leevke öffnete ihn und las voller Freude: „Gutschein für ein Wochenende auf Langeoog für zwei Personen." Alle hatten unterschrieben und freuten sich nun, dass ihr Geschenk gut ankam. Es war spät, als sich die Gäste, müde vom Feiern und gebräunt von der Sonne, auf den Weg zum Schiff machten. Kati schlief schon in der Bahn in ihrer Karre ein. Auch Tido und Finja gähnten laut und lehnten sich erschöpft an ihre Eltern. Leevke und Henning saßen nebeneinander und freuten sich auf ihr Zuhause. Auf ihre erste Nacht als Ehepaar. Die Sonne versank gerade im Meer, als der Kapitän das Schiff Richtung Heimathafen steuerte. Stille breitete sich aus. Jeder ließ für sich den Tag beim Licht der Bordlaternen ausklingen. Am Hafen in Bensersiel warteten die Kleinbusse. Die Frischvermählten bedankten sich noch einmal bei ihren Gästen für den schönen Tag und das Geschenk, dann fuhren sie winkend und hupend davon. Endlich zu Hause angekommen, trug Henning seine schlafende Tochter, so wie sie war, ins Bett. Leevke küsste Finja. Strich ihr übers Haar und ging dann ins Bad. Schlüpfte aus ihrem Kleid und stieg unter die Dusche. Spülte den

Sand von ihrer Haut und aus ihrem Haar. Dann lief sie, so wie sie war, in die Küche. Holte eine Flasche Sekt aus dem Kühlschrank. Öffnete sie, während Henning sich vom Sand befreite. Sie zündete ein paar Kerzen an. Stellte sie auf die Nachtschränkchen. Schenkte Sekt in die Gläser und setzte sich aufs Bett. Henning kam herein. Ließ sich neben ihr nieder. Sie reichte ihm ein Glas. Er stieß mit ihr an und sah ihr dabei tief in die Augen. „Auf uns. Darauf, dass wir endlich zueinander gefunden haben." Sie prosteten sich zu und tranken einen Schluck. Stellten die Gläser zurück. Henning streckte sich auf dem Bett aus. Hob einen Arm und zog sie an sich. Wie jeden Abend in den letzten Monaten. Entweder hatten sie sich dann geliebt, oder nur gekuschelt, aber manchmal auch nur leise flüsternd unterhalten, bevor sie einschliefen. Leevke lag in seinem Arm und ließ in Gedanken ihren Hochzeitstag noch einmal an sich vorüberziehen. Als sie leise lachte, fragte Henning: „Warum lachst Du?" Leevke malte mit dem Finger ein „Ich liebe Dich", auf seine Brust, bevor sie sagte: „Hast Du die Blicke gesehen, die Juline und Sven getauscht haben?" Henning nickte: „Ja, das war nicht zu übersehen. Ich glaube, zwischen den beiden hat es gefunkt." Leevke legte ihre Hand auf Hennings Herz, bevor sie murmelte: „Schon komisch, dass gerade die beiden Menschen, die nicht zu uns passten, sich auf unserer Hochzeit ineinander verlieben." Henning richtete sich auf. Sie rollte zur Seite und lag plötzlich auf dem Rücken. Er sah ihr im Schein der Kerzen in die Augen und sagte ernst: „Ja, aber vielleicht sollte es gerade jetzt so sein." Leevke legte ihre Finger an den Puls an seinem Hals. Er schlug gleichmäßig. Doch als sie Henning näher an sich zog und ihn zu streicheln begann, schlug sein Puls plötzlich schneller. Er beugte sich über sie, um sie zu küssen. Bevor sie ihm aber ihre Lippen überließ, sagte sie leise: „Wie sagst Du immer? Alles findet sich irgendwann."

ENDE

207

Zur Autorin

Herta Bleeker, geboren 1955
und Mutter erwachsener Kinder,
lebt in Hage/Ostfriesland.

Mit 45 Jahren schrieb
die gebürtige Ostfriesin
ihren ersten Roman
„Anna – oder als Urgroßmutter
das elfte Kind bekam",
der 2003 erschien.
Im Jahre 2006 folgte „Wie eine Feder".
Mit „Kann Liebe warten?" legt die Autorin
jetzt ihr drittes Werk vor.